UNE VENGEANCE AMÈRE

LES ENQUÊTES DE DÉTECTIVE KAY HUNTER

RACHEL AMPHLETT

SAXON
PUBLISHING

CHAPITRE 1

Martin Terry prit une gorgée de Heineken, fit claquer ses lèvres et promena son regard autour de l'intérieur exigu et délabré du pub isolé.

Dix heures et demie, un mercredi soir et mis à part une poignée de personnes qu'il ne connaissait pas de vue, le reste de la clientèle se composait des suspects habituels. C'était normal pour la saison – l'été amenait ces touristes dépensiers qui envahissaient les villages du Kent et encombraient les ruelles étroites, laissant dans leur sillage discordance et déchets.

En ce moment, dans les semaines plus fraîches de la fin septembre qui enveloppaient les North Downs, une atmosphère plus sereine était descendue sur le hameau et les maisons environnantes.

Martin appuya son coude sur le comptoir en bois marqué, puis fronça le nez et tira sa manche de chemise loin de la flaque collante de boisson renversée qui s'étalait sur la surface.

Les bacs d'égouttage sous les pompes à bière devant

lui puaient, une odeur âcre et amère de bière éventée se mêlant à l'arôme des chips au fromage et à l'oignon de quelqu'un à la table derrière lui, et tout cela lui retournait l'estomac.

En arrière-plan, une machine à sous sonnait et brayait tandis que deux femmes d'une vingtaine d'années gloussaient et y enfonçaient des pièces, la monnaie cliquetant par-dessus les voix basses autour de lui.

Les conversations étaient feutrées, une distance respectueuse étant maintenue entre les différents groupes rassemblés dans l'espace exigu.

Parler ici pouvait signifier n'importe quoi, de demander un service à couvrir quelqu'un, et tandis que Martin observait négligemment le groupe de quatre retraités âgés vêtus de couleurs sobres au bout du bar, il estimait qu'au moins l'un d'entre eux était le braconnier qui aurait saccagé la clôture de fil barbelé chez les Parry la semaine dernière.

Il avait fallu deux jours pour localiser le poney Shetland de leur fille, et tout ça parce que quelqu'un avait décidé de traîner une carcasse de cerf à travers un champ pour éviter de se faire prendre.

Rien n'avait été dit au pub, cependant.

Les réguliers étaient habitués à fermer les yeux, et les étrangers qui s'y aventuraient à l'occasion revenaient rarement, telle était l'atmosphère fermée qui s'accrochait à l'endroit.

Le patron, Len, lui fit un signe de tête en passant, et Martin leva son verre à moitié vide en signe de salut avant de regarder l'autre homme ouvrir brusquement une porte basse derrière le bar et disparaître dans les escaliers de la cave en toute hâte.

Le sexagénaire était expert pour garder ses clients heureux et la police locale à distance, un ensemble de compétences affinées par l'armée.

C'était ce que disait la rumeur, en tout cas.

Martin savait qu'il valait mieux ne pas poser de questions.

Un courant d'air frais balaya ses chevilles lorsque la lourde porte en chêne s'ouvrit vers l'extérieur. Comme toujours, les habitués interrompirent leurs conversations pour voir qui entrait, puis se détendirent lorsqu'un duo familier de fumeurs se dirigea vers le bar, empestant la nicotine, leur addiction momentanément assouvie.

Lydia le frôla, ses cheveux noirs attachés en chignon et son visage rougi tandis qu'elle se précipitait vers un couple d'âge mûr qui attendait avec deux pintes de bière.

— Pourquoi est-ce que tout se vide en même temps ? siffla-t-elle entre ses dents.

— Ça t'empêche de t'ennuyer, répondit-il en souriant lorsque sa femme leva les yeux au ciel.

— C'est ce que je lui dis, mais elle n'écoute pas, grommela Len, qui émergeait de la cave en s'essuyant les mains sur le torchon jeté sur son épaule.

— Il était temps, Len, dit l'un des retraités au bout du bar, un verre vide tendu avec espoir. Je meurs de soif ici.

— Si seulement j'avais cette chance, Geoff, rétorqua le patron en souriant narquoisement tandis que les amis du vieil homme le réprimandaient. J'ai presque fini. Laisse-moi juste faire une vérification d'abord.

Martin regarda l'homme atteindre les étagères

suspendues au-dessus du bar du XVe siècle et sélectionner un verre à bière, puis envelopper sa main autour de la pompe et la tirer doucement en arrière.

La teinte dorée familière de la bière brassée localement coula dans le verre, clapotant contre les bords et formant une fine mousse.

Il le tint à la lumière, prit ensuite une gorgée, et apprécia les saveurs.

Quand il se retourna, Geoff Abbott et ses trois amis le regardaient fixement, presque en salivant.

— Je ne suis pas sûr, dit Len en baissant le verre, les sourcils froncés. Le fût est peut-être trop vieux.

— Quoi ?

La bouche de Geoff s'ouvrit, ses sourcils touffus s'envolant.

— Tu plaisantes.

Len sourit.

— Quatre pintes, c'est ça ?

— Espèce de salopard. Dépêche-toi de les servir avant de sonner la dernière tournée.

Martin sourit à ces plaisanteries familières, reconnaissant que pour une fois l'endroit soit calme.

Trop souvent, Lydia était rentrée à la maison en lui racontant des histoires de bagarres sur le parking, de menaces qui avaient pu être mises à exécution ou non, et plus encore.

La seule chose que Len ne tolérait pas était la drogue, donc il y avait au moins ça.

C'était pourquoi, la plupart du temps, la police n'était jamais appelée – ou mieux encore, ne se présentait pas à l'improviste et sans invitation.

Il n'y avait pas grand-chose que le patron ne pouvait pas régler lui-même, malgré son âge.

Les cicatrices qui sillonnaient ses traits abîmés par le soleil témoignaient du nombre de fois où Len s'était jeté au milieu d'une bagarre, accueillant souvent les mêmes personnes dans le pub après seulement une semaine d'interdiction.

C'était comme ça ici.

Selon Lydia, en ce qui concernait Len, si les gens n'aimaient pas ça, ils pouvaient aller boire dans l'endroit chic en bas de la route et payer plus cher leurs boissons.

C'était pour cette raison que cet endroit restait populaire parmi les fidèles. C'était bon marché, et les touristes jetaient un coup d'œil à l'extérieur délabré en passant en voiture, puis continuaient leur route.

Martin secoua la tête et se tourna sur son siège pour étirer ses jambes, reconnaissant d'avoir la chance de se détendre après un service de neuf heures à remplir des étagères.

Il y avait environ douze personnes éparpillées autour des tables réparties dans le pub, plus les quatre retraités qui étaient ancrés au bar.

Deux tables séparées étaient occupées par des couples, têtes penchées sur leurs boissons tandis qu'ils parlaient à voix basse, le gloussement occasionnel de l'une des femmes portant jusqu'à l'endroit où il se tenait.

Il promena son regard sur deux hommes assis près de l'âtre en pierre, où le foyer était rempli d'un bouquet de fleurs séchées que Lydia avait arrangé comme point focal pendant les mois d'été, la plupart maintenant éparpillées autour de la base du vase, des brindilles résiduelles pointant vers le haut en signe de défi.

Il fronça les sourcils.

Quoi que les deux hommes soient en train de discuter, cela semblait problématique, le plus jeune pointant du doigt l'autre. Son visage était dans l'ombre, et l'autre homme tournait le dos à Martin, donc il ne pouvait pas distinguer s'il le connaissait.

Il détourna le regard, observa le reste de la salle pour vérifier qu'il n'y avait pas de problème, puis il croisa le regard de Lydia et lui fit signe de venir depuis là où elle se tenait près de la caisse en sirotant une limonade.

— Tu connais les deux types près de la cheminée ? murmura-t-il.

Elle vida son verre, traversa jusqu'au lave-vaisselle sous le bar à sa gauche, puis revint en secouant la tête.

— Je ne les ai jamais vus avant, dit-elle. Des problèmes ?

Il plissa le nez.

— Une conversation animée.

— Je vais prévenir Len.

Elle jeta un coup d'œil par-dessus son épaule vers l'horloge au mur.

— Le temps est écoulé, de toute façon. Ils ne seront plus notre problème très longtemps.

Le tintement de la grande cloche en laiton au-dessus de la caisse fut suivi quelques instants plus tard par le baryton de Len s'élevant au-dessus des têtes de ceux au bar, pour annoncer les dernières commandes, et Martin observa un flux régulier de buveurs se diriger vers Lydia pour une dernière pinte.

Ce n'était pas tout à fait la ruée d'un vendredi soir, mais c'était assez animé et les dix minutes suivantes furent remplies du bruit des derniers arrangements, d'accords murmurés qui ne seraient jamais évoqués au-delà des quatre murs du bar, et sous tout cela le son de la caisse enregistrant l'argent qui passait entre les doigts de Len.

XXIe siècle ou pas, le patron refusait toujours d'accepter le plastique et la piste documentaire associée qui l'accompagnait.

Finalement, les chaises raclèrent le sol, et la porte d'entrée pivota sur ses gonds tandis que le pub se vidait et que les gens rentraient chez eux.

À l'autre bout du bar, Geoff vida les dernières gouttes de sa pinte, claqua le verre vide sur un sous-bock en carton trempé et tira un bonnet de laine bleu marine sur ses cheveux clairsemés, malgré la chaleur de la nuit à l'extérieur. Il sourit à Len, pointa son pouce vers l'un de ses compagnons, et sortit une pipe de la poche de sa veste.

— J'ai un chauffeur pour rentrer, alors on se voit demain soir.

— À bientôt, Geoff.

Len baissa l'avant du lave-vaisselle et agita l'air avec un torchon alors que la vapeur s'élevait.

— Fais attention à toi.

Il tendit la main pour prendre le premier des verres, se déplaçant sur le côté alors que Lydia le rejoignait, et jura bruyamment lorsque la surface chaude lui brûla les doigts.

Pendant qu'ils travaillaient, Martin balaya la salle du regard, notant que les deux hommes qui s'étaient disputés se dirigeaient maintenant vers la sortie.

— Merci, messieurs. Rentrez bien, lança Len.

Aucun des deux ne répondit.

Le plus âgé des deux poussa la porte d'entrée, sans attendre pour la tenir ouverte au plus jeune qui se dépêcha de le suivre, la voix élevée.

— Je me demande de quoi il s'agissait, dit Lydia en tendant le bras pour suspendre les verres à vin par leur pied alors qu'elle les essuyait.

— Aucune idée, dit Len, imperturbable. Ils sont arrivés à quelle heure ?

— Juste après que tu es monté chercher plus de monnaie pour la caisse. Ils ont commandé deux pintes d'IPA, n'ont pas dit grand-chose, et se sont déplacés à cette table.

Len haussa les épaules.

— Ils voulaient probablement un endroit privé pour parler, plutôt que leur bar habituel. Tu sais comment c'est.

Il drapa le torchon sur son épaule puis tourna son attention vers la caisse, programmant la séquence de fermeture pour la journée et retirant le plateau à monnaie pour le monter au bureau après avoir fermé.

— Tu veux faire le service du dimanche midi ? Rose a sa fille et sa famille en visite alors elle a demandé sa journée.

— Ça te va ?

Lydia se tourna et haussa un sourcil vers Martin.

— On pourrait avoir besoin de l'argent, après tout.

— Fais-le alors. Juste le midi, hein. On a promis à ta mère qu'on—

Quand le premier coup de feu résonna à travers les murs, les yeux de Lydia s'écarquillèrent comme ceux d'un renard pris dans des phares.

— C'était quoi ce bordel ?

Martin pivota pour faire face à la porte et le tabouret de bar tomba au sol.

— Que se passe-t-il ? demanda Lydia en s'approchant de son côté, tremblante.

Len se détourna du bar.

— Des coups de feu. Baissez-vous.

Jetant un coup d'œil au visage de l'autre homme, Martin fit ce qu'on lui disait et entraîna Lydia avec lui.

— Martin... gémit-elle.

— Ne bouge pas.

Un second coup de feu explosa dans la nuit, le bruit emplissant ses oreilles et lui retournant l'estomac. Il se recroquevilla davantage au sol, se demandant s'il pouvait atteindre la porte pour la verrouiller avant que le tireur ne tourne son attention vers ceux qui restaient à l'intérieur, puis il vit Len secouer la tête, le visage pâle.

— Restez où vous êtes, siffla-t-il, avant de lever une main.

Martin tendit l'oreille, souhaitant que les battements de son cœur cessent leur martèlement pour qu'il puisse entendre si quelqu'un approchait, mais il n'y avait rien.

Rien qu'un silence stupéfait.

CHAPITRE 2

L'inspectrice principale Kay Hunter arrêta doucement sa voiture derrière une camionnette grise défraîchie, et ses yeux s'écarquillèrent devant la scène qui s'offrait à elle au-delà de son pare-brise.

Les gyrophares bleus clignotants de trois véhicules de la police du Kent, disposés en travers du gravier, illuminaient le ciel nocturne. Leurs LED de toit se reflétaient sur les branches d'un marronnier qui penchait dangereusement dans un coin du parking, puis filtraient sur la façade du pub délabré.

Entre les lumières, les ombres se confondaient – des silhouettes lourdes en combinaisons de protection, la tête baissée à la périphérie de la propriété, et des silhouettes plus grandes qui se faufilaient entre elles en tenant des fusils d'assaut.

La radio accrochée au support en plastique à côté de Kay grésillait d'activité, les ordres étant émis dans les deux sens, dénués de toute émotion, tandis que ses supérieurs coordonnaient la chasse à l'homme depuis leur quartier général de Northfleet.

L'accès à la ruelle derrière elle avait été bloqué par des agents en uniforme et, alors qu'elle descendait de sa voiture, un officier tactique en armure intégrale traversa vers l'endroit où un véhicule d'intervention armée banalisé avait été abandonné à la hâte.

Ses collègues sortirent de l'ombre et se dirigèrent vers un cordon intérieur, le ruban bleu et blanc étiré à travers le parking séparant les véhicules de la porte d'entrée du pub usée par les intempéries.

La lumière se déversait par l'ouverture, les personnes qui s'affairaient à l'intérieur étaient visibles à travers les vitres couvertes de crasse.

Les mains gantées de l'officier tactique berçaient son fusil semi-automatique avec un naturel qui contrastait avec la présence en uniforme autour d'elle, et il hocha la tête en signe de reconnaissance tandis qu'elle desserrait un élastique en coton sur sa montre-bracelet et attachait ses cheveux.

— Bonsoir, chef.

— Je peux entrer ?

— Nous avons déclaré la scène sécurisée il y a vingt minutes, et nous avons autorisé l'accès à la police scientifique pour le corps. Nous avons terminé ici. Le tireur s'est enfui, et le type qui s'est fait descendre ne va nulle part. Plus maintenant.

Elle réprima une grimace.

— À ce point-là ?

— Disons qu'il ne va pas gagner de concours de beauté.

— Quelles sont les dernières nouvelles concernant le tireur ?

— Des barrages routiers sont en train d'être mis en place sur toutes les routes principales, mais c'est tout ce que je sais pour le moment. Nous avons vérifié les environs immédiats et confirmé qu'il n'est nulle part. Tous les bâtiments annexes et les maisons voisines sont dégagés.

— Qui est responsable de la scène ici ?

Il fit un signe de tête vers le cordon.

— Paul Disher. C'est le grand type debout là-bas à côté du médecin légiste.

— Merci.

Levant la main pour se protéger les yeux de l'éclat des lumières stroboscopiques, Kay se dépêcha de traverser le gravier inégal, ne voulant pas perdre une seconde de plus.

Elle s'arrêta en atteignant le premier cordon.

Une forme recroquevillée gisait au-delà du ruban en plastique, le corps d'un homme étalé sur le ventre dans la terre et les pierres, le visage détourné d'elle, les bras tendus comme s'il essayait d'amortir sa chute.

Alors que les lumières d'urgence ondulaient autour de lui, faisant alterner la teinte de ses vêtements sombres, les questions commençaient déjà à se former dans son esprit.

— Inspectrice principale Hunter ?

Kay détourna son attention de la victime pour voir un grand sergent dans la quarantaine se diriger vers elle.

— Vous devez être Paul Disher.

Il acquiesça, le volume de son gilet pare-balles dissimulant son uniforme.

— Je dirige l'équipe tactique. Votre collègue est arrivé il y a un instant, il est allé directement dans le pub.

— Ça ressemble bien à Barnes.

Kay esquissa un léger sourire, puis fit un signe du menton vers l'homme brisé sur le sol.

— Que pouvez-vous me dire jusqu'à présent ?

Disher prit une combinaison de protection d'un jeune officier avant de la passer à Kay, tendant la main pour la stabiliser pendant qu'elle enfilait les surchaussures assorties.

— Le propriétaire, Len Simpson, a dit que ce type et un autre homme plus âgé étaient dans le pub avant les coups de feu, expliqua-t-il en soulevant le cordon pendant qu'elle passait dessous. Il dit qu'il ne les avait jamais vus auparavant, et qu'ils se sont disputés. Pas bruyamment, mais suffisamment pour que quiconque à proximité puisse voir que ce n'était pas une conversation amicale.

— Est-ce qu'il y a eu une bagarre ?

Kay se mit à marcher à côté de Disher et le suivit jusqu'à l'endroit où gisait le corps de l'homme.

— Pas à l'intérieur du pub. Simpson dit que les deux hommes étaient parmi les derniers à partir, avec un groupe de quatre de ses habitués et un couple local. Avec Simpson à ce moment-là se trouvaient Lydia Terry, qui travaille pour lui, et son mari Martin. Le premier coup de feu a été tiré entre cinq et dix minutes après que tous les clients étaient partis.

Kay fit le tour du mort, son regard balayant les ongles rongés jusqu'au sang et incrustés de saleté, les semelles usées des chaussures, et puis—

— Bon sang.

Elle cligna des yeux, puis se força à s'approcher.

Ce qui restait du visage de l'homme n'était guère plus qu'une paire de sourcils qui semblaient surpris de constater que le reste de ses traits avait disparu.

Une masse sanglante remplaçait ce qui avait été des yeux, une bouche et un nez, et quand elle baissa le regard vers sa poitrine, une autre blessure béante luisait dans la faible lumière.

— Ne me demande pas lequel a été tiré le premier, je ne le saurai pas avec certitude avant de le ramener au labo.

Elle se redressa en entendant la voix du médecin légiste du quartier général, Lucas Anderson, qui revenait vers le cordon, le visage grave.

— Il suffit de dire qu'il essayait de s'enfuir quand il a été abattu, ce sont les plaies de sortie que tu regardes, ajouta-t-il.

Deux hommes plus jeunes déplièrent un brancard et le roulèrent sur le côté, hors du chemin, en attente de nouvelles instructions.

— Un dans la colonne vertébrale pour l'arrêter, puis le tir à la tête ? suggéra-t-elle.

Lucas agita un doigt ganté vers elle.

— Peut-être, mais c'est tout ce que tu obtiendras de moi pour le moment. Je ferai l'autopsie dans les prochaines quarante-huit heures.

Elle lui fit un bref signe de tête, puis se retourna vers le sergent.

— Une identification quelconque ?

— Il n'y avait rien dans ses poches, mais il porte une montre d'apparence bon marché au poignet gauche. Il ne porte pas d'alliance non plus.

— Il n'y a aucun signe qu'on ait retiré des bagues de ses doigts, dit Lucas, accroupi à côté du mort en balayant ses mains avec sa lampe torche.

— Et les vêtements ? demanda Kay. Est-ce qu'ils correspondent à ce que portait le jeune homme que Len Simpson a vu plus tôt ?

— Barnes lui a montré quelques photos sur son téléphone, et il pense que c'est le même homme, dit Disher.

Kay se redressa, tapota le dos de Lucas avant qu'il ne se tourne vers ses deux assistants, puis marcha avec le sergent jusqu'au cordon de sécurité.

— Très bien, merci Paul. Bon travail pour avoir maîtrisé la situation ce soir. Je vais prendre la relève sur la scène maintenant pour que vous puissiez rejoindre le reste de votre équipe au cas où le tireur serait localisé. Pensez-vous pouvoir assister au briefing demain ? J'aimerais que vous soyez présent pour m'aider à coordonner toute arrestation une fois que nous aurons identifié qui est le tireur.

— Je le ferai, chef.

— Merci.

Kay enleva sa combinaison de protection, haletant pour de l'air frais en arrachant la capuche de ses cheveux, puis elle froissa le tout et le fourra dans une poubelle pour déchets biologiques installée par les techniciens de la Crim' à la périphérie, avant de se retourner en entendant un cri familier.

L'inspecteur Ian Barnes se précipita vers elle, les pans de sa veste de costume battant sous ses bras alors qu'il évitait deux agents pour la rejoindre.

— Bonsoir, chef.

Il plissa le nez en regardant par-dessus son épaule.

— Tu as jeté un coup d'œil ?

— Oui, en effet. Pas joli à voir, n'est-ce pas ?

— Je ne me souviens pas de la dernière fois où nous avons eu des coups de feu.

— Ça fait un moment.

Tournant son attention vers le pub, elle vit trois visages blêmes à l'une des fenêtres du bas, leurs traits floutés par la crasse sur les vitres.

— Et j'imagine que personne n'a rien vu ?

Son inspecteur réussit à lui offrir un faible sourire.

— Même si c'est le cas, je suis sûr que tu voudras leur parler.

Kay redressa les épaules, puis hocha la tête.

— Évidemment.

CHAPITRE 3

La première impression de Kay concernant Len Simpson était qu'il n'était qu'à quelques cigarettes d'une crise cardiaque.

L'homme s'appuyait contre la surface lisse et usée du bar grâce à un ventre considérable, les couches de peau sous ses yeux frémissant tandis qu'il observait ce qui se passait au-delà de ses fenêtres.

Il grattait distraitement un ongle abîmé pendant que les officiers allaient et venaient du bar, ses lèvres épaisses tournées vers le bas dans une déception perpétuelle, son front plissé comme s'il essayait de comprendre comment il allait sauver sa réputation après les événements de la nuit.

Son pub semblait s'accrocher au commerce avec la même détermination sinistre que son propriétaire.

Tout autour d'elle se trouvaient les signes révélateurs d'une entreprise en déclin, sans doute aidée et encouragée par une clientèle qui appréciait l'intimité plutôt que les dernières tendances culinaires.

La poussière recouvrait la surface de chaque étagère,

des toiles d'araignées enlaçaient les bibelots qui encombraient les espaces entre les luminaires vacillants, et un âtre sale à la droite de Kay semblait ne pas avoir été nettoyé depuis l'hiver précédent.

— Monsieur Simpson, voici l'inspectrice principale Kay Hunter, dit Barnes.

Simpson retira un cure-dent d'entre ses lèvres et lui lança un regard lubrique, une main molle tendue en guise de salut.

— Eh bien, vous êtes au moins une amélioration.

Kay ignora sa main et garda une expression impassible en balayant du regard le couple d'âge moyen blotti à l'extrémité du bar.

— Est-ce que nous pouvons discuter en privé, monsieur Simpson ?

— J'ai déjà donné ma déposition à votre copain.

Barnes haussa un sourcil face au choix de mots de l'homme, mais ne dit rien.

— J'en suis sûre, dit Kay, puis elle lui fit signe. Venez. Ça ne prendra pas longtemps.

Elle le conduisit sur le parquet poussiéreux jusqu'à une table rectangulaire en chêne entourée de quatre chaises, et en tira une au bout pour Simpson, s'installant dans une autre aussi loin que possible du propriétaire. Elle appuya son coude sur la table, puis grimaça et le souleva à nouveau, sa manche se détachant avec un léger bruit de succion alors que d'anciennes taches de boisson relâchaient leur emprise.

À sa gauche, deux techniciens de la police scientifique examinaient une table ronde en chêne dressée pour deux personnes, et elle fit un signe de tête dans cette direction alors que Simpson s'installait dans son siège avec un soupir mal dissimulé.

— C'est là que se trouvaient les deux hommes plus tôt dans la soirée ? Y compris la victime ?

— Ouais. On venait juste de commencer à débarrasser les tables après le dernier service quand le premier coup de feu a retenti.

— Qu'en est-il des verres qu'ils utilisaient ? Les avez-vous gardés ?

Il grimaça.

— Désolé, ils sont passés au lave-vaisselle juste avant que tout ne dégénère.

Kay retint le premier mot qui menaçait de s'échapper de ses lèvres et soupira.

— D'accord. Revenons au moment où ils sont arrivés. Quelle heure était-il ?

— J'sais pas. Vers neuf heures et demie, peut-être dix heures moins le quart. Tard. Ils n'étaient pas là longtemps avant la fermeture.

— Qui a commandé les boissons ?

— Le plus âgé des deux. Il ne parlait pas beaucoup.

— C'est vous qui l'avez servi, ou... ?

— C'est Lydia qui l'a servi. Deux pintes de bière.

— Juste une tournée ?

— Ouais.

Sa lèvre supérieure se recourba.

— Heureusement que ce ne sont pas des habitués. Ils ont mis plus d'une heure pour boire ça.

— Vous les avez déjà vus auparavant ?

— Non.

— Et leur accent ? Ils avaient l'air d'être du coin ?

Il haussa les épaules.

— N'importe où au sud de l'estuaire.

— Vous avez dit à mon collègue qu'ils se disputaient. Avez-vous entendu de quoi il s'agissait ?

— Non. Trop occupé à servir.

— Que s'est-il passé quand ils sont partis ?

— Ils se sont levés et sont sortis après que j'ai sonné la cloche pour les dernières commandes. Je leur ai dit de passer une bonne soirée, mais aucun d'eux n'y a prêté attention.

Simpson passa une main grasse sur son menton.

— Un groupe d'habitués est sorti quelques minutes plus tard et j'ai entendu un ou deux moteurs de voiture démarrer. Lydia et moi étions sur le point de commencer à essuyer les tables quand nous avons entendu le premier coup de feu. On s'est tous jetés au sol.

Kay se pencha en arrière et regarda au-delà de Simpson vers l'endroit où Barnes attendait à côté du bar, la tête baissée pendant qu'il écoutait un des techniciens de la police scientifique à son épaule. Elle lui fit signe d'approcher.

— Monsieur Simpson, à quelle heure estimeriez-vous avoir entendu le premier coup de feu ?

— J'sais pas. Le pub était vide, donc peut-être onze heures dix, quelque chose comme ça ?

— Et le suivant ?

— Quelques secondes après le premier.

Kay leva les yeux vers Barnes.

— À quelle heure l'appel d'urgence a-t-il été reçu ?

— Vingt-trois heures quarante, chef.

Lorsqu'elle reporta son attention sur le propriétaire, il

se mordillait la lèvre, ses yeux allant et venant sur la surface de la table.

— Y a-t-il quelque chose que vous ne me dites pas, monsieur Simpson ?

Son regard se tourna brusquement vers elle.

— Non.

— Vous êtes sûr ? Vous semblez nerveux.

— Un type vient de se faire exploser la cervelle sur mon parking.

Il la fusilla du regard.

— Alors, excusez-moi si je semble perturbé.

— Je comprends ça. Ce que je ne comprends pas, c'est pourquoi vous avez attendu si longtemps pour appeler le numéro d'urgence.

Elle pointa du doigt l'endroit où Lydia Terry se tenait à côté de son mari, en train de regarder son téléphone portable.

— Que faisiez-vous tous ?

— On gardait nos têtes baissées, bon sang. Qu'est-ce que vous pensez qu'on faisait ?

— Nous allons avoir besoin d'une liste de tous ceux qui étaient ici ce soir, à la fois avant l'arrivée de ces deux hommes et après. Noms, numéros de téléphone...

— Ouais, je m'en doutais.

Il pointa son pouce par-dessus son épaule.

— Lydia et moi avons commencé à les noter avant votre arrivée.

— Bien.

Kay repoussa sa chaise.

— Veuillez donner ça à mon collègue quand vous aurez terminé.

Elle ignora le reniflement amer qui émanait de l'homme et conduisit Barnes vers une porte intérieure menant du bar à une cuisine en forme de boîte.

Elle tourna le dos aux surfaces en acier inoxydable graisseuses des plans de travail et de la cuisinière à gaz, et elle croisa les bras.

— Qu'en penses-tu, Ian ?

— Il s'inquiète de quelque chose.

Son collègue glissa son carnet dans la poche de sa veste.

— J'ai pensé ça dès que je suis arrivé et que je lui ai parlé pour la première fois.

— Qu'est-ce que Lydia et son mari ont dit pour leur défense ?

— Martin, c'est le mari, confirme ce que tu viens d'entendre de Simpson. Lydia est visiblement secouée, donc je n'ai pas pu obtenir grand-chose. J'allais suggérer qu'on leur reparle à tous les deux demain matin. Chez eux, plutôt qu'ici.

— Loin de Simpson, tu veux dire ?

— Exactement.

— Qu'en est-il de cette liste de personnes qui étaient là plus tôt ?

— Elle a des numéros de téléphone pour certains d'entre eux, donc je vais demander à Laura de s'en occuper.

Il jeta un coup d'œil par-dessus son épaule avant de baisser la voix.

— J'ai reconnu quelques noms, mais il faudra vérifier les autres dans le système aussi.

— Tu veux dire qu'ils ont des antécédents judiciaires ?

Il hocha la tête.

— On dirait que cet endroit est à la hauteur de sa réputation.

— Je pensais avoir reconnu le nom quand j'ai reçu l'appel tout à l'heure.

Kay se dirigea vers le bar.

— Ce n'est pas exactement le genre d'établissement qui va gagner le prix du pub de l'année de sitôt, n'est-ce pas ?

— Pas cette année, c'est sûr.

CHAPITRE 4

Après avoir pris des dispositions pour rendre visite à Lydia Terry et son mari le lendemain matin, Kay permit au couple de quitter le pub et tourna son attention vers un groupe de techniciens de la Crim' en train de travailler dans la zone délimitée du parking.

Têtes baissées, leurs combinaisons de protection se détachant nettement sous les lumières temporaires qui avaient été érigées autour d'eux, ils se déplaçaient méthodiquement d'un côté à l'autre, leur démarche sans hâte.

Elle baissa les yeux lorsque son téléphone portable se mit à sonner, avec un nom familier affiché sur l'écran.

Gavin Piper était un membre régulier de son équipe soudée depuis plusieurs années maintenant, et il possédait un sixième sens quand il s'agissait d'anticiper ses besoins.

— Gav, du nouveau concernant le tireur ? demanda-t-elle tout en observant l'équipe de la police scientifique.

— Rien pour l'instant, chef, répondit-il. Aucun conducteur au comportement erratique n'a été repéré sur les caméras de surveillance dans les environs immédiats, et il n'y a pas eu de signalements d'activité inhabituelle autour des maisons ou des fermes pour le moment.

— D'accord, eh bien l'équipe tactique d'intervention armée nous a maintenant remis la scène, donc je te tiendrai au courant si nous trouvons quelque chose pour vous aider. Tu as des équipes d'arrestation en attente ?

— Oui, et ta demande de renforts a été transmise. Je te tiendrai au courant à ce sujet, chef.

Elle termina l'appel et se tourna vers Barnes.

— Ça ne va pas être facile, n'est-ce pas ?

— Lydia et Martin disent qu'ils ne se souviennent pas avoir entendu une voiture partir, donc même si nous avons mis en place des barrages routiers, il y a aussi la possibilité que le tireur se soit échappé à pied.

Il fit défiler un nouveau message, l'écran de son téléphone illuminant sa mâchoire serrée.

— Les agents en uniforme font du porte-à-porte en ce moment pour avertir les gens dans les environs immédiats, mais on est foutus sans une meilleure description du type plus âgé qu'ils disent avoir vu avec la victime plus tôt.

— Bon sang.

Kay fronça les sourcils et observa trois véhicules garés en bordure de la zone gravillonnée.

— À qui appartiennent ceux-là, alors ?

— Le vieux 4x4 appartient à Len Simpson, la citadine verte est celle de Martin Terry, et les deux autres appartiennent à des locaux qui ont trop bu ce soir et ont décidé de rentrer à pied.

— Tu as noté leurs noms ?

— Oui, et leurs adresses. Je les transmettrai aux agents

en uniforme quand je partirai d'ici pour qu'ils puissent les interroger et s'assurer qu'ils ne sont plus au-dessus de la limite quand ils reviendront chercher leurs voitures demain.

— Tu as trouvé quelque chose sur le système concernant Len Simpson ?

— Il est titulaire de licence depuis qu'il a été renvoyé de l'armée avec déshonneur il y a presque trente ans. Je n'ai rien trouvé qui explique pourquoi il est parti, j'allais suggérer que tu aies peut-être un mot avec Sharp pour voir s'il peut trouver quelque chose pour nous.

Le commandant divisionnaire Devon Sharp avait été dans la police militaire pendant plusieurs années avant de rejoindre la police civile du Kent, et il gardait toujours contact avec beaucoup de ses anciens collègues.

— Je noterai de lui parler après le briefing de demain. Dès que l'appel est arrivé plus tôt, il est allé au quartier général pour coordonner de ce côté-là. Avec un peu de chance, nous aurons aussi des renforts d'ici demain matin, dit-elle, puis elle regarda les assistants de Lucas rouler leur civière maintenant chargée vers la camionnette grise, le corps de l'homme mort enfermé dans une housse mortuaire.

Barnes leva la main pour se protéger les yeux des phares d'une des voitures de patrouille qui quittait le parking dans le sillage de la camionnette.

— Il y a eu beaucoup de plaintes concernant cet endroit au fil des ans, sans parler des rumeurs sur ce qui s'y passe, mais il n'y a jamais eu assez pour traduire Simpson devant un tribunal. D'une manière ou d'une autre, il a toujours réussi à éviter ça.

— Depuis combien de temps est-il le tenancier ici ?

— Six ans maintenant. C'est un pub indépendant, donc c'est probablement pour ça qu'il est là depuis si longtemps, il n'a pas à s'inquiéter de ce qu'un siège social pourrait penser de la façon dont il gère l'endroit comme ce serait le cas si une société de pubs le possédait.

— Ce sera intéressant d'entendre ce que Lydia Terry a à dire sur tout ça quand nous lui parlerons demain, hors de portée d'oreille de son patron.

Elle se détourna du pub, son attention revenant à la recherche minutieuse entreprise par les techniciens de la police criminelle.

— Voyons s'ils peuvent déjà nous dire quelque chose, pour qu'au moins nous puissions mettre l'équipe au courant lors du briefing.

Une silhouette familière abaissa un masque de son visage et se hâta vers eux en repoussant sa capuche alors qu'ils atteignaient le cordon.

Kay souleva la bande pour elle.

— Harriet, je ne savais pas que tu étais rentrée de vacances.

L'autre femme esquissa un sourire sinistre, sa combinaison de protection craquant alors qu'elle ajustait une tablette dans sa prise.

— Nous sommes rentrés de Cancún hier. Je dois avouer que je souhaiterais déjà être de retour sur la plage...

— Ton équipe a réussi à trouver quelque chose pour nous donner une longueur d'avance sur cette affaire ?

— Il n'y avait pas de portefeuille ni de téléphone portable sur lui, et j'ai actuellement une partie de mon équipe qui fouille la zone avec l'aide des agents en uniforme pour essayer de les trouver. Nous avons relevé les empreintes digitales et elles ont été envoyées pour analyse, dit Harriet. Et nous avons les deux douilles qui ont été tirées.

Elle fit signe à l'un de ses assistants, qui s'approcha rapidement et tendit un sac à preuves. La responsable de la police scientifique l'ouvrit, et Barnes éclaira le contenu avec l'écran de son téléphone.

À l'intérieur, nichée dans un tube de prélèvement en plastique et emballée dans du polyéthylène pour l'empêcher de bouger pendant le transport, Kay vit une douille en laiton brillante et frissonna involontairement.

— C'est plus gros que ce que je pensais.

— Je vais demander à mon expert en balistique de confirmer le calibre.

Harriet ferma le sac et le rendit.

— Je ne promets rien, mais nous allons évidemment tester les deux pour trouver des traces d'ADN. Nous essayons actuellement de trouver les restes des balles qui ont traversé la victime, ce qui s'avère sacrément difficile avec cet éclairage.

— Donc un simple fusil, plutôt qu'un fusil de chasse ?

— Exactement.

— Elles ne se sont pas logées à l'intérieur de lui ? demanda Barnes.

— On ne peut rien supposer jusqu'à ce que Lucas ait fait l'autopsie, expliqua Harriet. Vu son état, on pourrait penser qu'elles l'ont traversé de part en part, mais nous devons quand même traiter la zone. Je vous préviens tout de suite, cependant, nous serons là jusqu'à l'aube.

Kay se mordit la lèvre.

— Le deuxième tir sur la victime, pourquoi faire ça ? Je veux dire, ce tir dans son dos était suffisant pour le tuer.

— Par dépit, peut-être ?

— Ou bien il ne voulait pas qu'on puisse l'identifier facilement.

Harriet jeta un coup d'œil par-dessus son épaule alors qu'un membre de son équipe s'approchait du cordon et lui faisait signe.

— Je dois y aller. Je vous laisse tous les deux déterminer pourquoi c'est arrivé. En attendant, je veillerai à ce que vous receviez mon rapport sur *comment* c'est arrivé dès que possible.

— Merci, dit Kay, et elle soupira en regardant la responsable de la police scientifique s'éloigner. Ok, Ian, je prends le relais à partir d'ici. Rentre chez toi et on se voit demain à sept heures.

— Tu es sûre, chef ? Ça ne me dérange pas de rester si tu restes.

Elle réussit à sourire.

— Merci, mais tu vas déjà avoir suffisamment à faire comme ça. Tu ferais mieux d'aller dormir quelques heures.

— Qu'est-ce que tu vas faire ?

Kay balaya la scène du regard, puis vérifia sa montre.

Presque une heure du matin.

— Je vais m'assurer que Gavin a quelqu'un pour traiter les empreintes digitales de la victime, et puis je pense que je ferais bien de prendre le risque de découvrir à quoi ressemble le café de Len Simpson.

CHAPITRE 5

Les yeux encore embués de sommeil, les cheveux toujours humides d'une douche rapide prise avant de monter en courant les escaliers jusqu'à la salle des opérations, Kay observa la foule d'officiers qui s'agitaient dans l'espace.

Les trajets du matin battaient déjà leur plein au-delà des fenêtres sur Palace Avenue, le vacarme et la bousculade des voitures pare-chocs contre pare-chocs formant un bruit de fond constant sous les conversations tendues qui emplissaient la pièce tandis qu'elle reportait son attention sur l'ordre du jour qu'elle tenait à la main.

Une cacophonie de téléphones en train de sonner à tout va les entourait pendant que Kay se connectait à son ordinateur et lançait un regard noir à la pile de dossiers qui débordait déjà de la corbeille d'arrivée dans le coin de son bureau.

Elle éleva la voix au-dessus de la cohue.

— Debbie ? Lesquels parmi ceux-ci sont urgents, et lesquels peuvent attendre un jour ou deux ?

Une agente en uniforme se fraya un chemin entre deux

sergents plus grands qu'elle et examina les dossiers d'un œil expert.

— Ces trois-là sur le dessus sont les autorisations dont j'ai besoin pour les heures supplémentaires, les accords interservices et les plannings budgétaires, dit-elle en les lui tendant. Le reste, tu peux l'ignorer, mais seulement jusqu'à lundi. Après ça, je vais te harceler.

— Marché conclu, merci.

Kay signa les documents aux endroits indiqués d'un geste ample, et rendit le tout avant de se diriger vers l'endroit où Gavin Piper se tenait à l'autre bout de la pièce.

— Gavin ? Quel soutien administratif nous a-t-on accordé ?

L'enquêteur s'écarta du tableau blanc, examinant les notes qu'il avait écrites pour la réunion imminente, ses cheveux habituellement hérissés domptés par une coupe récente et des cernes sombres sous les yeux après avoir travaillé toute la nuit.

— Dix, dit-il en pointant le bout du stylo vers le fond de la pièce. Et on nous a dit d'attendre quatre agents stagiaires de plus pour aider au travail de terrain à partir de demain. On les installe dans la salle de conférence d'à côté. Sharp est arrivé il y a vingt minutes, je l'ai mis dans son ancien bureau. Je crois qu'il parle avec le quartier général en ce moment, mais il a pris en charge le côté recherche et arrestation pour que je puisse t'assister ici.

— Ok, très bien.

Kay parcourut du pouce la liste des éléments générés par la base de données HOLMES2, soulagée que son ancien mentor soit à portée de main.

Le commandant divisionnaire Sharp était basé à Northfleet depuis deux ans et elle réalisait seulement maintenant à quel point ses conseils et son soutien lui avaient manqué.

Avec un communiqué de presse envoyé par e-mail à tous les journalistes locaux dans la dernière demi-heure, son équipe s'était étoffée pour accueillir une aide supplémentaire d'autres postes de la division et maintenant tous ces visages se tournaient vers elle alors qu'elle réclamait leur attention.

— Ces téléphones derrière vous vont commencer à sonner d'ici les trente prochaines minutes, alors commençons, dit-elle en faisant un geste vers le tableau blanc tandis que Gavin s'installait sur un siège libre à l'avant du groupe. Étant donné la nature du meurtre d'hier soir, vous pouvez vous attendre à ce que nous recevions beaucoup d'attention à la fois du quartier général et du public, qui voudront tous un résultat rapide. La plupart d'entre vous ont déjà travaillé sur un incident majeur, alors je ne perdrai pas de temps ce matin sur la procédure. Je vais vous donner vos points de contact et vous pourrez communiquer avec eux plutôt qu'avec moi pour la durée de cette enquête. Ian ? Tu peux commencer par nous faire un résumé de là où nous en sommes concernant notre victime ?

Elle s'écarta pour laisser la place à Barnes, dont le visage était sombre.

— Bien, alors pour ceux qui n'ont pas encore eu la chance de lire les notes de briefing, nous avons une victime masculine caucasienne estimée dans la vingtaine qui a été abattue à la poitrine et à la tête alors qu'elle tentait d'échapper à son tueur. Le pub où l'incident s'est produit, le White Hart, a la réputation d'attirer des personnages peu recommandables mais à ce jour nous n'y avons jamais eu de crimes majeurs.

Barnes croisa les bras en examinant les photographies de la scène de crime que Gavin avait épinglées au tableau.

— Le tueur s'est échappé, et le patron et la seule membre du personnel présente hier soir nous disent qu'ils n'avaient jamais vu aucun des deux hommes auparavant. Avant les coups de feu, les deux hommes ont été vus en train de se disputer dans le pub, mais personne n'a pu entendre ce qui se disait. Ce matin, la division de la circulation a signalé avoir trouvé une voiture compacte argentée de douze ans brûlée dans une portion de forêt à six kilomètres du White Hart. Les experts de la police scientifique sont actuellement là-bas pour essayer de déterminer s'il y a des preuves suggérant qu'elle appartenait au tueur.

— Pour l'instant, nous gardons l'esprit ouvert sur la question de savoir si le tueur s'est échappé en voiture ou à pied, ajouta Kay, avant de remercier Barnes d'un signe de tête alors qu'il reprenait sa place. Personne dans le pub à ce moment-là ne se souvient avoir entendu un véhicule s'éloigner, et le patron n'a pas de caméras de surveillance. Gavin, où en es-tu avec l'identification des empreintes digitales de la victime ?

— Les résultats viennent d'arriver, chef, répondit le détective en faisant défiler un e-mail sur son téléphone. Nous ne l'avons pas dans le système pour quoi que ce soit. Il est blanc comme neige.

Kay plissa les yeux.

— Personne n'est aussi blanc que ça. Donc, nous n'avons toujours aucune identification pour l'un ou l'autre homme. Espérons que Lucas aura plus de chance avec les dossiers dentaires quand il fera l'autopsie. Je suppose qu'à présent vous avez tous entendu dire que Len Simpson a détruit la seule preuve que nous avions concernant le tueur en lavant le verre qu'il avait utilisé ?

— J'ai parlé à Harriet avant de quitter la scène hier soir, chef, dit Barnes. Ils ont relevé quatorze empreintes partielles différentes sur la table où étaient les deux hommes, et les agents en uniforme sont en train de les traiter pour voir si ça peut nous aider.

— D'accord, merci. Je suppose que nous devrions nous réjouir que le nettoyage du pub ne soit pas une priorité pour Simpson, même si les verres le sont. Debbie, peux-tu me donner cette liste des responsables de tâches ?

L'agente en uniforme se faufila entre les officiers rassemblés d'un côté de la pièce et lui tendit un planning.

— Cela inclut le personnel qui devrait arriver demain, chef.

— Merci. Bien, Ian sera mon responsable adjoint et je veux que personne ne parle aux médias sauf moi, c'est compris ?

Un murmure d'approbation accueillit ses paroles, et elle tendit le cou pour voir par-dessus la foule assemblée.

— Daniel est-il ici ?

— Oui, chef.

Elle attendit qu'un sergent aux cheveux châtain clair dans la trentaine se fraye un chemin vers le tableau blanc, puis se tourne pour faire face au reste de l'équipe.

— Pour ceux d'entre vous qui ne l'ont pas rencontré,

Daniel Westland est l'un de nos agents chargés des enquêtes sur les armes à feu, dit-elle. Daniel a été détaché pour assister à l'enquête afin d'accéder à la base de données nationale de gestion des licences d'armes à feu et que nous puissions identifier et interroger les détenteurs de permis dans la zone en question.

Une main se leva au fond de la salle, et Kay fit une pause tandis que l'enquêteuse Laura Hanway s'éclaircissait la gorge.

— Oui ?

— Qu'en est-il des détenteurs de permis de fusil de chasse, chef ?

— Les premières indications des techniciens de la police criminelle qui ont travaillé sur les lieux hier soir montrent que la blessure a été causée par une arme à feu semi-automatique ou similaire, plutôt que par un fusil de chasse, étant donné la nature des blessures et les déclarations des témoins concernant la proximité des deux tirs, expliqua-t-elle. Cependant, nous n'écarterons pas complètement les fusils de chasse. Gardez l'esprit ouvert, comme toujours. Daniel, j'aimerais que tu travailles avec Laura pour développer une stratégie d'entretien pour ces détenteurs de permis et que vous commenciez à rechercher qui sont ces personnes ce matin.

Elle fit une pause lorsqu'une grande silhouette émergea du bureau à l'autre bout de la salle des opérations et que Sharp se précipita pour la rejoindre.

Bien qu'il ait été appelé à minuit lors de son jour de repos, l'expression du commandant divisionnaire ne laissait aucunement transparaître qu'il puisse être perturbé par les événements qui se déroulaient depuis l'annonce du crime.

Au contraire, une détermination sinistre émanait de lui, apportant un baume à l'atmosphère tendue autour d'elle.

— Content de te voir, chef, dit-elle, incapable de dissimuler le soulagement dans sa voix. Tu veux informer l'équipe des dernières nouvelles concernant la recherche de notre suspect ?

— Merci, Kay.

Sharp tourna ses yeux gris perçants vers les officiers.

— Je viens de parler avec le quartier général et il n'y a eu aucun autre incident signalé impliquant des armes à feu dans la zone de la division depuis le meurtre d'hier soir. Nous menons des entretiens avec tous les magasins ouverts vingt-quatre heures sur vingt-quatre et les stations-service dans un rayon de six kilomètres autour du pub et nous examinons les caméras de vidéosurveillance appartenant aux propriétés privées et aux entreprises sur les routes secondaires près de l'emplacement du pub au cas où nous pourrions repérer notre homme en train de passer à pied. Le communiqué de presse qui vient d'être diffusé sur tous les réseaux dit au public de ne pas approcher quiconque serait vu portant une arme à feu ou agissant de manière suspecte, mais d'appeler immédiatement notre ligne d'assistance. Le personnel administratif formé au quartier général traitera ces appels pour éliminer les plaisantins avant de vous transmettre le reste ici pour suivi. Je partagerai mon temps entre ici et le quartier général jusqu'à ce que le suspect soit arrêté.

Il la remercia d'un signe de tête et se déplaça sur le côté.

Kay scruta autour d'elle jusqu'à ce qu'elle aperçoive un sergent en uniforme imposant à la périphérie du groupe. Aaron Stewart s'était avéré être un atout lucratif au sein de son équipe par le passé, et elle ne doutait pas qu'il soit capable de la tâche qu'elle allait lui confier.

— Aaron, j'ai besoin que tu établisses un profil de fond pour la victime au fur et à mesure que nous recevons des informations de tous les entretiens qui ont été menés hier soir et que tu les relies aux nouveaux détails au cours de la journée. Une fois que nous saurons qui il est, j'aimerais que tu assumes le rôle d'agent de liaison familiale, s'il te plaît, étant donné ton expertise dans ce domaine. Appelle-moi si tu découvres quelque chose qui doit être traité immédiatement.

Le sergent hocha la tête, baissant les yeux sur son carnet tandis qu'il continuait à copier les notes du tableau blanc.

— Ian, j'aimerais que tu travailles avec moi pour assurer le suivi auprès des habitués du pub ce matin, ainsi que pour parler avec Lydia et Martin Terry. Harry, j'aimerais que tu diriges les enquêtes de porte-à-porte aujourd'hui, poursuivit Kay. Les patrouilles en uniforme ont parlé aux résidents dans la zone immédiate hier soir, mais l'accent était mis sur leur sécurité à ce moment-là plutôt que sur la collecte d'informations liées au crime. Nous devons déterminer si notre tueur a jeté son arme dans le jardin de quelqu'un, alors assurez-vous que les dépendances soient également vérifiées.

— Entendu, chef.

Le sergent Harry Davis se redressa un peu.

— Je me coordonnerai également avec Laura et Gavin

au cas où nous entendrions parler de quelqu'un qui était dans le pub mais qui ne figurait pas sur la liste des noms qui nous a été donnée.

— En fait, dit Sharp en jetant un coup d'œil à Kay, j'aimerais que Gavin revienne à Northfleet avec moi et agisse comme agent de liaison entre les deux enquêtes, la recherche et l'arrestation, et vos efforts pour identifier la victime. Cela te convient ?

— Si tu penses que nous pouvons nous passer de main-d'œuvre. Cependant, nous venons juste de commencer, et nous allons avoir beaucoup de nouvelles informations à trier une fois que les déclarations aux médias seront diffusées.

— Je suis sûr que les officiers ici s'en sortiront, et vous aurez plus de personnel administratif qui arrivera dans la matinée. Il sera prudent d'avoir quelqu'un capable de coordonner entre nous avec l'autorité de traiter toute question urgente qui doit être abordée.

Le cœur de Kay se serra.

— Ok, chef. Gavin, tu as entendu. Tu es avec le commandant divisionnaire Sharp, alors je te suggère de prendre des dispositions avec Debbie et Laura pour leur transmettre toute affaire en suspens avant de partir pour Northfleet.

— Merci, chef.

Gavin essaya et échoua spectaculairement à réprimer un large sourire.

— Je m'assurerai de vous faire parvenir des mises à jour régulières.

— Assure-toi de le faire. Bon, enfin, Lucas Anderson a programmé l'autopsie pour demain matin à neuf heures, et il a fait des demandes pour qu'un expert en balistique soit présent pour aider. J'ai l'intention d'y assister, et je vous ferai un rapport sur tout ce qui peut clarifier ce que l'équipe de Harriet commence à traiter avec le laboratoire médico-légal.

Elle leva les yeux tandis que, un par un, les téléphones commençaient à sonner dans toute la salle des opérations.

— Et sur ce, vous feriez mieux de répondre à ces appels. Nous nous réunirons à nouveau à seize heures cet après-midi, sauf si nous avons une percée substantielle. Au boulot.

CHAPITRE 6

— Daniel, merci d'être arrivé à temps pour le briefing, dit Kay en suivant Laura et l'officier chargé de l'enquête sur les armes à feu dans la salle de conférence. Nous allons avoir besoin de toute l'aide possible pour cette affaire.

— Pas de problème. J'attends des nouvelles de deux membres de mon équipe pour voir si nous pouvons renforcer les effectifs que vous avez ici, dit-il en démêlant les câbles qui pendaient à l'arrière d'un bureau laminé usé près du fond de la salle et en branchant son ordinateur portable. Je ne doute pas des capacités de vos officiers, mais les miens sont plus familiers avec la base de données des permis d'armes à feu. Dans ces circonstances, nous devons agir aussi vite que possible.

Laura sortit un vidéoprojecteur d'une armoire effet chêne sous une fenêtre, le plaça sur la table à côté de Daniel, puis pointa une télécommande vers un écran qui émergea de son boîtier parmi les dalles du plafond.

— Je suggère que nous divisions notre équipe en deux,

poursuivit-il. Ainsi, Laura pourra vous transmettre toutes les pistes solides au fur et à mesure.

— Ça me semble être un bon plan.

Kay se dirigea vers la porte alors que le personnel assigné commençait à arriver, et elle les dirigea vers l'écran.

Quelques instants plus tard, un demi-cercle de douze officiers fixait les images projetées, le visage grave tandis qu'ils écoutaient l'officier chargé des armes à feu.

— Le système national de gestion des permis d'armes à feu est ce que nous utilisons chaque fois que nous recevons une demande de quelqu'un souhaitant obtenir un certificat pour un fusil de chasse ou une arme à feu, commença Daniel. En théorie, personne ne devrait être en possession d'un fusil de chasse, d'une arme à feu ou de munitions sans un certificat valide. Et avant que vous ne le demandiez, les armes imprimées en 3D sont également couvertes par la législation.

Tout en parlant, il parcourut les différentes sections de la base de données.

— La plupart des informations dont vous aurez besoin pour ce processus d'examen initial se trouvent ici. Chaque personne qui fait une demande doit être en mesure de présenter une bonne raison d'avoir besoin d'une arme à feu ou d'un fusil de chasse. Cela signifie une raison légitime pour le travail, comme être garde-chasse ou employé de la commission forestière, pour le sport ou pour quelque chose comme les collections de musées. Une bonne raison pourrait également inclure la reconstitution historique, les collectionneurs d'antiquités ou les clubs de tir sur cible.

Kay s'appuya contre un bureau libre tout en écoutant, aussi captivée que ses collègues.

— Le système capture également les noms des personnes dont les certificats ont été révoqués, ainsi que les demandes refusées, ce sont donc des éléments que vous examinerez en plus des propriétaires légitimes, dit Daniel.

— Quelles sortes de raisons pourraient entraîner la révocation d'un certificat ?

Kay se tourna pour voir Phillip Parker froncer les sourcils, son stylo suspendu au-dessus de son carnet, et elle fit un léger signe de tête.

C'était une bonne question.

— Toute allégation impliquant de la violence domestique, une accusation de conduite en état d'ivresse, des problèmes médicaux, des rapports indiquant qu'un détenteur de certificat a perdu son sang-froid... En gros, tout ce qui nous donne des raisons de nous inquiéter et nous donne un motif valable de soupçonner que cette personne ne devrait pas être en charge d'une arme à feu de quelque sorte que ce soit, dit Daniel.

Il appuya du doigt sur le clavier de l'ordinateur portable et l'image changea.

— Vous aurez tous un accès temporaire à la base de données et quand vous arriverez à vos bureaux, le service informatique devrait vous avoir envoyé par e-mail vos identifiants de connexion pour que vous puissiez la configurer sur vos ordinateurs et commencer. Chef, comment voulez-vous répartir la charge de travail ?

— Je pense que si nous la divisons alphabétiquement en groupes de lettres, cela nous donne une meilleure chance de passer à travers tout cela, dit Kay après un moment de réflexion. Votre base de données reflète-t-elle les décès récents et les cas où les gens vous ont dit qu'ils avaient vendu leurs armes à feu ?

— Oui, en effet. Nous avons effectué une purge complète du système plus tôt ce matin, donc nous savons que nous avons capturé toutes les informations jusqu'à hier.

— Bien, si vous pouviez vous assurer que chacun sait comment filtrer ces personnes de leur recherche, cela nous éviterait de perdre du temps. Combien y a-t-il de détenteurs de permis d'armes à feu dans le Kent ?

— De mémoire, plus de 17 000 personnes sont détentrices, répondit Daniel, reconnaissant les sifflements surpris qui filtraient à travers le groupe. Et cela n'inclut pas les certificats de fusils de chasse. Si nous incluons ceux-là aussi, c'est plus proche de 70 000.

Un silence choqué accueillit ses paroles, et les épaules de Kay s'affaissèrent face à la réalisation qu'il n'y aurait pas de résultat rapide.

Elle parcourut l'équipe du regard.

— Je sais que certains d'entre vous se demanderont pourquoi ils ont été affectés à cette tâche et d'autres se sentiront exclus des autres enquêtes que nous menons dans le cadre de cette enquête pour meurtre. Laissez-moi vous dire maintenant que les informations dont nous avons besoin de cette base de données sont impératives pour découvrir qui est notre tueur, alors ne sous-estimez pas l'importance de ce qui est attendu de vous. Peu importe le temps que cela prendra, nous avons besoin que ces informations soient vérifiées. Est-ce clair ?

Quelques-uns des agents plus âgés près du fond se

redressèrent un peu tandis qu'un murmure d'acquiescement la balayait, puis elle fit un signe de tête à Laura.

— Ils sont tous à toi.

Elle sortit dans le couloir quand son téléphone commença à sonner et répondit dès qu'elle vit le nom affiché sur l'écran.

— Harriet ? Comment ça se passe ?

— Nous sommes en train de finir au pub, dit la responsable de la police scientifique. J'ai eu deux membres de mon équipe qui ont servi de coursiers toute la nuit pour apporter les preuves au laboratoire, et grâce à Sharp qui a appelé une ou deux faveurs et étant donné la nature de cette affaire, ils travaillent déjà sur ce qu'ils ont.

— Dieu merci, dit Kay, en passant une main dans ses cheveux tout en regardant par la fenêtre la rue en contrebas.

En bas, les piétons allaient et venaient sur le trottoir, inconscients de l'activité frénétique à l'intérieur du poste de police, et elle regarda une femme s'arrêter pour parler avec une autre, leurs visages animés tandis qu'elles bavardaient.

Tout était si normal, si éloigné de la scène à laquelle elle avait été confrontée la nuit précédente, qu'elle pouvait imaginer deux mondes séparés passant l'un à côté de l'autre sans savoir que l'autre était là.

— Kay ?

— Désolée, Harriet, j'ai un million de tâches qui me traversent l'esprit en ce moment, et j'ai perdu un membre clé de l'équipe au profit du quartier général. Qu'est-ce que tu disais ?

— J'ai réussi à emprunter un expert en balistique à la police métropolitaine, c'est quelqu'un avec qui j'étudiais à l'université et l'un des meilleurs experts dans un rayon de quatre-vingts kilomètres d'ici.

— C'est une excellente nouvelle. Quand pourra-t-il—

— Il sera là à quinze heures cet après-midi, dès qu'il aura fini de témoigner au palais de justice.

La voix de Harriet devint étouffée, et Kay entendit quelqu'un d'autre parler en arrière-plan avant que la responsable de la police scientifique ne reprenne.

— Je te rappellerai dès que nous aurons plus d'informations, mais je dois y aller, nous avons les derniers prélèvements à enregistrer comme preuves, et je dois commencer mon rapport initial.

— Merci, Harriet. Je t'en dois une.

Kay baissa le téléphone, puis se pencha en avant et appuya son front contre la fraîcheur de la vitre teintée.

— Je suis complètement dépassée par cette affaire, murmura-t-elle.

CHAPITRE 7

Ian Barnes glissa ses lunettes de lecture dans la poche de sa veste, se pencha par-dessus la console centrale et ouvrit la portière côté passager pour Kay qui sortait de la porte arrière du commissariat et se dépêchait vers la voiture.

Elle jeta un dossier et son sac à ses pieds en montant, puis attacha sa ceinture pendant qu'il s'engageait dans la circulation à deux voies.

Il risqua un coup d'œil de côté.

Elle semblait fatiguée, ce qui était compréhensible étant donné la nuit qu'ils avaient tous passée, mais il y avait une lassitude sous-jacente dans sa posture, comme si la tension de l'incident de tir et la charge de travail sans précédent commençaient déjà à peser.

Surtout maintenant que Gavin était en route pour Northfleet avec Sharp.

Après avoir négocié le système sinueux à sens unique, et fait demi-tour autour du périphérique, la voiture fila finalement sur l'A20 en direction de Bearsted derrière un bus à un étage vide bien décidé à griller tous les feux rouges pour sortir de la ville.

Il baissa légèrement la vitre, pour laisser l'air chaud lui chatouiller le cou et chasser un peu du renfermé de l'intérieur du véhicule, qui avait sûrement été utilisé pour une surveillance discrète à un moment donné au cours de la semaine passée si l'odeur sous-jacente de fast-food était une indication.

— Laura a tout ce qu'il faut, alors ? hasarda-t-il, les yeux rivés sur le GPS du tableau de bord.

— Oui.

Le mot unique sortit dans un soupir, puis sa collègue pouffa.

— Désolée, j'ai été un peu préoccupée ce matin. Comment vas-tu après la nuit dernière ? Ça va ?

Il haussa les épaules, puis prit un virage à gauche après avoir dépassé un terrain rempli d'équipements de gymkhana.

— C'est beaucoup à assimiler, chef. C'est la plus grosse affaire sur laquelle on a travaillé ensemble jusqu'à présent, n'est-ce pas ? Et le fait qu'on ait toujours un homme armé en liberté est inquiétant.

— C'est vrai. Dieu merci, Sharp était disponible pour prendre le rôle de commandant. Je n'aimerais pas gérer ça avec quelqu'un que je ne connais pas. Je veux dire, on a toutes les procédures à suivre, mais ça fait une telle différence de travailler avec une équipe familière.

Elle scruta le GPS alors que la voix douce de l'ordinateur lui indiquait de prendre la prochaine à droite.

— Où habitent Lydia Terry et son mari par rapport à l'emplacement du pub ?

— À environ cinq kilomètres à l'est. C'est si petit que ça n'a même pas de nom de lieu, juste le nom de la ruelle où se trouve leur maison. On devrait y être dans cinq minutes.

— Étant donné que tu les as tous les deux interrogés hier soir avant mon arrivée, tu veux mener ? Au moins ça assurera une certaine continuité.

— Pas de problème.

Il tapota le volant du bout des doigts.

— Je sais qu'ils étaient tous les deux sous le choc hier soir, Lydia en particulier, mais je suis curieux de voir à quel point elle pourrait être plus communicative.

Kay renifla.

— Je suis sûre que Len Simpson a été mêlé à pas mal de combines louches dans sa vie. Je suppose que ça dépend si Lydia et Martin en ont déjà profité.

— C'est un grand pas entre braconner quelques faisans ici et là et assassiner un pauvre type, non ?

Il ralentit, anticipant le cottage des Terry dans les prochaines centaines de mètres.

— Et étant donné que Lydia a eu quelques heures pour y réfléchir, et du temps pour en parler avec son mari, peut-être qu'ils décideront qu'il est temps de dire quelque chose.

— Peut-être.

Kay se redressa et pointa du doigt à travers le parebrise.

— C'est là ?

Barnes s'arrêta doucement à côté d'une rangée de cinq cottages d'ouvriers agricoles, la maçonnerie brute battue et meurtrie par les éléments.

Des tuiles d'ardoise couvraient le toit, et chaque propriété avait un porche en bois dans divers états de délabrement qui offrait un semblant de protection contre les intempéries par mauvais temps.

— Belle vue, dit-il.

En face des maisons, l'accotement de la route cédait la place à un panorama de collines ondoyantes, l'orge doré se balançant et ondulant alors qu'une brise ridait le paysage en douces vagues. À un kilomètre de là, un tracteur vert foncé tirait une remorque à travers un champ derrière une moissonneuse-batteuse, un nuage de poussière s'élevant dans l'air alors que les machines travaillaient.

— Attends l'hiver, quand ce vent fouette droit jusqu'ici et entre dans ton salon, dit Kay. J'espère que ces maisons sont bien isolées.

— On a été repérés.

Barnes observa un rideau qui bougeait à la fenêtre du rez-de-chaussée de Weavers Cottage.

— On y va ?

Le temps qu'ils atteignent la porte d'entrée, Martin Terry se tenait sur le seuil, le front plissé.

— Vous ne l'avez pas encore attrapé, alors ? demanda-t-il.

— Ce n'est qu'une question de temps, répondit Barnes, d'une voix neutre. Comment allez-vous tous les deux ?

Terry haussa les épaules.

— Aussi bien que possible. Lydia est dans le salon. Elle insiste pour regarder la couverture médiatique, même si je n'arrête pas de lui dire que ce n'est pas une bonne idée.

— J'ai besoin de savoir.

Une voix portait depuis une porte à gauche du couloir, puis Lydia apparut.

Sans maquillage depuis la veille au soir, son visage pâle était presque translucide contre ses cheveux sombres, et Barnes pouvait sentir le stress qui émanait d'elle.

— Nous ne prendrons pas trop de votre temps, dit-il. Nous avons juste besoin de vous poser quelques questions supplémentaires.

— Venez par ici.

Lydia tourna les talons, prit la télécommande de la télévision sur une table basse à côté d'un fauteuil et coupa le son du commentaire du présentateur.

Barnes remarqua les mêmes images qui se répétaient à l'écran, celles qui passaient en boucle sur les réseaux locaux et nationaux depuis que le communiqué de presse avait été publié, et il réprima la frustration montante face à la quantité de spéculations imposées à une population locale déjà inquiète.

— Vous voulez vous asseoir ?

Il détourna son regard de la télévision à la voix de Martin pour voir l'homme faire un geste vers un canapé couleur champignon sous la fenêtre de devant, et il attendit que Kay soit assise avant de se percher sur l'accoudoir et de déboutonner sa veste.

Feuilletant ses notes pendant que le couple s'installait dans des fauteuils assortis, il jeta un coup d'œil autour de la pièce.

Comparé au White Hart, leur maison était propre et bien rangée, avec des étagères de chaque côté de la télévision et une collection éclectique de bibelots et de souvenirs coincés entre les livres de poche.

Les murs semblaient avoir été récemment peints, d'une couleur vive qui compensait l'orientation nord et mettait en valeur les estampes encadrées au-dessus d'une cheminée en pierre.

Lorsqu'il reporta son attention sur Lydia, elle l'observait attentivement.

— Que voulez-vous savoir, inspecteur ? Je vous ai fait ma déposition hier soir.

— Et je vous en remercie, répondit-il. Ce que j'aimerais faire maintenant, c'est revenir sur ce qui s'est passé, simplement parce que je suis sûr que vous avez été choqués par les événements survenus dans le pub. Il arrive souvent qu'une fois que nous avons eu le temps de décompresser après une rencontre stressante, nous nous souvenions de détails supplémentaires, et ces détails pourraient être cruciaux pour notre enquête.

Lydia hocha la tête en joignant ses mains sur ses genoux.

— D'accord. Ça me semble logique.

— Avant de commencer, comment allez-vous tous les deux aujourd'hui ?

— Ça va, je suppose.

Lydia jeta un coup d'œil à son mari, qui acquiesça légèrement.

— Nous ne nous sommes pas couchés avant presque trois heures du matin...

Elle s'interrompit lorsqu'un hélicoptère passa au-dessus d'eux en faisant trembler les vitres. Une fois qu'il fut passé, elle lui adressa un sourire contrit.

— Inutile de dire qu'il était presque impossible de dormir.

— J'imagine. À part ça ?

— Comme elle l'a dit, on va bien, dit Martin en tendant la main pour prendre celle de sa femme et la serrer. Nous en avons parlé ce matin, et tant que vous attraperez celui qui a fait ça, tout ira bien, n'est-ce pas ?

— Bien.

Barnes sourit.

— Mais n'hésitez pas à contacter votre médecin traitant si vous en ressentez le besoin. Il pourra vous mettre en relation avec les bonnes personnes si vous trouvez que cela devient trop difficile à gérer. Donc, revenons à hier soir. Lydia, à quelle heure les deux hommes sont-ils entrés dans le pub ?

La femme pinça les lèvres.

— J'étais occupée à servir à l'autre bout du bar et j'avais le dos tourné à la porte d'entrée, donc je ne les ai pas vraiment vus au début. Ils n'ont pris qu'un verre chacun. C'est moi qui les ai servis, mais après ça je ne leur ai plus vraiment prêté attention jusqu'à ce que Martin mentionne qu'ils se disputaient à propos de quelque chose.

— Avez-vous réussi à entendre quelque chose de ce qu'ils disaient, Martin ?

L'autre homme s'arrêta un moment, fixant la moquette. Puis, il répondit :

— J'essaie de me souvenir. Ils faisaient de leur mieux pour garder leur voix basse mais je crois avoir entendu des bribes de conversation. Un mot par-ci par-là, vous voyez ? J'ai eu l'impression qu'ils n'étaient venus au pub que pour avoir cette discussion.

— Qu'est-ce qui vous fait dire ça ?

— L'un d'eux a dit quelque chose du genre « personne ne nous connaît », quelque chose comme ça.

Il leva les yeux, une expression penaude traversant son visage.

— J'ai essayé d'écouter après ça. Ça a piqué mon intérêt pour une raison quelconque.

— Pourquoi cela ?

— Je ne suis pas sûr. Peut-être parce que je ne les avais jamais vus avant, et... eh bien, ce n'est un secret pour personne que l'établissement de Len a la réputation d'être un endroit à problèmes, n'est-ce pas ?

Martin tourna son attention vers sa femme.

— Je n'ai jamais aimé que Lydia y travaille. J'ai toujours peur qu'elle se retrouve prise au milieu de quelque chose et qu'elle soit blessée. C'est pour ça que j'essaie de passer en rentrant du travail quand elle y est, juste pour garder un œil sur elle.

— Oh, mon chéri...

Lydia essuya ses larmes et força un sourire avant de faire face à Barnes.

— Je n'ai jamais eu de problèmes avec les habitués auparavant, et Len veille toujours sur moi...

— Mais vous avez dit que les deux hommes qui étaient là hier soir n'étaient pas des habitués ? dit Kay en se penchant en avant.

— Non. Enfin, pas des habitués du pub.

Lydia haussa les épaules.

— Je veux dire, ils sont peut-être du coin, mais je ne les ai jamais vus boire au Hart auparavant.

— Étant donné que l'un des hommes a été assassiné

hier soir, est-ce que l'un de vous deux reconnaîtrait l'autre s'il le revoyait ? demanda Barnes.

Le couple échangea un regard pendant un moment, puis Lydia parla.

— Je ne pense pas,

— Moi, peut-être, dit Martin. Je veux dire, j'essayais de ne pas être trop évident, mais comme j'avais l'impression qu'une dispute était sur le point d'éclater, j'ai jeté un coup d'œil quand je pensais pouvoir m'en tirer.

— L'un d'eux vous a-t-il remarqué ?

L'homme secoua la tête.

— Peu importe ce dont ils discutaient, ils ne s'intéressaient à personne d'autre là-bas. De temps en temps, l'un d'eux regardait par-dessus son épaule juste pour s'assurer que personne n'écoutait, mais je me suis assuré qu'ils ne me remarquent pas.

— Les coups de feu que vous avez entendus. De quoi est-ce que vous vous rappelez ?

— Quand j'ai entendu le premier, je n'étais pas sûre de ce que j'entendais, dit Lydia, la voix tremblante. Je veux dire, on entend des coups de fusil tout le temps par ici, des gens qui tirent sur des lapins ou des faisans. Ça sonnait juste tellement différemment venant du parking, et si proche.

— Len a été le premier à réagir, ajouta Martin. C'est presque comme s'il savait immédiatement ce qui se passait. Il nous a dit de nous mettre au sol, et une fraction de seconde plus tard, nous avons entendu le deuxième coup de feu.

— À quel intervalle les deux coups ont-ils été tirés ?

— Ils étaient rapprochés, dit Lydia. Hier soir, il m'a

semblé que le temps ralentissait après avoir entendu le premier coup, mais je suppose que c'était juste le choc.

— Oui, ils étaient définitivement rapprochés, dit Martin. Peut-être une seconde ou deux entre les deux.

— Que s'est-il passé après que vous avez entendu le deuxième coup ?

— Nous sommes restés au sol.

Lydia frissonna.

— J'avais tellement peur qu'il revienne à l'intérieur pour nous tuer.

— Que faisait Len pendant ce temps ?

— Il a rampé derrière le bar et a disparu à l'arrière pendant un moment, dit Martin.

— Que faisait-il ?

— Je ne suis pas sûr, j'ai supposé qu'il fermait la porte de la cuisine pour que personne ne puisse entrer par là.

— Le problème, c'est que nous avons du mal à comprendre pourquoi il a attendu si longtemps avant d'appeler le numéro d'urgence, dit Kay. Étant donné qu'il y avait un homme armé sur son parking, deux coups de feu tirés et probablement un homme blessé ou mourant là-bas aussi, il n'a pas appelé avant trente minutes. Vous non plus. Pourquoi cela ?

— Len nous a dit de rester immobiles et de ne pas bouger, alors c'est ce qu'on a fait, dit Martin.

Il releva le menton.

— Mon téléphone était dans ma veste, qui était accrochée à un crochet sous le bar, et celui de Lydia était dans son sac à main rangé derrière la caisse. Nous ne pouvions pas y accéder sans lever la tête...

— Et il n'était pas question que je fasse quoi que ce

soit alors que je pensais qu'il y avait encore un homme armé qui se promenait dehors, dit Lydia.

— Quand Len est-il revenu au bar ?

— Je ne sais pas, ça semblait long. Je ne pouvais pas entendre ce qu'il faisait.

— Était-il toujours dans la cuisine ?

— Je crois l'avoir entendu monter à l'étage, dit Martin. Je pensais qu'il voulait peut-être jeter un coup d'œil par la fenêtre là-haut pour voir ce qui se passait. Je suppose que c'est environ vingt minutes plus tard qu'il est revenu—

— Sans se baisser cette fois ?

— Non, c'est pour ça que j'ai supposé que qui que ce soit dehors était parti. Len a récupéré son portable là où il l'avait laissé sur le bar et il a appelé vos collègues.

— Il n'a pas pris son téléphone avec lui quand il est allé dans la cuisine ?

— Je suppose qu'il était plus préoccupé par le fait de s'assurer que la porte de derrière était bien fermée.

— D'accord, je comprends.

Barnes se leva.

— Nous allons faire venir un de nos dessinateurs plus tard dans la journée pendant que vos souvenirs sont encore frais. Je vous serais reconnaissant de bien vouloir travailler avec lui pour décrire les deux hommes du mieux que vous pouvez, ce serait très utile pour notre enquête.

— Bien sûr.

Martin serra à nouveau la main de sa femme, puis raccompagna les deux détectives hors de la pièce, fermant doucement la porte derrière lui. Arrivé à la porte d'entrée, il baissa la voix en se tournant vers Barnes.

— Je n'ai encore rien dit à Lydia, mais je vais me

renseigner pour voir si je peux lui trouver un emploi ailleurs, murmura-t-il. Je ne sais pas ce que j'aurais fait si quelque chose lui était arrivé hier soir. Ça ne cesse de tourner dans ma tête...

— Essayez de ne pas trop vous inquiéter, monsieur Terry, dit Barnes. Elle est en sécurité maintenant, et ici avec vous.

Il serra la main tendue de l'homme, sa poignée ferme.

— Assurez-vous simplement d'attraper celui qui a tué cet homme, dit Martin. C'est à ce moment-là que je saurai que nous sommes en sécurité.

CHAPITRE 8

Malgré ses quatre étages seulement, la structure en béton et verre teinté du quartier général de la police du Kent à Gravesend projetait une longue ombre sur Gavin alors qu'il traversait l'esplanade depuis le parking aux côtés de Sharp.

Derrière eux, un flot continu de véhicules en livrée fonçait vers la voie rapide, leurs sirènes se déclenchant dès qu'ils rencontraient la circulation au-delà du parc industriel.

Les bornes en acier de chaque côté des dalles cuites par le soleil formaient une haie d'honneur, étincelant sous l'éclat du soleil et le faisant plisser des yeux face à cette lumière crue.

Son sac à dos en toile noire heurtait son épaule droite, chargé de plusieurs dossiers avec des documents d'information et son ordinateur portable. Il ouvrit une poche latérale en s'approchant, sortit sa carte de sécurité de Northfleet et l'accrocha à sa ceinture pendant que Sharp passait la sienne sur un panneau de sécurité à droite de la porte.

Dès qu'il suivit le commandant divisionnaire dans l'atrium, il expira.

L'air frais de la climatisation dissipa l'humidité à la base de sa nuque, et il rajusta sa cravate.

— À quel étage sommes-nous, chef ? demanda-t-il, suivant Sharp vers les deux ascenseurs à côté d'un distributeur automatique et essayant d'ignorer les canettes de soda tentatrices derrière la vitre.

— Au troisième.

Sharp entra dans l'ascenseur vide et appuya sur le bouton.

— La commissaire Greensmith sera présente, ainsi que le commandant de la division est.

Gavin déglutit, l'idée d'avoir tant d'officiers supérieurs dans une seule pièce faisant palpiter son cœur. Il jeta un coup d'œil de côté à Sharp, qui l'observait attentivement.

Le commandant divisionnaire lui fit un clin d'œil.

— Ne vous inquiétez pas. Si quelqu'un doit se faire botter les fesses sur cette affaire, ce sera moi. Assurez-vous simplement de pouvoir mettre la main sur les informations dont j'aurai besoin quand on me les demandera, et tout ira bien. Ce sera une bonne expérience pour vous, au minimum.

Esquissant un faible sourire, Gavin regarda les chiffres au-dessus des portes de l'ascenseur clignoter de gauche à droite pendant qu'ils montaient.

— J'essaierai de m'en souvenir, chef.

Il y eut un léger soubresaut lorsque l'ascenseur s'arrêta, puis il suivit le commandant divisionnaire le long de rangées de bureaux cloisonnés, chacun occupé par un officier à l'air harassé.

Des téléphones sonnaient, des voix s'interpellaient d'un bout à l'autre de la pièce, et en s'approchant de la dernière rangée avant une suite de bureaux privés, il vit que l'énorme écran sur le mur le plus proche affichait une vue aérienne en direct du pub.

Le son était coupé, mais il semblait que l'hélicoptère de la police suivait une trajectoire circulaire englobant la campagne au nord de la M20 entre Maidstone et Lenham, progressant méthodiquement.

— Ouf... Regardez où vous allez.

Il trébucha et reporta son attention sur l'endroit où il marchait.

— Je suis vraiment désolé.

S'accroupissant pour ramasser les papiers qui couvraient désormais la moquette comme des confettis bon marché, les joues en feu, il leva les yeux vers la femme qu'il avait heurtée.

Elle portait un uniforme qui semblait avoir été repassé à la limite de la rupture, et quand il se releva, son cœur se serra à la vue des insignes sur ses épaulettes.

— Enquêteur Piper, je vous présente la directrice de police adjointe Tess Bainbridge, dit Sharp. La directrice adjointe agit en tant que notre commandante des armes à feu sur cette affaire, étant donné son expérience dans les opérations antiterroristes.

Gavin lui tendit les papiers, certain que le volume des conversations dans la pièce avait baissé autour de lui pendant que tout le monde le regardait.

— Désolé, madame.

Elle haussa un sourcil parfaitement épilé en réponse.

— Pressé d'assister à notre réunion, enquêteur Piper ?

— Je... oui, en effet.

Il fit un signe de tête vers l'écran.

— C'est un flux en direct ?

— C'est le cas. Nous avons fait voler l'hélicoptère à intervalles réguliers en utilisant des équipements d'imagerie thermique depuis que l'appel est arrivé hier soir.

Les lèvres de Bainbridge se pincèrent.

— Pas de chance jusqu'à présent, mais le directeur a approuvé le budget, donc nous continuerons à chercher.

Il jeta un coup d'œil par-dessus son épaule alors que le brouhaha dans la pièce augmentait.

— Toutes ces personnes prennent-elles des appels du public, ou... ?

— Non. C'est notre centre de commandement tactique, uniquement pour gérer la recherche et l'arrestation. Nous avons une autre équipe en bas qui s'occupe des appels du public et des médias, spécialement formée pour ce rôle.

Ses yeux s'adoucirent.

— Une autre fois, je vous ferai peut-être faire le grand tour, mais vu la situation actuelle...

— Je vous en prie, ouvrez la voie, dit Sharp.

Le cœur de Gavin se serra lorsque le commandant divisionnaire lui adressa un léger mouvement de tête négatif avant d'emboîter le pas à Bainbridge.

Les deux officiers supérieurs s'éloignèrent rapidement, la tête baissée en conversation.

— Bien joué, Piper, marmonna-t-il. À ce rythme, Laura deviendra inspectrice avant toi.

Trois portes plus loin depuis l'espace ouvert, il entra dans une grande salle de conférence remplie d'officiers supérieurs.

Une table ovale couleur cendre occupait le centre de la pièce, avec douze chaises disposées autour à intervalles réguliers et un écran plus petit sur le mur à côté de la porte affichant les mêmes images aériennes qu'il avait vues un instant auparavant.

Cette fois, cependant, le son était activé et après avoir pris place à côté de Sharp, le dos à la fenêtre, son attention fut attirée par le commentaire en cours.

— Le pilote fait partie du service aérien national de la police. Lui et l'équipage parlent à une autre équipe en bas, murmura le commandant divisionnaire. Ils vont rester en l'air pendant trois à quatre heures, s'arrêteront pour faire le plein et retourneront sur le site.

— Est-ce qu'ils alternent les membres d'équipage, chef ?

— Oui.

Sharp regarda sa montre.

— Je pense que c'est la deuxième équipe en l'air maintenant si l'appareil a été utilisé toute la nuit.

Tess Bainbridge se détourna du groupe d'officiers supérieurs avec lesquels elle parlait et éleva la voix.

— Bien, si vous voulez tous prendre vos places s'il vous plaît, nous allons commencer. Le directeur veut publier un communiqué avant midi pour faire le point, alors nous ferions mieux de nous assurer qu'il ait quelque chose à dire. Quelqu'un peut-il couper le son de l'écran ?

Quelques instants plus tard, la porte était fermée et un silence s'installa parmi les officiers rassemblés.

— Si je peux commencer par une mise à jour de votre part, Devon ? dit Bainbridge en ouvrant un carnet relié en cuir. Nous allons remonter la chaîne de commandement d'abord, puis nous passerons à ce qui doit être fait pour appréhender ce suspect.

Sharp s'éclaircit la gorge.

— Pour l'instant, nous avons des agents qui mènent des enquêtes de porte-à-porte dans les environs immédiats du White Hart. Cela comprend toutes les propriétés dans un rayon de trois kilomètres, y compris les résidences secondaires. Nous partons du principe que, même si nous avons parlé à de nombreux habitants hier soir, il était impossible d'effectuer des fouilles approfondies des dépendances et des terrains privés avant le lever du jour. Paul Disher gère notre équipe tactique locale d'armes à feu et est prêt à intervenir si nous découvrons une activité suspecte.

— Paul est un excellent officier, dit Bainbridge, hochant la tête en prenant des notes. J'ai travaillé avec lui sur quelques opérations et c'est l'homme qu'il faut avoir à ses côtés quand la situation dégénère.

— C'est bon à savoir, madame. D'après ce que l'inspectrice principale Hunter m'a dit hier soir sur sa gestion de la situation, je ne doute pas qu'il soit un atout pour notre enquête.

— Kay Hunter est responsable de cette affaire ?

— En effet, et l'inspecteur Ian Barnes est son adjoint.

— Quelle est leur mission actuelle ?

— Ils travaillent avec leur équipe pour interroger toutes les personnes qui étaient dans le pub hier soir avant le crime, et on m'a informé qu'un portraitiste travaillera avec le mari de la femme qui y travaille pour fournir des images de la victime et du suspect d'ici cet après-midi. Nous avons également progressé dans l'établissement d'une liste des détenteurs de permis d'armes à feu dans la zone de la division et nous commencerons ces entretiens cet après-midi.

— C'est un bon progrès compte tenu du temps dont vous avez disposé, Devon. Merci.

Bainbridge se tourna vers Susan Greensmith.

— Cela va représenter un nombre important de personnes à contacter dans un court laps de temps. Comment gérons-nous les effectifs ?

— Les visites initiales seront plus courtes pour ceux qui vivent le plus loin de la scène de crime, expliqua la commissaire. Il s'agira d'interroger les détenteurs de permis sur leurs déplacements d'hier soir et d'effectuer une brève vérification de la sécurité de leurs armes à feu pendant que les agents sont sur place. Pour les détenteurs d'armes à feu plus proches du pub, les mêmes vérifications auront lieu, mais nous demanderons aussi des alibis.

— Bien, merci.

Bainbridge scruta le grand écran au mur et se pencha vers le téléphone de conférence au milieu de la table.

— Agente Woods, pouvez-vous nous faire un point sur la situation aérienne, s'il vous plaît ?

Sharp se pencha et murmura à l'oreille de Gavin.

— C'est Erin Woods, l'une des agents de vol tactique à bord. Elle est avec la police de l'air, sur leur base de Redhill.

Il hocha la tête en réponse, puis écouta la voix de la femme qui résonnait dans les haut-parleurs.

— Madame, nous continuons une surveillance de tous les axes principaux menant à la scène de crime et coordonnons avec la division de la circulation sur les routes secondaires, dit-elle. L'infrarouge n'a rien détecté de suspect dans les zones boisées autour du White Hart, et un cas que nous avons eu ce matin d'une personne en train de traverser un champ a été confirmé par les agents au sol comme étant un local en train de faire son jogging.

— Des véhicules abandonnés ou des activités suspectes dans un rayon de huit kilomètres autour du pub ?

En regardant le flux en direct pendant que l'agente tactique faisait son compte rendu, l'estomac de Gavin se noua lorsque l'hélicoptère vira et entama son prochain tour de la zone.

— Négatif, madame, répondit Erin, élevant la voix au-dessus du bruit des rotors de l'hélicoptère. La voiture calcinée repérée plus tôt ce matin a été écartée de l'enquête et son propriétaire localisé. Nous continuerons à fournir des mises à jour régulières tout au long de la journée.

— Merci, agente.

Gavin écouta la directrice adjointe continuer à faire le tour de la table, apportant des suggestions à ses officiers et écoutant sans interruption chaque intervenant.

Enfin, après la dernière mise à jour fournie par un commandant divisionnaire plus âgé de la division est confirmant l'absence d'activité suspecte à cette extrémité du comté, Bainbridge rassembla les papiers devant elle et observa les personnes réunies autour de la table.

— Je dois être d'accord avec ce que j'ai entendu ce matin, à savoir que le consensus général est que cette attaque par arme à feu n'était pas une attaque aléatoire mais que la victime était la seule personne que le tueur avait en tête. Étant donné qu'aucun coup de feu n'a été tiré sur ou à l'intérieur du pub, et qu'il n'y a eu aucun signalement de comportement menaçant dans la région, nous devons supposer que le grand public n'est pas autant en danger qu'on le pensait initialement.

La directrice glissa les documents dans le dossier en cuir et le ferma.

— Je voudrais donc abaisser le niveau de menace actuel, publier un communiqué de presse mis à jour informant le public que nous pensons qu'il s'agit d'un incident isolé, puis concentrer nos efforts sur la zone immédiate autour du pub White Hart.

Elle repoussa sa chaise et concentra son attention sur Sharp.

— Devon, j'aimerais que vous continuiez à agir en tant que commandant responsable pour la recherche et l'arrestation du tueur. J'attends des mises à jour régulières, et rappelez à votre équipe de ne prendre aucun risque. Une mort cette semaine est suffisante.

Gavin se leva à côté du commandant divisionnaire alors que Bainbridge quittait la salle sans un mot de plus, ses mains tremblant tandis qu'il rassemblait ses notes.

Lorsqu'il se tourna vers Sharp, le visage de l'homme était grave.

— Vous l'avez entendue, Piper, murmura-t-il. Assurons-nous que tout le monde dans la salle des opérations rentre chez soi sain et sauf une fois que tout cela sera terminé.

CHAPITRE 9

Comparé à la maison bien rangée des Terry, le cottage délabré de Geoff Abbott ressemblait à une cabane miteuse.

Placée au beau milieu d'un terrain qui avait peut-être été une pelouse autrefois mais qui n'était plus qu'un enchevêtrement de mauvaises herbes, la petite habitation semblait sur le point de s'écrouler à tout moment.

Des chênes et des hêtres encombraient l'espace au-dessus, créant un bruit blanc étrange qui étouffait tous les sons de la ruelle au-delà.

De la mousse recouvrait les tuiles qui n'étaient pas manquantes, et une bande de bâche vert foncé couvrait une extrémité au-dessus d'une gouttière qui gouttait constamment sur la terre en dessous, bien qu'il n'ait pas plu depuis plus d'une semaine.

Le plâtre s'écaillait sur la maçonnerie anémique de chaque côté de la porte d'entrée délabrée, et tandis que Kay remontait un chemin de briques fissurées et inégales, elle essayait de deviner quelle couleur avait jadis orné les murs entre les poutres sombres qui traversaient le bâtiment.

— Bon sang, patron, marmonna Barnes. On aurait dû apporter des casques.

Kay observa la voiture pourrie surélevée sur des briques à droite du chemin, la vitre du conducteur brisée et une moisissure vert vif visible sur le volant et les sièges, puis elle se retourna et frappa à la porte.

Une bouffée de fumée de cigarette fétide s'échappa par l'entrebâillement lorsqu'elle s'ouvrit, puis Geoff Abbott apparut, plissant les yeux face à la lumière vive qui perçait à travers les branches des arbres.

Des taches de nicotine coloraient ses cheveux gris d'un jaune sale, et des lésions parsemaient son nez et ses joues.

— Vous êtes la police ? demanda-t-il, ses doigts arthritiques tenant les restes d'un mégot.

Kay montra sa carte de police et présenta Barnes.

— Nous aimerions vous parler de l'incident au White Hart hier soir. Pouvons-nous entrer ?

— J'suppose, oui.

Abbott recula en ouvrant la porte plus grand pour les laisser passer, et fit un geste vers l'arrière de la maison.

— Mieux vaut aller dans la cuisine. Le salon est un peu en désordre.

En observant les piles de journaux empilées contre le mur du couloir et les taches d'humidité qui s'infiltraient à travers le papier peint délavé, Kay réprima un frisson.

La cuisine n'était guère mieux, mais au moins une grande fenêtre au-dessus d'un évier encombré laissait entrer suffisamment de lumière pour compenser la pénombre des arbres.

Un vieux Golden Retriever se leva péniblement de son panier usé à côté d'un poêle, traversa en vacillant jusqu'à l'endroit où Kay se tenait près d'une table en Formica ébréchée et piquée, puis s'appuya promptement contre elle.

Tandis que ses yeux brun foncé la fixaient, elle gémit, regrettant son choix de pantalon noir ce matin-là alors que ses poils se répandaient sur le tissu. Puis elle se pencha et caressa la douce fourrure entre les oreilles du chien.

— Comment s'appelle-t-il ? demanda-t-elle.

— Bernard.

La voix d'Abbott s'adoucit.

— Il a treize ans maintenant, alors il ne se déplace plus autant qu'avant. Le pub lui manque aussi.

Les oreilles du chien se dressèrent et Kay gloussa.

— Il reconnaît toujours le mot, n'est-ce pas ?

— Ça, oui.

Le vieil homme désigna quatre chaises branlantes autour de la table.

— Je vous proposerais bien une boisson chaude, mais je n'ai plus de lait et—

— Pas de problème, monsieur Abbott. Nous avons juste quelques questions à vous poser, et ensuite nous partirons.

Apaisé, l'homme hocha la tête et s'assit à côté de Barnes pendant que l'inspecteur sortait son carnet de sa veste.

— Racontez-nous ce qui s'est passé au White Hart hier soir, dit Kay. Avec qui étiez-vous ?

— Trois amis.

Abbott haussa les épaules.

— Tous des locaux. On y va généralement quatre ou cinq fois par semaine. J'suppose que vous voulez leurs noms ?

— En effet.

— Trevor Shadwell, Barry Peters et Malcolm Cross.

— Avez-vous leurs numéros de téléphone et leurs adresses ?

Kay attendit pendant qu'Abbott les récitait à Barnes, remarquant la façon dont le vieil homme tapotait et appuyait sur l'écran de son vieux téléphone portable, le front plissé de concentration.

Elle reconnaissait les noms de la liste que Len Simpson leur avait donnée la veille, mais il était essentiel de vérifier et de clarifier les détails.

— Depuis combien de temps les connaissez-vous ? demanda-t-elle quand il eut rangé son téléphone.

— Barry et moi, ça fait bien trente ans ou plus. On travaillait ensemble sur le chemin de fer à Sittingbourne. Trevor est du coin, il vit au bout de la rue depuis environ douze ans. Il ne buvait pas au Hart avant, mais sa femme est morte il y a quatre ans. C'est Malcolm qui me l'a présenté, je ne me souviens plus d'où ils se connaissent, mais ça fait un moment.

— Avez-vous remarqué les deux hommes qui se disputaient hier soir ?

— S'ils se disputaient, je ne pouvais pas l'entendre de là où j'étais assis.

Abbott renifla.

— Je suis sourd d'une oreille, alors je dois me concentrer quand je suis au pub pour entendre ce que les gars disent, même quand c'est plus calme. Je les ai vus se lever pour partir, par contre.

— Avez-vous pu les voir correctement ?

Abbott se gratta le lobe de l'oreille.

— L'un était plus grand que l'autre. Le plus âgé. Le plus jeune avait un peu l'air d'un rat.

— Ah bon ? Comment ça ?

— Louche. Ses yeux bougeaient dans tous les sens. Il avait les mains dans les poches de son manteau et n'avait pas l'air d'avoir dormi depuis plusieurs jours.

— Et leur âge ?

— Je ne sais pas. C'est plus difficile de deviner l'âge des gens quand on vieillit.

Abbott lui lança un sourire timide.

— Tout le monde a l'air d'avoir vingt ans pour moi ces jours-ci.

— Donnez votre meilleure estimation, alors.

— Je suppose que le plus jeune devait avoir entre vingt-cinq et trente ans. Pas plus vieux que ça. Le plus âgé... fin de la quarantaine, cinquantaine peut-être. Il n'avait que quelques cheveux gris, vous voyez.

Barnes feuilleta ses notes.

— Quand vous avez quitté le pub, avez-vous remarqué quelque chose d'inhabituel chez l'un d'eux ?

— Non, je suis parti avant eux, vous voyez. Comme je l'ai dit, Trevor vit au bout de la rue ici, alors il m'a proposé de me raccompagner. Cette route a trop de virages pour risquer de la parcourir à pied la nuit.

Abbott haussa les épaules.

— Ça ne me dérange pas en été, mais pas maintenant que la nuit commence à tomber plus tôt.

— Les avez-vous entendus quitter le pub après vous ? demanda Kay. Ou les avez-vous vus sur le parking ?

— Pas vraiment. Trev et moi, on parlait tout le long du chemin jusqu'à la voiture, et une fois dedans, on a continué à parler, en faisant des plans pour ce soir.

Il fit une pause, son front se plissa.

— Je crois que je les ai peut-être vus sortir. Vous savez, j'ai vu la lumière filtrer par la porte quand ils sont partis. Mais je n'ai rien vu après ça. Trevor n'est pas du genre à traîner, vous voyez ?

— Y a-t-il des conflits entre propriétaires d'armes dans le coin ?

— Pas comme ça, non. Je veux dire, on entend parfois des gens tirer sur des trucs dans les bois par ici, mais rien d'aussi gros que ça. Des fusils de chasse, principalement.

Kay retint un soupir, fit signe à Barnes que l'entretien était terminé et écarta doucement le chien pour pouvoir se lever.

— Merci pour votre temps, dit-elle en lui tendant une carte de visite. Nous vous recontacterons si nous avons d'autres questions, mais si vous pensez à quelque chose entre-temps qui pourrait nous aider, ou si vous entendez quelque chose, peut-être pourriez-vous m'appeler ?

— Je n'y manquerai pas, ma petite dame.

Il prit la carte et la tint près de son visage pour scruter le texte.

— Plus vite vous trouverez qui est derrière ce meurtre, mieux je dormirai la nuit.

— Vous et moi aussi, monsieur Abbott.

CHAPITRE 10

Une énergie frénétique imprégnait la salle des opérations plus tard dans la journée, un coucher de soleil violet et or barbouillant le ciel au-delà des fenêtres tandis que l'équipe de Kay prenait place.

L'odeur douceâtre des canettes de boissons énergisantes remplissait l'espace autour du tableau blanc, et elle observa les retardataires en prenant une gorgée de café corsé, remarquant les cernes sous leurs yeux.

Si elle n'y prenait pas garde, ils seraient épuisés avant que l'enquête n'ait vraiment commencé, ce qu'elle ne pouvait se permettre à un moment aussi crucial.

Elle se redressa lorsque le dernier officier prit place à l'arrière du petit groupe, et elle posa sa tasse sur la table à côté d'elle.

— Merci à tous. Terminons ceci et ensuite, ceux d'entre vous qui sont de service ici demain matin pourront rentrer chez eux et se reposer.

Elle fit une pause pour parcourir la liste des actions en

haut du dernier rapport qu'elle avait imprimé depuis la base de données HOLMES2, et regarda sa montre.

— Bien, tout d'abord, je peux confirmer que la directrice adjointe et le commandant divisionnaire ont indiqué que la menace immédiate pour le grand public a diminué, et que cette attaque est traitée comme un incident isolé plutôt que comme du terrorisme ou autre. En ce moment, les médias locaux diffusent cette information suite à une conférence de presse qui s'est tenue au quartier général plus tôt cet après-midi. Cela devrait signifier que les appels téléphoniques vont diminuer un peu, et espérons que ceux que nous recevrons à partir de maintenant seront plus utiles. Lucas Anderson a confirmé qu'il effectuera l'autopsie de la victime demain matin à la première heure, et avec un peu de chance, nous aurons des réponses sur son identité avant le week-end. Puis-je avoir une mise à jour sur les enquêtes de porte-à-porte ?

Harry Davis la rejoignit près du tableau et éleva la voix pour que ses collègues à l'arrière du groupe puissent entendre.

— Nous avons parlé à tous les foyers sauf six dans un rayon de trois kilomètres autour du White Hart, dit-il. Deux de ces propriétés sont des résidences secondaires, et nous avons par la suite effectué des recherches dans celles-ci avec l'aide des agences qui les gèrent. Les quatre autres propriétaires sont actuellement à l'étranger ou en voyage d'affaires, et nous avons obtenu la permission de tous pour fouiller les jardins et les dépendances en leur absence. En résumé, il n'y avait aucun signe d'armes à feu cachées dans les propriétés, ni aucun signalement de personnes agissant de manière suspecte hier soir après les coups de feu au pub. Les quatre propriétés actuellement vides n'avaient pas non plus été cambriolées.

— On se demande si notre tueur n'est pas simplement rentré chez lui après, dit Barnes en tapotant son stylo contre son carnet. S'il n'avait pas l'air de paniquer, il n'aurait pas attiré l'attention sur lui.

— Bon sang, c'est un autre niveau d'insensibilité.

Kay expira.

— Mais c'est possible. Ce qui signifie qu'il est tout à fait plausible que l'un d'entre nous ait parlé au tueur aujourd'hui sans s'en rendre compte.

Un silence choqué suivit ses paroles, et elle secoua légèrement la tête pour se recentrer.

— Je ne suis toujours pas satisfaite de la déclaration de Len Simpson sur la raison pour laquelle il a mis tant de temps à appeler le numéro d'urgence poursuivit-elle en arpentant la moquette. Sans parler du fait qu'il a lavé le verre de bière utilisé par notre suspect. Que savons-nous d'autre sur Simpson ? Quelqu'un ?

Laura s'avança, tirant une page de la pile de dossiers dans ses bras.

— Chef, j'ai réussi à en savoir un peu plus sur son renvoi de l'armée. Cela m'a été donné officieusement, mais selon le caporal retraité à qui j'ai parlé, Simpson avait un sacré tempérament et a frappé quelqu'un si fort à la tête pendant une bagarre que le gars s'est retrouvé à l'hôpital avec une grave commotion cérébrale. Il a failli ne pas s'en sortir.

— À propos de quoi était la bagarre ? Ton contact le savait-il ?

— Juste un désaccord d'ivrognes qui a mal tourné,

selon lui. Simpson a fait six mois à la prison militaire de Colchester, puis a été viré.

Laura fronça les sourcils.

— J'ai eu l'impression qu'il y avait plus dans cette histoire que ce qu'on m'a dit, surtout étant donné que le caporal m'a dit que ce n'était pas tant un renvoi qu'un argument persuasif qui a convaincu Simpson qu'il n'était plus le bienvenu dans son ancien régiment, ni nulle part ailleurs dans l'armée.

— Très bien, bon travail. Merci.

Kay se tourna vers le tableau blanc et mit à jour les notes sous la photo de Len Simpson.

— Je vais parler à Sharp et voir s'il peut trouver autre chose auprès de ses anciennes sources de la police militaire. Cela ne répond toujours pas à la question de ce qu'il faisait pendant les trente minutes entre le dernier coup de feu et l'appel téléphonique, cependant.

— Tu penses qu'il est allé cacher quelque chose, chef ? demanda Gavin.

— C'est la première chose qui m'est venue à l'esprit, oui. Je veux dire, dès qu'il a passé cet appel, il aurait su que nous allions passer cet endroit au peigne fin pendant les vingt-quatre heures suivantes.

Kay se retourna vers les officiers rassemblés, son expression pensive.

— Mais la suspicion n'est pas suffisante pour obtenir un mandat de perquisition, surtout quand on ne sait même pas ce qu'on cherche, ou si cela a un quelconque rapport avec ce qui s'est passé là-bas hier soir. Est-ce que nous avons les résultats de l'équipe de Harriet concernant les empreintes digitales prélevées sur la table que la victime et son tueur utilisaient hier soir ?

Phillip Parker leva la main.

— Patrick a appelé du laboratoire juste avant que nous commencions le briefing, chef. Nous avons examiné ce qu'ils avaient, et nous avons déjà deux noms dans le système. Les autres empreintes étaient trop floues pour être utilisables.

— Qui sont ces deux noms ? demanda Kay, son rythme cardiaque s'accélérant légèrement.

— Le premier est Clive Workman, qui vit près de Thurnham, il a été arrêté pour agression il y a quatre ans mais a reçu une peine avec sursis...

Phillip fit une pause pour laisser les grognements collectifs s'éteindre.

— Et puis il y a Mark Redding. Il s'est fait prendre en conduisant en état d'ivresse il y a deux ans et a perdu son permis. Aucun d'eux n'était inclus dans la liste des noms que Simpson nous a donnée hier soir.

Daniel Westland leva la main pour attirer son attention.

— Quand je les ai croisés avec la base de données des permis d'armes à feu, les deux sont indiqués comme ayant eu leurs permis révoqués il y a un certain temps.

Kay plia l'ordre du jour.

— Bien, c'est du bon travail tous les deux, merci. Peux-tu m'envoyer leurs deux dossiers par e-mail, Phillip ?

— Je m'en occupe, chef.

— Merci. Barnes et moi allons interroger Mark Redding.

Laura et Phillip, je veux que vous parliez à Clive Workman.
Pour le reste d'entre vous, je sais que la journée a déjà été
longue, mais continuez. Je suis prête à parier que celui qui a
fait ça n'avait pas prévu de tuer notre victime. Quelque chose
a mal tourné quand ils ont quitté le pub et cette dispute a
dégénéré. Qui qu'il soit, il va paniquer, et il va faire une erreur.

Kay regarda chacun de ses officiers tour à tour en
parlant.

— Nous devons juste nous assurer d'être là quand il le
fera pour pouvoir l'arrêter.

CHAPITRE 11

Laura prit une gorgée de boisson énergisante tiède et grimaça avant de glisser la canette à moitié vide dans un support sous les clapets d'aération du tableau de bord.

— Je ne sais pas comment tu peux boire ce truc, grommela-t-elle. C'est dégoûtant.

— Et pourtant, tu voles toujours le mien, sourit Phillip en dirigeant habilement la voiture à travers une chicane conçue comme mesure d'apaisement de la circulation par le conseil local, les phares illuminant un chat élancé avant qu'il ne plonge sous une camionnette garée. De toute façon, c'est meilleur quand ça sort directement du frigo.

Passant sa langue sur ses dents, et se demandant combien d'émail venait d'être emporté par la boisson sucrée, Laura vérifia l'adresse que Phillip avait trouvée dans son carnet.

— La maison de Clive Workman devrait être dans la prochaine rue après cet arrêt de bus sur la gauche, dit-elle. D'après ses réseaux sociaux, il travaille pour une entreprise locale d'encadrement. Célibataire, jamais marié d'après ce que je peux voir, et il n'a rien posté depuis mars. À part la peine avec sursis il y a quatre ans, il n'y a rien eu depuis.

— Quelque chose dans le dossier sur la raison pour laquelle il a attaqué l'autre homme ?

— Ivre, apparemment. Il s'est battu devant l'une des boîtes de nuit de Maidstone, et ça a mal tourné. L'autre gars a fini à l'hôpital et Workman a eu besoin de douze points de suture à la tête.

— Quel âge avait-il quand il a été inculpé pour agression ?

Elle attendit que Phillip négocie le virage et trouve une place de stationnement à quelques mètres du logement loué par Workman, puis scruta à nouveau ses notes à la lumière de son téléphone.

— Presque trente-trois ans. Il a eu trente-sept ans le mois dernier.

— Peut-être qu'il a mûri depuis cet incident, alors ?

Laura pouffa de rire en détachant sa ceinture et en ouvrant la portière.

— On va bien voir.

Elle suivit son collègue le long d'un trottoir fissuré et inégal, prenant soin de rester au milieu par crainte de marcher dans les crottes de chien qu'elle pouvait sentir près des haies de jardin en surplomb et des lampadaires.

La maison de Clive Workman était une étroite habitation de plain-pied en briques rouges coincée entre quatre de ses voisines, la pelouse transformée en béton et une porte en PVC usée perchée au-dessus d'une dalle de pierre en guise de seuil.

Elle parcourut des yeux le panneau manuscrit qui avait

été épinglé sur la boîte aux lettres pour décourager les publicités et les visiteurs indésirables, et quand Phillip tendit la main pour appuyer sur la sonnette sale, elle remarqua qu'il utilisait la jointure de son index.

Un faible carillon retentit de l'intérieur de la propriété, suivi quelques instants plus tard par l'allumage d'une faible lumière dans le couloir et une ombre tombant sur le panneau de verre dépoli en haut de la porte.

— Bon sang, quelle taille fait ce type ? murmura-t-elle, puis elle tendit le cou lorsque la porte s'ouvrit.

L'homme qui les fusilla du regard les dominait de toute sa hauteur, ses larges épaules dépassant l'embrasure de la porte alors qu'il croisait les bras sur sa poitrine, les biceps saillants.

— Qu'est-ce que vous voulez ?

— Un mot, dit Laura en brandissant sa carte de police, son attitude imperturbable. Je suppose que vous êtes Clive Workman.

— Je n'ai rien fait de mal.

Laura vit une lueur de confusion effleurer les yeux de l'homme, sa mâchoire se crispant d'indignation.

— Si nous pouvions entrer, monsieur Workman, dit-elle d'un ton désinvolte. Je suis sûre que cela ne prendra pas longtemps.

Il leva les yeux au ciel, mais recula pour les laisser passer.

— Je me lève tôt. Ça ne pouvait pas attendre demain ?

— Où étiez-vous entre vingt heures trente et vingt-trois heures hier soir ? demanda Laura alors que la porte claquait contre le chambranle.

Workman se retourna pour leur faire face, un rictus sur les lèvres avant de se rappeler à qui il s'adressait.

Laura l'observa tandis qu'il se forçait à adopter une position décontractée, s'appuyant contre le plâtre écorché du couloir et glissant ses mains sous ses aisselles.

— J'étais au pub avec quelques collègues. Il y avait un match de billard.

— Quel pub ?

Workman le leur dit, et elle regarda Phillip le noter avant de jeter un coup d'œil à la pile de factures empilées sur l'une des marches d'escalier recouvertes de moquette.

Il n'y avait rien d'anormal parmi les logos qu'elle pouvait voir dépasser, un seul appartenant à une banque nationale et l'autre à une compagnie d'assurance.

Quand elle se retourna, l'homme l'observait avec intérêt.

Il laissa retomber ses bras le long de son corps.

— C'est à propos de ces coups de feu au nord de Bearsted ?

— Est-ce que vous possédez une arme à feu, monsieur Workman ? demanda-t-elle.

— Non, bon sang, je n'en ai pas.

— Connaissez-vous quelqu'un qui possède une arme à feu ?

— Écoutez, qu'est-ce qui se passe ?

Les yeux de Workman passèrent de Phillip à Laura, puis revinrent.

— Je viens de vous le dire, je n'ai pas d'arme. J'ai vendu la mienne après avoir perdu mon permis.

— Mais vous êtes allé au White Hart récemment.

Elle fit un pas en avant.

— C'était quand, exactement ?

Workman cligna des yeux.

— Il y a quelques semaines. Juste pour boire un verre.

— Avec qui ? demanda Phillip, stylo en l'air.

— Matty Oakland. On traînait ensemble à l'école.

Un léger sourire apparut.

— Pas que l'un de nous ait bien vieilli depuis.

— Nous allons avoir besoin d'un nom et d'un numéro de téléphone, dit Laura.

— Ouais, bien sûr.

Workman sortit son téléphone de sa poche, tapota l'écran puis le retourna et le tendit à Phillip.

— Voilà. Il vit du côté de Folkestone maintenant.

— Et la date où vous étiez au White Hart ? demanda-t-il. Vous ne l'avez pas mentionnée.

L'homme fronça les sourcils.

— Bon sang, je ne sais pas... ce n'est pas comme si je l'avais noté dans mon agenda ou quoi que ce soit. Matty m'a appelé à l'improviste en disant qu'il était dans le coin, et il m'a demandé si je voulais boire un verre.

Phillip ne dit rien, suivant l'exemple de Laura, qui attendit patiemment pendant que les secondes s'écoulaient.

— Ça devait être il y a trois semaines, finit par dire Workman. Ouais. Un mardi soir, donc j'ai bu seulement deux bières légères. Je conduisais, vous voyez ?

Son sourire s'élargit.

— J'ai changé mes habitudes.

Phillip referma son carnet d'un coup sec tandis que Laura se tournait vers la porte.

— Merci pour votre temps, monsieur Workman. Nous vous recontacterons si nous avons d'autres questions.

L'homme s'attarda un instant sur le pas de la porte, puis les interpella avant qu'ils n'atteignent l'extrémité du jardin bétonné.

— Hé, vous ne direz pas à mon patron que vous êtes venus ici, n'est-ce pas ?

Laura jeta un coup d'œil par-dessus son épaule, son visage plongé dans l'ombre du réverbère au-dessus d'elle.

— Pas à moins que nous ne vous soupçonnions d'être impliqué, monsieur Workman.

— D'accord.

Elle regarda son collègue alors que le bruit de la porte de Workman qui claquait résonnait sur les voitures environnantes.

— Je vais appeler ce Matty Oakland, mais je n'ai pas eu l'impression que Clive soit notre tueur, et toi ?

Fronçant le nez, Phillip pointa sa clé vers leur voiture.

— Pour être honnête, je n'arrive toujours pas à croire que Len Simpson n'avait pas nettoyé ces tables depuis plus de trois semaines.

Elle rit et sortit son téléphone portable.

— Je suppose qu'on peut rayer le White Hart de la liste des endroits potentiels pour notre fête de Noël, alors.

CHAPITRE 12

Kay leva les yeux alors que le toit à pignon de la maison géorgienne de Mark Redding apparaissait, puis elle jura lorsque la dernière barre de réception disparut de l'écran de son téléphone portable.

La propriété entière était entourée d'une végétation dense. Des conifères matures bordaient la limite le long de l'allée qui les avait menés ici, cédant la place à de vieux marronniers et frênes qui plongeaient leur voiture dans l'obscurité tandis que Barnes la dirigeait le long de l'allée sinueuse vers la maison.

Le gravier s'élargissait en une grande aire de stationnement encerclant une fontaine ornée au milieu, l'élément aquatique illuminé par des projecteurs qui projetaient des ombres sur les nymphes de pierre folâtrant au centre.

Elle aperçut une pelouse soignée au-delà des phares de la voiture lorsque Barnes freina pour s'arrêter à l'extrémité la plus éloignée du bâtiment, puis repéra la calandre brillante d'une voiture de sport haut de gamme au bout d'une seconde allée qui longeait le côté de la maison.

— Comment diable peut-il gérer une entreprise depuis chez lui s'il n'a pas de fichu signal téléphonique ? marmonna-t-elle.

Barnes retira les clés du contact. Il pointa du doigt au-delà des projecteurs fixés artistiquement aux murs de mortier de chaux entre le lierre sombre qui s'enroulait autour des fenêtres.

Un boîtier de raccordement dépassait de sous l'avant-toit, relié à un câble téléphonique qui oscillait entre la maison et un pylône en bois plus loin le long de l'allée.

— Dieu seul le sait. Peut-être qu'il doit se fier à la ligne fixe ici.

Fourrant son téléphone dans son sac avant de le passer sur son épaule, Kay sortit et le suivit vers la porte d'entrée, ses chaussures s'enfonçant dans l'épais gravier.

Une lumière de sécurité aveuglante s'alluma au-dessus de la porte alors qu'ils étaient encore à quelques mètres, et elle mit sa main en coupe au-dessus de ses yeux pour les protéger de l'éblouissement avant de regarder par-dessus son épaule.

— Si je vivais ici, j'aurais aussi des lumières de sécurité, dit Barnes à voix basse alors qu'ils s'approchaient.

Il tendit la main vers un bouton sous un panneau de sécurité à côté de la porte, et un fort bourdonnement émana du haut-parleur au-dessus.

Une fraction de seconde plus tard, un chien se mit à aboyer, le bruit s'amplifiant jusqu'à ce que Kay puisse entendre le grattement de griffes sur un plancher en bois et une respiration lourde de l'autre côté de la porte.

— Bon sang, c'est le chien des Baskerville, dit Barnes.

Puis il y eut un cliquetis à l'autre bout, et la voix d'une femme filtra.

— Qui est-ce ?

— L'inspecteur Ian Barnes et l'inspectrice principale Kay Hunter. Nous aimerions parler à Mark Redding.

— Avez-vous un rendez-vous ?

— Non. Nous menons actuellement une enquête urgente et son nom nous a été donné comme personne d'intérêt.

— Un instant.

Un bruit de ferraille suivit ses paroles, puis elle disparut.

Le chien continuait d'aboyer.

Kay haussa un sourcil vers son collègue.

— Tu crois qu'elle va nous laisser entrer ?

— Comment pourrait-elle résister à mon charme et mon esprit ?

Il lui fit un clin d'œil.

— Très drôle. Que fait Redding dans la vie, d'ailleurs ?

— Phillip dit qu'il est directeur d'une entreprise de formation en ligne. D'après ce qu'il a pu comprendre, Redding sous-traite le travail à différents freelances pour écrire et réaliser les cours en vidéo, mais il fait tout le marketing et le réseautage lui-même depuis chez lui. Il n'y avait aucune trace d'autres locaux.

Kay hocha la tête, puis tourna son attention vers la maison alors que la porte s'entrouvrait.

— Chut, Benji.

Une femme d'une cinquantaine d'années jeta un coup d'œil par-dessus une chaîne de sécurité en laiton.

— Je peux voir vos cartes ?

Reconnaissant sa voix du système de sécurité, Kay tendit sa carte de police et attendit pendant qu'elles étaient examinées.

Finalement, la femme les leur rendit, desserra la chaîne et s'écarta.

— Entrez. Je m'excuse pour les précautions de sécurité.

Elle leur adressa un sourire d'excuse, ses doigts enroulés autour du collier d'un Labrador noir.

— Comme nous vivons au fin fond de la campagne, nous ne pouvons pas nous permettre d'être trop imprudents.

— Avez-vous eu des problèmes par le passé ? demanda Kay en essuyant automatiquement ses chaussures sur le paillasson avant de marcher sur le plancher en chêne.

Le chien renifla sa main tendue, puis pressa son museau contre le pantalon de Barnes avant de s'éloigner en trottinant, apparemment satisfait qu'ils ne représentaient aucun danger.

— Nous n'en avons pas eu, mais les propriétaires précédents avaient été cambriolés deux fois.

La femme claqua la porte et refixa la chaîne.

— Je suis Patricia Redding, la femme de Mark.

— Nous sommes désolés de vous déranger à une heure si tardive, madame Redding, poursuivit Kay, mais nous avons des questions urgentes que nous aimerions poser à votre mari, et elles ne pouvaient pas attendre jusqu'au matin. Est-ce qu'il est là ?

— Il devrait terminer une conférence téléphonique avec New York d'un moment à l'autre. Venez par ici.

Un arôme d'ail et de romarin flottait dans l'air, et un pincement de culpabilité monta dans la poitrine de Kay à l'idée qu'ils interrompaient une routine familiale normale en semaine.

Elle chassa cette pensée, se rappelant la vue de l'homme mort sur le parking du White Hart la veille au soir.

Ils suivirent Patricia Redding à travers le large hall et franchirent de lourdes doubles portes dans une antichambre, les murs en plâtre de chaque côté de la fenêtre à volets peints en blanc cassé pour accentuer les œuvres d'art exposées à intervalles réguliers.

Une épaisse moquette recouvrait le sol, étouffant leurs pas alors qu'ils marchaient vers une porte fermée.

— Un instant, je vais voir s'il a terminé.

Patricia disparut, et Kay retint son souffle, écoutant les tons confus de la voix d'un homme et la réponse apaisante de sa femme.

La femme revint quelques instants plus tard et ouvrit grand la porte.

— Entrez. J'ai expliqué à Mark que c'était urgent et que ça ne pouvait pas attendre. Voulez-vous du thé pendant que vous parlez ?

— Ce ne sera pas nécessaire, merci, madame Redding.

Kay tourna son attention vers l'homme qui se levait d'une chaise derrière un grand bureau.

Il s'arrêta pour tirer d'épais rideaux sur les fenêtres allant du sol au plafond qui, supposa-t-elle, donnaient sur la voiture de sport garée, puis il traversa la pièce jusqu'à l'endroit où ils se tenaient.

De plusieurs centimètres plus grand qu'elle, il portait un pantalon kaki décontracté et une chemise à carreaux ouverte au col.

— Trish me dit que c'est important, dit-il, et si elle le dit, j'ai appris à faire ce qu'on me dit.

La peau autour de ses yeux se plissa tandis qu'il leur faisait signe de se diriger vers un groupe de quatre fauteuils à côté d'une cheminée vide.

— Si nous nous asseyions ici ? Ce sera plus confortable.

— Appelez-moi si vous avez besoin de moi, lança Patricia en leur adressant un signe de la main joyeux avant de fermer la porte.

Kay examina le bureau. Hormis un classeur sur le côté, une autre armoire à côté dans une finition en frêne assortie et l'ordinateur installé sur le bureau, le reste de la pièce ressemblait à un salon avec ses fauteuils confortables et son âtre en pierre.

Un set d'outils de cheminée en laiton hautement poli se tenait à côté d'un porte-bûches vide assorti, et ses chaussures s'enfonçaient dans l'épais tapis lorsqu'elle traversa pour s'asseoir dans le fauteuil le plus proche du bureau.

Redding se laissa tomber dans celui en face de Barnes avec un soupir mal dissimulé et passa une main sur ses yeux fatigués.

— Désolé. Je suis réveillé depuis cinq heures. C'est très bien d'avoir une entreprise internationale prospère, mais mes sous-traitants travaillent dans des fuseaux horaires différents et parfois une conversation en face à face est préférable à un e-mail.

— Nous sommes désolés d'interrompre votre soirée, commença Kay. Cependant, nous enquêtons sur le meurtre d'un homme au pub White Hart hier soir.

— Quoi ?

Les yeux de Redding s'écarquillèrent.

— Vraiment ? Je me demandais ce que faisait l'hélicoptère, il n'a pas arrêté de faire du bruit toute la journée.

— Nous avons encore un suspect en fuite.

Les yeux de Redding passèrent de Kay à Barnes, et un froncement de sourcils apparut.

— Pourquoi avez-vous besoin de me parler de ça ?

— Nous parlons à tous ceux qui se sont rendus au pub au cours des dernières semaines précédant l'incident, dit-elle. Votre nom est apparu parce que vos empreintes digitales ont été trouvées sur une table, correspondant à celles prises lorsque vous avez été inculpé pour conduite en état d'ivresse il y a deux ans.

La bouche de Redding se tordit de dégoût.

— Des empreintes digitales ? Bon Dieu, je pensais que cet endroit avait l'air délabré, mais si j'avais su qu'il était si sale, je ne m'y serais pas arrêté.

— Que faisiez-vous là-bas ?

— Je peux vous assurer, détective Hunter, que ce n'était pas par choix. Vous comprendrez que ce n'est pas le genre d'endroit que Patricia ou moi-même fréquenterions.

Redding soupira.

— Je revenais de Londres en voiture quand j'ai reçu un appel téléphonique me demandant si je pouvais rencontrer un client potentiel de l'autre côté de Maidstone à court préavis. Plutôt que de rentrer à la maison pour repartir aussitôt, je me suis arrêté au White Hart en attendant la confirmation du rendez-vous.

Il fit une pause et leur adressa à tous deux un sourire penaud.

— Je n'ai bu qu'une limonade, bien sûr. J'ai retenu la leçon il y a deux ans, croyez-moi.

Kay inclina la tête vers le bureau.

— Que faites-vous dans la vie, monsieur Redding ?

— Je développe des cours de formation en ligne pour des entreprises qui gèrent la bourse.

Il sourit avec bienveillance.

— Pas très excitant, j'en ai peur.

— Comment diable gérez-vous cela sans réseau mobile ? demanda Barnes.

Redding rit.

— Je n'utilise mon portable que pour recevoir les messages vocaux et les textos quand je suis ici. Nous avons tendance à utiliser le téléphone fixe pour tout le reste. Il y a une rumeur qui court selon laquelle ils pourraient bientôt installer la fibre optique ici, mais je ne retiens pas mon souffle et Trish ne me laissera pas installer une antenne sur la maison. Elle dit que ça rendrait l'endroit laid.

— Revenons au White Hart, reprit Kay. Que conduisez-vous ?

— La voiture de sport garée dans l'allée. Vous l'avez probablement vue en arrivant.

Redding essaya en vain de cacher un sourire suffisant.

— J'en voulais une depuis que j'étais adolescent. Trish l'appelle mon jouet de crise de la quarantaine.

— Êtes-vous retourné au White Hart depuis ce jour-là ?

— Mon Dieu, non.

Redding frissonna.

— Comme je l'ai dit, je n'y étais jamais allé avant et c'était uniquement par commodité. L'endroit était mort quand j'y étais, et le type derrière le bar était... négligé. Je n'y retournerai certainement pas. Encore moins s'ils n'ont même pas nettoyé les tables en trois semaines. C'est dégoûtant.

— Possédez-vous une arme à feu, monsieur Redding ? demanda Barnes.

— Plus maintenant.

L'homme croisa les jambes, s'arrêtant pour rajuster le pli de son pantalon.

— J'ai perdu mon permis d'armes à feu quand j'ai été inculpé pour conduite en état d'ivresse.

— Une dernière question, monsieur Redding, dit Kay. Où étiez-vous mercredi soir entre vingt heures trente et minuit ?

— Ici, dit Redding.

Il fit un geste vers le grand écran d'ordinateur sur son bureau.

— Deux appels vidéo successifs avec des clients, l'un à Chicago et l'autre à Minneapolis. Patricia m'a apporté le dîner vers vingt et une heures pour me soutenir.

Kay se leva et lui tendit une carte de visite.

— Merci pour votre temps ce soir. Nous allons vous laisser retourner à votre dîner.

— Pas de problème, détective. À votre service.

Après avoir été raccompagnés à la porte d'entrée, Benji apparaissant dans le couloir pour s'assurer que les visiteurs partaient, Kay retourna à la voiture aux côtés de Barnes et inhala l'air frais de la nuit.

Quelque part au-delà des arbres, un hibou hulula, et un frisson lui parcourut les épaules.

— Qu'en penses-tu, chef ? demanda Barnes. Il semblait vraiment surpris que ses empreintes aient été trouvées au pub.

— En effet.

Kay fit un signe de tête vers la silhouette basse de la voiture de sport alors qu'ils atteignaient leur propre véhicule.

— Et ça aurait marqué les esprits si elle avait été garée au White Hart hier soir. On ne voit pas beaucoup de voitures comme celle-là par ici.

Perdus dans leurs pensées, ils atteignirent le bout de l'allée des Redding avant que Barnes ne reprenne la parole.

— Je n'aime pas ça, chef. Vingt-quatre heures plus tard, et nous n'avons rien.

— Je sais.

Elle cligna des yeux pour contrer la fatigue qui s'infiltrait en elle et baissa légèrement la vitre.

— Espérons que Lucas aura des réponses pour nous lors de l'autopsie demain.

CHAPITRE 13

Le lendemain matin, Kay se gara dans la dernière place disponible sur le côté de l'hôpital Darent Valley et observa les nuages menaçants rassemblés au-dessus de l'imposant bâtiment.

Comme pour anticiper son humeur sombre, le tonnerre gronda au loin lorsqu'elle coupa le moteur, suivi de près par un éclair fourchu qui illumina le ciel au-delà des arches en forme de vague qui formaient l'entrée des urgences.

La pluie commença à crépiter contre les pavés de béton tandis qu'elle se hâtait vers une porte latérale à gauche des ambulances et des patients, et lorsqu'elle poussa la poignée chromée, un second coup de tonnerre fit trembler les panneaux de verre de chaque côté.

Il n'y avait toujours aucune nouvelle de l'équipe de Sharp concernant l'identification et l'arrestation d'un suspect, et l'atmosphère dans la salle des opérations de Maidstone avait été empreinte d'une frustration croissante lors du briefing de ce matin-là.

Elle vérifia ses messages pendant que l'ascenseur la montait au deuxième étage, nota une réunion prévue au quartier général à midi pour informer la commissaire, puis rangea son téléphone alors que les portes s'ouvraient en glissant et qu'elle pénétrait dans un couloir hautement ciré.

Des voix étouffées s'échappaient des portes qu'elle dépassait, en contraste frappant avec la cacophonie à l'extérieur sur l'esplanade, et lorsqu'elle franchit les doubles portes du service de la morgue, un calme emplit l'espace.

Après tout, les patients qui reposaient derrière la porte intérieure à sa droite n'étaient pas pressés d'aller où que ce soit.

— Bonjour, inspectrice Hunter.

Simon Winter leva les yeux de son écran d'ordinateur et désigna un registre des visiteurs sur le bureau à côté de lui, ses cheveux bruns cachés sous une charlotte bleue de protection. Il jeta un coup d'œil à la fenêtre alors que la pluie s'intensifiait.

— On dirait que vous êtes arrivée juste à temps.

— Ça vaut mieux que d'être trempée.

Kay sourit et griffonna son nom dans l'espace disponible suivant. Elle examina la signature au-dessus de la sienne et fronça les sourcils.

— Qui d'autre est ici ?

— Zachary Taylor, répondit une voix familière derrière elle.

Elle se retourna pour voir Lucas Anderson enfiler des gants de protection en s'affairant dans le couloir, une grande enveloppe blanche coincée sous le bras.

— Qui est-ce ?

— L'expert en balistique auquel j'ai fait appel, répondit le pathologiste. Heureusement, il a pu venir rapidement, je n'aurais pas pu procéder sans lui. Enfin, pas sans vouloir affronter la colère de Harriet après coup. Il est en train de se changer. Tu veux faire de même, et je te retrouve là-bas ?

— Bien sûr.

Dix minutes plus tard, vêtue de la tête aux pieds d'une combinaison de protection par-dessus son pantalon et son chemisier, Kay sortit de la cabine de change et glissa ses cheveux sous une charlotte en papier.

Simon lui adressa un sourire sinistre, puis poussa la porte de la salle d'examen.

L'air frais caressa son visage tandis qu'elle le suivait vers une table en acier inoxydable au fond de la pièce, son pouls manquant un battement alors qu'elle s'approchait du corps mutilé étendu, prêt pour l'autopsie.

L'odeur âcre de javel et de fluides antiseptiques envahit ses sens, piquant le fond de sa gorge, et elle cligna des yeux pour contrer les larmes qui la picotaient sous l'effet des produits chimiques.

Aussi désagréables que fussent ces odeurs, ce n'était rien comparé à ce qui allait suivre au cours de la prochaine heure ou plus.

Deux silhouettes vêtues de façon identique se tenaient au fond de la pièce, leur attention captée par six écrans d'un blanc lumineux fixés au mur et une série de radiographies épinglées sous chacun d'eux.

Le plus petit des deux se retourna à son approche et lui fit signe d'approcher.

— Kay, viens nous rejoindre, dit Lucas, son visage masqué. Voici Zachary Taylor, notre expert en balistique.

— Appelez-moi Zach.

Kay serra la main gantée tendue et leva les yeux vers des yeux bruns profonds.

— Je dirais que c'est un plaisir de vous rencontrer, mais...

— Ne vous inquiétez pas, j'entends ça tout le temps dans ce boulot.

La peau autour de ses yeux se plissa d'humour.

— Comment avance l'enquête ?

— Ça avance.

Kay essaya de dissimuler la frustration dans sa voix, sans succès.

— J'espère que vous allez me donner des réponses qui nous aideront ce matin.

Lucas désigna les radiographies.

— On va certainement essayer. Avant de commencer, nous voulions jeter un coup d'œil à ces images. L'équipe de Harriet n'a trouvé aucun fragment de balle sur la scène, ce qui nous a indiqué qu'elles s'étaient logées dans le corps de notre victime plutôt que de le traverser.

— On peut les voir ici.

Zach tapota les troisième et cinquième écrans.

— Celle dans le crâne est coincée là où se trouvait le nez de l'homme, et on peut voir l'autre parmi ce qui reste de son sternum.

Kay s'approcha, fixant les inquiétantes taches blanches au milieu de l'enchevêtrement d'os et de cartilages.

— On peut à peine dire que ce sont des balles.

— Ce qui me fait penser qu'il s'agit de balles à pointe

molle ou à pointe creuse plutôt que de balles blindées, commenta Zach. C'est le corps qui absorbe la puissance cinétique de la balle, surtout à si courte portée. Ce que votre tueur a utilisé ressemble à ce qu'on utilise pour chasser le cerf. On en sera sûrs une fois qu'on l'aura ouvert.

— Nous devions savoir où elles se trouvaient avant de commencer, expliqua Lucas à Kay. Ça n'aurait aucun sens que j'en entaille une par accident avec un scalpel, ça pourrait endommager des preuves vitales.

— Avez-vous déjà travaillé sur une enquête de crime au fusil auparavant, inspectrice Hunter ? demanda Zach tandis qu'ils s'approchaient de la table d'examen.

— Je vous en prie, appelez-moi Kay quand nous sommes ici. Pas depuis longtemps.

Elle grimaça.

— J'avais oublié à quel point elles pouvaient être pénibles.

Elle parcourut du regard l'homme étendu, prêt pour l'autopsie.

Sous l'éclairage cru de la morgue, ses blessures étaient encore plus horribles à regarder que lorsqu'elle l'avait découvert pour la première fois sur le parking du White Hart mercredi soir.

Simon avait fait de son mieux pour nettoyer le sang et pire encore qui s'étaient accrochés à la peau de l'homme, mais il ne pouvait pas faire grand-chose pour le visage fracassé et la cavité thoracique.

— Nous avons prélevé des échantillons sur ses mains, ses bras, son visage et ses vêtements avant de les transmettre à l'équipe de Harriet, expliqua-t-il à Kay. Cela les aidera à déterminer s'il y a eu plus d'une arme impliquée, et à quelle distance la victime se trouvait de son tueur lorsqu'elle a été abattue.

— D'accord, merci. Et pour l'identification ? Il n'apparaît dans aucun de nos systèmes, et vu les dégâts sur son visage...

— Pendant que je faisais ces radiographies, j'en ai aussi fait prendre de ce qui reste de sa mâchoire, dit Lucas. Ce qui restait de ses dents montrait qu'un travail coûteux avait été effectué par le passé, alors j'ai tout transmis à un orthodontiste médico-légal. Nous ne pouvons évidemment rien promettre, mais s'il existe des dossiers disponibles, nous pourrons peut-être te donner un nom dans les prochaines vingt-quatre heures environ.

— Croisons les doigts, alors.

— En effet.

— Lucas, avant que tu commences, est-ce que ça te dérangerait si je jetais un coup d'œil aux plaies d'entrée ? demanda Zach.

Il brandit une tablette.

— Je vais aussi prendre des photos avec ça, si ça ne te dérange pas. Comme ça, je pourrai les utiliser pour calculer les trajectoires, ce genre de choses, pour mon rapport.

— Bien sûr. Simon, tu peux me donner un coup de main ?

Kay fit un pas en arrière pendant que le médecin légiste et son assistant roulaient la victime sur son côté droit, et elle observa Zach se pencher pour photographier l'arrière du crâne de l'homme avant de se déplacer vers un second trou qui perçait la colonne vertébrale.

— Merci, dit-il en se redressant pendant que Lucas réinstallait la victime pour l'examen.

Il fronça les sourcils en faisant défiler les photographies.

— Plus gros qu'un .22, je dirais.

— Eh bien, nous le saurons bientôt, dit Lucas en tirant une loupe sur son visage et en sélectionnant un scalpel sur un chariot à côté de la civière. On commence ?

Se déplaçant vers les pieds de la victime et restant bien à l'écart pendant que les deux médecins légistes travaillaient, Kay écoutait leur commentaire en direct.

Un microphone suspendu à un cordon au-dessus de la table enregistrait chaque mot de Lucas, qui serait ensuite transcrit et vérifié avant que son rapport n'arrive dans sa boîte de réception plus tard dans la semaine.

En attendant, elle absorbait les connaissances émanant des experts autour d'elle, avide d'informations qui aideraient l'enquête.

Elle se détourna pendant que Lucas utilisait des pinces pour disséquer ce qui restait du visage de l'homme, sachant qu'elle se souviendrait de chaque détail pendant des années.

Les souvenirs ne la quittaient jamais, ils ne s'estompaient qu'un peu jusqu'à ce qu'une pensée aléatoire les ramène à la surface.

Et pourtant, elle n'arrêterait jamais ce qu'elle faisait.

C'était la seule façon d'apporter justice à la victime et à sa famille pour une vie prise trop tôt.

— Voici le premier.

La voix de Lucas la tira de ses pensées et elle regarda

par-dessus son épaule pour le voir utiliser les pinces pour tenir un minuscule objet à la lumière.

Elle traversa le sol antidérapant jusqu'à l'endroit où il se tenait, et attendit pendant que Zach prenait une série de photographies avant que le médecin légiste ne place le fragment de balle dans un bocal à preuves.

Après avoir scellé le couvercle, il le lui tendit.

— Un de fait, un à venir, dit-il.

— Pouvez-vous me dire quelque chose à ce sujet ? demanda-t-elle à Zach, examinant le fragment de métal écrasé. Je veux dire, c'est difficile de dire quelle était sa forme originale maintenant, n'est-ce pas ?

— Malgré les dommages qu'il a subis, je dirais que j'avais raison en affirmant qu'il s'agit d'une balle à pointe molle. Une munition expansive aussi, conçue pour faire beaucoup de dégâts à l'impact.

— Donc nous cherchons quelqu'un avec un fusil de gros calibre, alors ?

— Oui, très certainement. Quelque chose comme un .308. Comme je l'ai dit, généralement utilisé pour la chasse au cerf, ou peut-être au sanglier.

Il afficha un sourire sinistre.

— Pas ce qu'on utiliserait pour un problème de lapins, ou de rats. Il n'en resterait pas grand-chose après. Ça pourrait aussi être un semi-automatique, quelque chose avec un petit chargeur contenant une demi-douzaine de cartouches.

— Cela expliquerait pourquoi nos témoins ont dit avoir entendu les deux coups de feu en succession rapide alors.

— Le tueur n'aurait pas eu à faire de pause pour recharger, acquiesça Zach.

Un frisson glacial parcourut les épaules de Kay tandis qu'elle rendait la preuve.

— Et s'il utilisait un fusil semi-automatique avec un chargeur plein comme vous le suggérez, alors il pourrait encore se promener avec une arme chargée, dit-elle en fouillant sous sa blouse pour sortir son téléphone portable de la poche de son pantalon. Je dois en informer Sharp.

CHAPITRE 14

Gavin réprima un bâillement et tint une tasse en céramique ébréchée empruntée sous le bec du distributeur automatique tandis qu'un liquide noir et visqueux en jaillissait.

Ça sentait le café, mais il avait déjà compris qu'il fallait au moins trois sachets de sucre pour que ça ait un goût proche de celui du vrai café.

Il n'était même pas sûr que ça contienne de la caféine, et se demandait si l'effet placebo commençait à s'estomper.

Se dirigeant vers une table vide, il épousseta les miettes de sa surface stratifiée avec une serviette et s'affala sur l'une des chaises en aluminium, le dos contre le mur de l'espace de pause.

Le plâtre avait été peint d'une couleur crème unie et des tableaux d'affichage étaient fixés à plusieurs endroits autour de la pièce.

Il parcourut machinalement du regard les affiches et

autres documents, mais il n'y avait rien de nouveau. Au lieu de cela, il porta son attention sur le petit téléviseur vissé au mur dans le coin, le son coupé. Des sous-titres défilaient au bas de l'écran, le sous-titrage peinant à suivre les deux présentateurs de télévision perchés sur un canapé, leurs dents d'un blanc éclatant brillant.

— Longue journée ?

Il cligna des yeux, détournant brusquement son attention des derniers potins sur une chanteuse pop dont il n'avait jamais entendu parler.

L'enquêteur Paul Solomon se tenait à côté d'une des chaises libres, son visage aussi fatigué que Gavin se sentait.

Le détective avait aidé l'équipe de Maidstone avec quelques informations lors d'une enquête sur les drogues un an auparavant, et avait impressionné tout le monde par sa connaissance des opérations locales de contrebande qui étaient lentement démantelées.

Il recula sa chaise, tendit la main à l'autre homme et désigna le distributeur automatique.

— Paul, content de te voir. Je peux t'offrir un café ?

— Pas question. Il n'y a que les visiteurs qui boivent ce truc.

Un sourire amical suivit ses paroles.

— Je peux me joindre à toi ?

— Bien sûr.

— Je ne savais pas que tu étais là jusqu'à ce que j'entende Sharp parler à mon inspecteur principal. Tu travailles sur l'affaire de l'attaque au fusil ?

Gavin acquiesça.

— La partie recherche et arrestation. Kay gère le côté victime depuis Maidstone.

— Des nouvelles de ce côté-là ?

— Rien pour l'instant. L'autopsie a eu lieu ce matin cependant, donc avec un peu de chance...

— Ouais. J'ai entendu dire qu'il ne restait pas grand-chose de son visage.

Paul fronça le nez.

— Pauvre bougre. La rumeur ici dit qu'il essayait de s'enfuir aussi.

— On dirait bien. Sur quoi tu travailles ces jours-ci ?

— On a un gang de crimes sexuels le long de la côte nord qu'on est sur le point de démanteler. Ils font venir des filles du continent, pour les vendre.

Gavin repoussa son café.

— Je ne sais pas comment tu fais ça tous les jours. On a eu une affaire comme ça il y a quelques années, et je n'oublierai jamais certaines des choses qu'on a vues.

— Il faut bien que quelqu'un le fasse, non ?

Paul fit une pause alors qu'une paire d'agents en uniforme entraient, leurs radios baissées suffisamment pour entendre le prochain appel sans interrompre les conversations.

— Comment tu te débrouilles ici ? Tu trouves ta place ?

— Oui, merci.

Gavin expira.

— Je ne réalisais pas à quel point l'endroit était grand. Comparé à Maidstone, je veux dire.

— Ça s'est rempli rapidement, surtout après la

fermeture de Sutton Road. Tu apprécies d'être au cœur d'une enquête majeure ?

— Toujours. Je veux dire, je sais qu'on a une victime, et une famille qui a perdu un être cher, mais c'est de ça qu'il s'agit, non ? Se plonger dans le vif du sujet, utiliser toutes les ressources dont on dispose.

— C'est vrai.

Jetant un coup d'œil par-dessus son épaule au son de quelqu'un appelant son nom, Paul fit un sourire penaud.

— On dirait qu'on a besoin de moi. Écoute, si jamais tu envisages de venir ici de façon permanente, fais-moi signe. On pourrait toujours utiliser de bonnes personnes dans les crimes majeurs, et je pense que tu t'intégrerais parfaitement.

— Merci. Je garderai ça à l'esprit.

Gavin regarda l'autre détective s'éloigner pour rejoindre une femme en costume noir qui l'attendait près de la porte, puis tous deux se précipitèrent vers l'endroit où ils avaient été convoqués.

Les paroles de Paul résonnaient dans son esprit.

Il entendait déjà d'autres membres de l'équipe de recherche et d'arrestation parler des nombreux postes disponibles ici à Northfleet, et il ne pouvait ignorer le fait qu'en comparaison, Maidstone ressemblait plutôt à un satellite du quartier général ces jours-ci.

Était-ce pour cela que Sharp l'avait proposé pour ce rôle ?

Pour tester ses capacités ?

— Piper ?

La voix de Sharp porta au-dessus des têtes des officiers assemblés, et Gavin le vit lui faire signe.

Il repoussa sa chaise, jeta le reste de café dans une poubelle proche sans un second regard, et se dépêcha de rejoindre le commandant divisionnaire.

— Chef ?

— On a reçu de nouvelles images de vidéosurveillance d'une des équipes locales, dit Sharp en le conduisant vers la salle des opérations. Elles proviennent d'une résidence privée à un kilomètre du White Hart. Apparemment, les propriétaires sont rentrés de Bruges tard hier soir et n'ont entendu parler du crime que ce matin. Ils nous ont contactés et ont fourni une copie de tous les enregistrements de la semaine dernière.

Il fit une pause, poussa la porte de la salle des opérations puis traversa la pièce jusqu'au bureau de rechange que Gavin utilisait.

— Étant donné que nous n'avons pas eu de chance avec les entreprises le long des axes principaux, nous devons recentrer notre recherche sur les environs immédiats.

— Pas de problème, chef.

Gavin rapprocha sa chaise du bureau et se connecta.

— Je vais faire un examen préliminaire de l'enregistrement de mercredi soir, et si je ne repère rien, je remonterai jour par jour au cas où la victime ou le tireur auraient fait un repérage du White Hart d'abord. Ce ne sera pas facile mais au moins on sait ce que portait la victime et on a une description approximative de ce que portait son tueur aussi.

— Bon boulot. J'ai toujours dit à Kay que vous iriez loin.

Sharp tendit la main et lui tapa l'épaule.

— Cette affaire va tester tout ce que vous avez appris jusqu'à présent, Piper, mais croyez-moi, ça en vaudra la peine.

— Merci, chef.

CHAPITRE 15

Kay engloutit le reste de son sandwich au thon, épousseta les miettes de ses genoux et avala avant de lire les dernières mises à jour de Northfleet.

La salle des opérations de Maidstone était remplie de téléphones qui sonnaient, de gens qui parlaient les uns par-dessus les autres, et – quelque part près de l'ancienne imprimante et du photocopieur – de jurons bruyants.

Elle secoua la tête avec frustration et se força à lire le reste du rapport.

Malgré la disponibilité de nouvelles informations, elle savait d'expérience combien de temps il pouvait falloir pour traiter les images de vidéosurveillance, surtout lorsque les agents qui les visionnaient travaillaient déjà de longues heures devant leurs écrans d'ordinateur.

— Chef ?

Elle leva les yeux de son écran pour voir Barnes reposer le combiné de son téléphone sur son socle.

— Qu'est-ce qu'il y a ?

— Je viens d'avoir des nouvelles de l'équipe de

Daniel. Mark Redding est hors de cause. Ils ont une copie du formulaire qu'il a envoyé confirmant qu'il avait détruit son permis d'armes à feu. Apparemment, il a vendu son fusil à un ami dans les sept jours suivant sa condamnation pour conduite en état d'ivresse, et ils ont aussi l'enregistrement correspondant de l'acheteur.

— Et pour Clive Workman ?

— Ils n'ont rien dans leurs dossiers qui suggère qu'il ait demandé un autre permis après avoir perdu l'original à cause de cette bagarre, ni qu'il ait eu des ennuis depuis. Son alibi a été vérifié aussi.

— Bon sang.

Elle souffla sur sa frange.

— On n'arrive vraiment pas à avoir de chance, hein ?

— Ce n'est qu'une question de temps, chef.

Kay froissa l'emballage de son sandwich et le jeta dans la corbeille sous son bureau.

— Il faut qu'on essaie une autre approche. On n'a regardé qu'un seul groupe démographique jusqu'à présent, et je pense qu'il est temps d'élargir nos recherches.

— Ils n'ont pas plus de chance à Northfleet non plus, alors ?

— On dirait que non. Pas d'après la dernière mise à jour de Sharp, en tout cas.

— Ils examinent aussi l'aspect des armes illégales ?

— Absolument. En attendant, nous devons éliminer toutes les armes à feu légales. On ne peut pas simplement écarter l'hypothèse que notre suspect soit un propriétaire légitime d'une arme jusqu'à preuve du contraire.

— À quoi penses-tu ?

Elle se leva, roula des épaules, puis lui fit signe de la suivre.

Après avoir traversé la pièce jusqu'au tableau blanc, elle prit un moment pour lire les dernières notes que Barnes avait ajoutées, puis se tourna vers son collègue.

— Daniel m'a dit qu'il y a plusieurs groupes de personnes qui sont considérés dans le processus d'élimination pour « motif valable » des permis d'armes à feu. Jusqu'à présent, nous avons ignoré les groupes d'intérêt spécial, donc je veux les examiner.

Barnes fronça les sourcils.

— Comme qui ?

— Les groupes de reconstitution historique, les collections privées...

Elle fit une pause.

— On a déjà couvert les clubs de tir dans la première vague d'enquêtes pour obtenir les listes des membres et on a éliminé la plupart d'entre eux.

— On compte les musées dans ces collections privées ?

— Autant le faire. Même si notre victime et son tueur n'étaient pas employés dans ces endroits, ils pourraient être connus d'eux.

Elle baissa la voix, voyant le doute dans ses yeux.

— On doit essayer, Ian. On est à court d'options.

— Je sais, murmura-t-il. D'accord. Comment veux-tu qu'on répartisse le travail ?

— Attends.

Kay regarda derrière lui où Laura se tenait à la porte en train de parler à Daniel, et elle lui fit signe d'approcher, puis aperçut l'agent Kyle Walker qui passait avec deux boîtes de papier dans les bras.

— Kyle, qu'est-ce que tu fais en ce moment ?

Il sourit.

— Je me fais commander par Debbie, chef. Elle adore ça.

— J'imagine. Dis-lui que j'ai besoin de te commander à la place pendant un moment.

— Ça marche.

Elle attendit qu'il les rejoigne, puis exposa son plan.

— Laura, toi et Daniel avez-vous vérifié si quelqu'un avec une arme à feu autorisée a signalé un vol ces dernières semaines ?

— Tous ceux à qui notre équipe a parlé ont été priés de vérifier leurs armoires à fusils, et nous n'avons rien signalé comme manquant, répondit l'enquêteuse.

— D'accord, je veux passer la journée à combler les lacunes concernant les armes autorisées, expliqua Kay. Nous n'écarterons pas les armes à feu détenues illégalement, mais nous devons nous assurer que notre suspect n'est pas quelqu'un ayant un accès facile à une arme à feu. C'est pourquoi j'aimerais que vous dirigiez tous les deux une équipe spéciale et que vous examiniez les membres des groupes locaux de reconstitution historique et les musées. Concentrez-vous cependant sur les armes de plus gros calibre, car Zachary Taylor a confirmé que les cartouches étaient des .308. Barnes, tu es avec moi, nous allons commencer par les plus grandes collections privées qui n'ont pas été couvertes par l'examen initial de Laura et Daniel.

— En quoi cela nous aide-t-il à identifier la victime,

chef ? demanda Kyle en fronçant les sourcils. Si vous me permettez de poser la question, bien sûr.

— Bien sûr. Même si Sharp a été chargé de diriger l'équipe de recherche et d'arrestation, nous devons toujours déterminer quel est le lien entre le tueur et notre victime, expliqua Kay. Sharp fera la même chose, quelque chose les relie, donc nous devons examiner cela sous tous les angles.

Elle attendit qu'ils finissent de mettre à jour leurs notes, puis tendit le bras pour attraper la manche de Phillip Parker alors qu'il passait.

— Des nouvelles des personnes disparues concernant notre victime ?

L'agent secoua la tête.

— Personne ne correspond à la description des personnes disparues existantes dans la base de données, ni dans celle de l'association nationale, chef ; et il n'y a pas eu de nouveaux signalements depuis l'incident de mercredi non plus.

— Notre victime pourrait être quelqu'un sans famille, alors, suggéra Laura tandis que Parker retournait à son bureau.

— Même dans ce cas, on s'attendrait à ce qu'il ait des amis qui le signalent comme disparu, dit Barnes. Ça n'a aucun sens.

— Rien de tout cela n'a de sens, marmonna Kay.

Elle jeta un coup d'œil à l'horloge sur le mur au-dessus de l'imprimante.

— Mettons-nous au travail. On se retrouve ici pour le briefing cet après-midi. D'ici là, avec un peu de chance, nous aurons quelques informations à partager avec l'équipe de Sharp au QG.

CHAPITRE 16

Kay abaissa ses lunettes de soleil sur ses yeux avant de passer une main dans ses cheveux pour libérer les mèches rebelles qui s'étaient prises dans l'une des branches, puis elle vérifia le GPS du tableau de bord.

Des haies touffues et envahissantes encadraient la voiture de fonction des deux côtés, tandis que l'étroite route sinueuse s'éloignait de la route principale de Staplehurst.

Elle freina en haut d'une pente raide, ralentissant pour négocier un virage serré à gauche, puis la voiture traversa en cahotant une grille à bétail métallique.

Des touffes d'herbe apparaissaient entre les fissures de l'asphalte et elle zigzagua pour éviter les pires nids-de-poule de chaque côté tandis qu'un lapin traversait la route en trombe devant elle.

— On dirait que le conseil municipal pourrait faire quelque chose pour ces foutus trous, grommela Barnes en levant les yeux de son téléphone. Regarde l'état de cette route.

Kay sourit.

— On a quitté la route communale depuis un kilomètre. Tout ceci est un domaine privé.

Barnes baissa son téléphone, la mâchoire tombante, en promenant son regard sur les bois de chaque côté de la voiture, la lumière du soleil filtrant à travers les feuilles qui commençaient à prendre une teinte dorée.

— Bon sang. Je savais que ce type possédait des terres, mais je ne réalisais pas que c'était autant.

— Attends de voir la maison.

Une seconde grille à bétail secoua la suspension, puis l'épaisse étendue de chênes et de charmes céda la place à des pâturages. Kay changea de vitesse, réglant sa vitesse au pas tandis qu'elle admirait le petit troupeau de cerfs qui paissait sur leur gauche.

L'asphalte criblé fut remplacé par une surface plus récente et s'élargit alors que l'allée tournait vers la gauche, et elle sourit en entendant le halètement mal dissimulé de son collègue.

Devant eux se dressait une imposante maison classée monument historique de la fin du XVIIe siècle, nichée au milieu de pelouses vallonnées qui jouxtaient les champs.

De hautes cheminées en pierre s'élevaient dans les airs à chaque extrémité du toit à pignon, la lumière de l'après-midi se reflétant sur les fenêtres supérieures.

— Je croyais que tu avais dit que ce type avait quelques hangars ? dit Barnes, se remettant enfin de son choc.

Kay rit.

— C'est le cas. Ils sont derrière, hors de vue.

— Et tu as dit qu'il s'appelait comment ?

— Porter MacFarlane. Il fournit des accessoires et du matériel aux sociétés de production de cinéma et de télévision depuis quarante ans. Les gros trucs aussi, les calèches tirées par des chevaux, ce genre de choses. Si toi ou Pia avez regardé un drame historique récemment, il y a de fortes chances que vous ayez vu une partie de la collection de Porter être utilisée.

Elle coupa le moteur.

— Et il a une entreprise d'armurerie qui fournit des armes. Beaucoup d'armes.

— Ah, d'accord.

— C'est comme ça que je l'ai rencontré pour la première fois. Chaque fois qu'une société de production veut filmer une scène impliquant des armes, ils doivent nous en informer à l'avance pour éviter tout problème. Des choses comme des membres du public qui paniquent en pensant que c'est une situation réelle et qui nous appellent pour régler ça. On m'a demandé d'apporter mon soutien sur un drame télévisé il y a quelques années et j'ai discuté avec lui.

En sortant de la voiture, elle se dirigea vers l'énorme porche d'entrée où un homme trapu dans la soixantaine, avec une touffe de cheveux blancs, attendait à côté des portes en chêne ouvertes, un large sourire se formant à son approche.

— Kay, quel plaisir de vous voir.

Il lui serra la main.

— J'étais tellement désolé d'apprendre l'attaque contre Adam. Comment va-t-il ?

— Il va bien maintenant, merci Porter. Votre troupeau s'est agrandi depuis la dernière fois que je vous ai vu.

— Quelques ajouts d'un centre de sauvetage local. Deux d'entre eux étaient trop jeunes pour être relâchés dans la nature.

Il eut un sourire indulgent.

— Ils sont plus en sécurité ici, au moins.

Kay se tourna vers Barnes pour faire les présentations.

— Porter est un peu différent de certains des autres propriétaires terriens du coin. Il permet activement aux cerfs de se promener sur sa propriété plutôt que de laisser quiconque les chasser.

— C'est pour ça qu'il connaît Adam.

Barnes serra la main de l'homme.

— Vous êtes de la police ?

Kay regarda derrière MacFarlane alors qu'un homme mince d'une trentaine d'années apparaissait à la porte d'entrée, baissant ses manches de chemise et redressant sa cravate en s'approchant d'eux.

— Ah, détective Hunter, je vous présente mon fils, Roman.

Elle fit un signe de tête au nouveau venu.

— Nous sommes ici pour poser à votre père quelques questions générales en rapport avec une enquête en cours.

— J'ai cru comprendre que vous aviez aussi une belle collection d'armes, ajouta Barnes.

— Ah, oui. Ce n'était pas une visite de courtoisie, n'est-ce pas ?

Le sourire de MacFarlane s'estompa.

— Vous voulez y jeter un coup d'œil ?

— Merci, Porter.

Kay fit tinter ses clés dans sa main.

— On vous suit jusqu'aux hangars ?

— Pas besoin.

L'homme fit un geste vers une voiturette de golf surdimensionnée garée à côté des marches d'entrée.

— Montez là-dedans, et je vais nous y emmener. Je peux faire visiter les lieux à votre collègue en même temps.

Kay retint un soupir, sachant à quel point l'homme aimait son travail.

— La visite *courte*, Porter. J'ai vu la quantité de choses que vous avez, et nous n'avons malheureusement pas toute la journée.

— Compris.

— N'oublie pas qu'on a cette vidéoconférence avec le producteur de Manchester, dit Roman. On a déjà dû la reporter une fois.

— J'y serai, dit MacFarlane, avant de faire un signe de la main par-dessus son épaule à son fils en démarrant la voiturette. Ne t'inquiète pas.

Cinq minutes plus tard, la voiturette de golf s'arrêta devant deux hangars en tôle ondulée, chacun de la taille d'un petit hangar d'avion et projetant des ombres sur une aire en béton bien usée.

— Le chemin le plus rapide passe par le hangar des véhicules, dit MacFarlane en lançant un regard d'excuse à Kay. Désolé.

— Pourquoi s'excuse-t-il ? chuchota Barnes pendant qu'ils attendaient que le propriétaire des accessoires trouve la bonne clé dans le trousseau qu'il sortit de sa poche.

— Probablement parce qu'il sait quelle va être ta réaction quand tu verras ce qu'il y a là-dedans, répondit-elle. Souviens-toi juste qu'on doit être à l'autre endroit pour seize heures sinon ils seront fermés avant qu'on puisse parler au conservateur.

— Voilà.

MacFarlane rangea les clés et ouvrit un portillon sur le côté des grandes portes.

— Attendez un instant, il y a un interrupteur juste... Ah, là.

Kay cligna des yeux alors qu'une série de lumières s'allumait dans les chevrons haut au-dessus de sa tête.

Quatre rangées de diverses calèches, véhicules et bicyclettes remplissaient l'espace aussi loin qu'elle pouvait voir, une légère odeur de renfermé flottant dans l'air. Des particules de poussière étincelaient autour d'elle malgré la peinture et le chrome hautement polis, preuve que la collection était entretenue plutôt qu'utilisée régulièrement.

Son regard se posa sur un carrick du XVIIIe siècle reconditionné à sa droite.

— Vous l'avez fait repeindre, dit-elle tandis qu'ils suivaient MacFarlane le long du côté gauche.

— Oui, pour un tournage dans le Northumberland en mars, répondit MacFarlane avec une pointe de dégoût dans la voix. Le réalisateur a insisté, même si je lui ai dit que les couleurs ne correspondaient pas à l'époque. Apparemment, il voulait que ce soit *joli*.

Kay observa la mâchoire de Barnes tomber à la vue d'une Lancia vintage.

— Quel âge a-t-elle ? parvint-il à articuler.

— Début des années cinquante. C'est l'une des rares qui restent dans le pays, répondit MacFarlane, la poitrine visiblement gonflée. Je l'ai conduite au Goodwood Revival à quelques reprises par le passé. Il y a longtemps, notez bien. De nos jours, je ne la laisse sortir que pour des occasions très spéciales.

— Pas pour les mariages, alors ?

— Quelle horreur, mon cher.

— Les fusils, Porter ? rappela Kay avec un sourire.

— Ah, oui. Par ici.

Barnes s'arracha à la contemplation de la voiture classique et emboîta le pas à Kay tandis que le propriétaire des accessoires se hâtait vers le fond de l'espace caverneux.

L'extrémité du hangar semblait plus courte à l'intérieur qu'à l'extérieur, une particularité architecturale qui fut bientôt expliquée lorsque MacFarlane utilisa une seconde clé pour ouvrir une porte intérieure.

Une bouffée d'air chaud enveloppa Kay, preuve que la pièce sécurisée était à la fois hermétique et chauffée par les limites du plafond renforcé qui protégeait la collection.

En franchissant le seuil, Kay balaya du regard les rangées d'armoires à fusils en acier qui tapissaient les murs. Un grand établi occupait l'espace au milieu de la pièce, avec une série d'outils alignés sur un côté et l'odeur caractéristique de l'huile pour armes dans l'air.

— Bon, commençons, dit-elle. Vous avez dit au téléphone que tout était à sa place, n'est-ce pas ?

— Absolument, répondit MacFarlane en déverrouillant la première armoire pour révéler trois rangées de fusils d'assaut semblables à ceux qu'elle avait vus Paul Disher et ses collègues utiliser mercredi soir. Nous n'avons pas eu de demande d'armes depuis mai, et la prochaine production prévue ne nécessite pas nos services avant janvier.

— Votre travail se fait toujours en hiver ? demanda Barnes.

— Généralement, oui. C'est plus calme, voyez-vous. Il y a moins de monde, donc c'est plus facile pour les équipes de tournage de travailler sans être interrompues.

— Vous formez aussi les acteurs ? demanda Barnes tandis que MacFarlane fermait la porte de l'armoire et attendait que la suivante soit ouverte.

— Parfois, nous faisons venir les acteurs ici d'abord, surtout s'ils n'ont jamais manipulé d'arme auparavant, répondit-il en plissant le nez. Rien de pire que de voir quelqu'un tenir une arme de la mauvaise façon. Du pur Hollywood, si vous voulez mon avis.

— Avez-vous quelqu'un qui travaille avec vous ?

— Juste mon fils aîné, Roman, que vous avez rencontré près de la maison. Il a repris tout le travail administratif à ma place, ce qui me libère du temps pour rencontrer les clients potentiels et amener les armes là où elles sont nécessaires pour le tournage.

MacFarlane passa à l'armoire suivante.

— Avec tous les services de streaming disponibles, il y a une forte demande de contenu, donc nous ne manquons jamais de travail.

— Mais vous n'avez rien eu depuis mai, avez-vous dit.

Un sourire affable traversa le visage de l'homme.

— C'est exact. C'est un peu calme en ce moment, mais je suis sûr que ça va reprendre bientôt. C'est toujours comme ça dans ce métier.

— Est-ce que nous sommes les seuls visiteurs que vous avez amenés ici récemment ? demanda Kay.

— Vous êtes les seuls à avoir vu la collection ces quatre derniers mois.

— Vous ne montrez pas tout ça aux clients potentiels, alors ?

— Non, la plupart savent ce qu'ils veulent et me disent simplement quand et où. S'ils ne sont pas sûrs et veulent voir quelque chose, je les rencontre à la maison et j'apporte trois ou quatre armes d'ici pour leur montrer.

MacFarlane fit une pause et sortit un ordinateur portable usé d'une étagère entre deux armoires.

— Nous gardons un système d'inventaire ici, et nous enregistrons tout ce qui est retiré de cette pièce. Même les échantillons que je montre à mes clients sont enregistrés pour que nous sachions où se trouve chaque arme à tout moment.

— Un peu comme nos registres de preuves.

— Exactement.

— Nous aurons besoin d'une note sur les derniers visiteurs, dit Kay. Juste pour les écarter.

— Pas de problème. Je vous enverrai leurs coordonnées par e-mail une fois de retour au bureau. C'était une petite équipe de production de Leeds.

— Il y a une dernière chose, Porter, et c'est quelque chose que nous demandons à tout le monde : où étiez-vous entre vingt heures et minuit mercredi ?

Les yeux de l'homme s'écarquillèrent, ses joues rougirent, puis il balbutia.

— Êtes-vous... ? Bien sûr, vous êtes sérieuse. Je suis désolé. Oui, je peux justifier de mes allées et venues. J'étais ici, en train de faire un appel vidéo tardif avec un homologue à Los Angeles qui expédie l'une de mes calèches en Nouvelle-Angleterre pour un film la semaine prochaine. Je vous enverrai les détails si vous voulez.

— Merci, Porter. J'apprécie.

Après vingt minutes, l'armurier ferma la dernière porte d'armoire et essuya une goutte de sueur de son front avec un mouchoir en coton.

— Allons prendre l'air, dit-il avec un sourire.

Barnes jeta un dernier regard plein de désir à la Lancia quand ils passèrent devant, puis secoua la tête d'émerveillement tandis que Kay lui souriait.

— Maintenant je comprends pourquoi tu n'as laissé aucun des autres venir ici, murmura-t-il. On ne les aurait pas revus avant des heures.

— Merci encore pour votre temps cet après-midi, Porter, dit Kay lorsqu'ils atteignirent la porte.

— Pas de problème du tout. J'espère que vous attraperez le salopard qui a fait ça.

Verrouillant le hangar, MacFarlane glissa les clés dans sa poche et fit un geste vers la voiturette de golf.

— On y va ?

— Juste une dernière question, dit Barnes. Ces clés. S'agit-il du seul jeu ?

— Certainement. Et si je ne les ai pas sur moi, elles sont gardées dans un coffre-fort ignifuge au fond de ma garde-robe.

MacFarlane eut un sourire grave.

— Nous ne prenons aucun risque ici, inspecteur.

CHAPITRE 17

Laura jeta un coup d'œil en biais à Kyle Walker tandis que le grand agent de police descendait de la voiture et plissait les yeux devant l'alignement d'unités industrielles et de cours clôturées de chaque côté de la route privée.

Une rangée d'énormes camions articulés était garée côte à côte de l'autre côté d'une clôture en treillis métallique, des panneaux fixés à intervalles réguliers avertissant de la présence de caméras de surveillance et d'alarmes, et au loin, le sifflement et le crachotement d'un tuyau d'air comprimé résonnaient contre le mur de briques à côté d'elle.

Plus loin, une pelleteuse mécanique ronronnait et grognait dans l'enceinte d'un chantier de construction, son conducteur faisant pivoter la machine aussi habilement qu'une ballerine tout en s'activant à déplacer un tas de ballast d'un côté à l'autre.

Le grondement de la circulation sur Sittingbourne Road sous-tendait tous les autres bruits, et elle se demanda comment les travailleurs dans les bureaux plus loin dans la zone industrielle parvenaient à se concentrer.

Surtout avec le bruit provenant de la piste d'entraînement pour poids lourds au bout de la route.

Soudain, la salle des opérations donnant sur Palace Avenue ne semblait plus si mal après tout.

— Je croyais que tu avais dit que ce type était un expert en histoire de la Seconde Guerre mondiale ? dit Kyle en regardant un apprenti conducteur passer à toute vitesse sur la piste.

Il grimaça en entendant l'homme broyer les vitesses du tracteur tandis que la remorque derrière lui tressautait de façon alarmante.

— Il ne t'a pas dit qu'il allait faire une reconnaissance de quelques bâtiments aujourd'hui ? Je ne vois rien d'aussi vieux ici.

Laura sourit, puis pointa du doigt l'entrée d'un sentier à quelques mètres de là.

— Il a dit que si nous suivions ce chemin, nous le trouverions.

— Montre-nous la voie, alors.

Le sentier n'était guère plus que des pierres éparses et de la terre, mais au moins il était sec.

Après quelques mètres, le mur de briques laissa place à une clôture grillagée qui offrait une vue dégagée sur la vaste étendue de la piste d'essai.

Pendant les mois d'été, l'endroit était utilisé pour des expositions et des foires en plein air, l'étendue herbeuse remplie de milliers de personnes venues de tout le comté et même au-delà.

Elle sourit, se rappelant les missions en tant qu'agente

en uniforme pour aider à gérer les foules qui se pressaient aux guichets jour et nuit.

Au bout de quelques pas, le sentier céda la place à un chemin boueux et envahi par la végétation qui serpentait derrière l'ancien aérodrome et vers une zone boisée. À quelques mètres de là, elle repéra de gros morceaux de béton abandonné et des murs brisés couverts de mousse, des racines d'arbres rampant comme des doigts possessifs sur les structures en décomposition.

S'arrêtant un moment, elle leva la main vers Kyle et baissa la voix.

— Ça ne me plaît pas. Il a dit qu'il nous rencontrerait ici mais ça ne me semble pas normal.

Les traits bronzés de Kyle pâlirent.

— Tu penses que c'est un piège ? Il pourrait être notre suspect. Je veux dire, on n'est qu'à quelques kilomètres du White Hart ici.

— Il avait l'air correct au téléphone.

Son collègue renifla doucement.

— On dit que les pires tueurs en série sont les gens les plus polis que tu puisses rencontrer.

Laura déglutit, puis sortit son portable et vérifia le signal.

Une barre vacillait dans le coin supérieur gauche de l'écran.

— Il y a quelqu'un là-bas, à côté de ce tas de pierres.

Elle regarda dans la direction indiquée par Kyle alors qu'un homme d'âge moyen, chauve, vêtu d'un jean et d'un sweat-shirt vert foncé, émergeait de ce qui semblait être un trou dans le sol.

Il leva la main en signe de salut, laissa tomber un

chapeau de toile usé sur sa tête, et traversa l'herbe haute en direction d'eux.

— Vous êtes les détectives ? cria-t-il.

— Oui.

Laura attendit qu'il soit plus proche, puis montra sa carte de police et fit les présentations.

— Elliott Windlesham, dit-il. Je crois comprendre que vous vouliez me parler d'armes à feu ? J'imagine que c'est à propos du crime qui était aux informations ?

Laura expira, observant l'apparence débraillée de l'homme.

Il n'avait pas l'air d'un tueur, et son accueil chaleureux apaisa un peu ses craintes.

— C'est exact, oui. Nous voulions juste vous poser quelques questions sur les membres de votre club.

Windlesham redressa les épaules.

— Je peux vous assurer, détective, que ce sont tous des membres respectables de leurs communautés respectives, et nous prenons la sécurité très au sérieux.

— J'en suis sûre, dit Laura d'un ton apaisant. Cependant, comme vous le comprenez, nous devons nous assurer d'avoir parlé à toutes les personnes de la région qui ont accès à des armes à feu.

— Bien sûr.

L'homme se détendit un peu, puis esquissa un sourire timide.

— Cela vous dérange-t-il si je continue à travailler pendant que vous posez vos questions ? Comme je l'ai dit au téléphone, je suis pressé par le temps aujourd'hui et si je ne fais pas ça maintenant, je n'aurai peut-être pas d'autre chance avant le printemps.

— Que faites-vous exactement ? demanda Kyle.

— De la détection de métaux autour de ce vieux blockhaus.

Le sourire de Windlesham s'élargit.

— Ça n'a pas été fait depuis un moment, et les propriétaires des terrains alentour ne nous donnent pas souvent l'occasion d'explorer.

Laura regarda en direction de l'endroit d'où l'homme avait émergé et fronça les sourcils.

L'ancienne structure défensive de guerre était méconnaissable par rapport aux bâtiments en forme de boîte qu'elle avait vus éparpillés dans la campagne du Kent – le mur avant s'était effondré vers et était désormais enterré sous un vieux tronc d'arbre, et un jeune frêne pointait à travers ce qui restait du toit.

— Vous espérez trouver quelque chose ?

— Le sol peut bouger avec le temps, donc j'espère déterrer de nouvelles trouvailles pour le musée. Ils n'aiment plus qu'on entre à l'intérieur au cas où le reste s'effondrerait, mais je n'ai pas pu résister à aller jeter un coup d'œil, dit-il en faisant un clin d'œil.

— Eh bien, nous allons essayer de ne pas vous retenir trop longtemps de vos explorations.

Laura fit un signe de tête à Kyle alors qu'il sortait son carnet de son gilet utilitaire.

— Tout d'abord, pourriez-vous me dire où vous étiez mercredi soir entre vingt heures et minuit ?

Windlesham joignit ses mains derrière son dos.

— Je présidais la réunion mensuelle de notre groupe historique dans la salle communale de Detling. Une salle bien remplie, d'ailleurs, c'est toujours rassurant à voir.

Certains mois, on ne voit qu'une demi-douzaine de personnes, mais nous avions un conférencier invité du ministère de la défense. Un sujet fascinant.

— Et à quelle heure avez-vous quitté la salle communale ?

— Le temps qu'on range tout, il était près de vingt-deux heures trente. Après ça, moi et deux autres membres du club sommes allés boire un verre à Thurnham sur le chemin du retour. Je suis rentré vers vingt-trois heures dix, ma femme peut en témoigner. Elle regardait la fin d'une comédie romantique à la télé.

— Si vous pouviez nous donner aussi les noms des personnes avec qui vous êtes allé boire un verre, s'il vous plaît.

Elle attendit pendant qu'il faisait défiler son téléphone pour trouver les numéros pour Kyle.

— Vous faites aussi partie d'un des groupes de reconstitution historique ici. Est-ce que certains de vos membres possèdent des permis d'armes à feu ?

— Oui, moi-même et quatre autres avons des permis. Nous n'utilisons les fusils que pour des démonstrations avec des cartouches à blanc. Tout est conservé sous clé chez moi.

— À Detling ?

— Oui. L'armoire à fusils est dans l'ancienne chambre de mon fils. Il a quitté la maison il y a environ cinq ans pour étudier aux États-Unis et n'est jamais revenu, il s'amuse trop, je suppose.

Il sourit, mais Laura percevait la solitude sous-jacente à ce commentaire.

— Y a-t-il eu des problèmes avec des membres du club récemment, monsieur Windlesham ?

— Non, pas que je sache.

— Des disputes ou des désaccords éventuels ?

Il secoua la tête.

— Non, rien de tel. Nous ne sommes que quinze, et seulement quatre avec des permis d'armes à feu. Nous ne sommes pas assez nombreux et nous ne nous réunissons pas assez souvent pour que quiconque se brouille, je suppose.

— Est-ce que quelqu'un d'autre a accès à cette armoire ? demanda Kyle, puis il rougit en croisant le regard de Laura.

Elle fit un léger signe de tête rassurant — peu lui importait qui posait les questions, tant qu'ils obtenaient les réponses dont ils avaient besoin.

— Pas même ma femme, dit Windlesham. Les autres hommes n'ont pas d'endroit suffisamment sûr pour garder leurs fusils, c'est pourquoi ils sont tous gardés chez moi. Votre équipe des armes à feu est au courant de la situation, je les ai tenus informés de la collection.

— Et nous apprécions cela, dit Laura.

Elle leva le menton alors qu'une brise fraîche faisait bruisser les branches au-dessus de sa tête.

— Ainsi que votre temps cet après-midi. Nous allons vous laisser avant qu'il ne fasse nuit.

— Merci. J'espère que vous attraperez le type qui a fait ça.

Windlesham frissonna.

— C'est horrible d'y penser, un homme qui se

promène en tirant sur les gens comme ça. Ça n'arrive tout simplement pas par ici, n'est-ce pas ?

— Nous faisons de notre mieux. Merci encore.

En rebroussant chemin à travers les broussailles vers le sentier, Laura réprima sa frustration en rejouant la conversation dans son esprit.

Elle ne pensait pas que l'enthousiaste de la reconstitution pourrait les aider dans leur enquête, mais acceptait cette tâche comme une nécessité pour éliminer quiconque pourrait avoir des informations sur leur suspect – ou sa victime.

— J'espère que les autres ont eu plus de chance que nous, grommela Kyle à côté d'elle.

Laura sourit alors qu'ils passaient à nouveau devant la piste d'essai, le véhicule de service apparaissant au bout du chemin.

— Moi aussi. C'est comme ça que ça se passe parfois, n'est-ce pas ?

— Bien trop souvent.

Elle attrapa les clés qu'il lui lança.

— Nous avançons bien, cependant. On s'arrête pour un café en rentrant au commissariat ?

— Je n'attendais que ça.

CHAPITRE 18

La ruelle étroite était calme lorsque Kay remercia Barnes pour le trajet et ferma la portière passagère.

Elle regarda jusqu'à ce que les feux arrière de sa voiture disparaissent au-delà du virage de la route à côté de l'ancienne houblonnière convertie, puis elle fouilla dans son sac pour trouver ses clés et traversa péniblement son allée en direction de la porte d'entrée.

Son dos lui faisait mal, son postérieur était engourdi d'avoir passé deux heures assise en visioconférence avec le quartier général, et ses pensées commençaient à s'entrechoquer les unes après les autres avec toutes les informations qu'elle essayait d'assimiler.

La porte d'entrée s'ouvrit avant qu'elle ne puisse insérer sa clé, et elle sourit.

Adam Turner, son compagnon depuis plus d'une décennie maintenant, tenait un verre de vin dans une main et arborait un sourire espiègle.

— J'ai pensé que tu en aurais besoin.

Elle enleva ses chaussures à côté de l'escalier, ferma la

porte d'entrée et soupira, une partie du stress des trois derniers jours s'évaporant.

— Tu n'as pas tort, dit-elle en se blottissant dans ses bras.

Elle enfouit son nez dans son t-shirt et ferma les yeux.

— Je suis épuisée.

— Barnes m'a dit que tu rentrais. Je t'ai fait couler un bain, et j'ai préparé de la soupe plus tôt.

Il lui serra les épaules, puis embrassa le haut de sa tête.

— Allez, monte. Je viendrai voir dans un moment pour m'assurer que tu ne t'es pas endormie dans l'eau.

— Je te revaudrai ça.

Elle fronça les sourcils alors qu'ils se séparaient.

— C'est quoi cette odeur ?

— Un petit incident avec une vache en gestation ce matin. J'attends juste que la première machine finisse, et ensuite je laverai ma salopette.

Kay plissa le nez.

— Beurk.

— Et tout le reste.

Il sourit.

— Allez, monte.

Cinq minutes plus tard, Kay était plongée dans l'eau chaude, les bulles lui montant jusqu'aux oreilles et son verre de vin posé à côté d'elle.

Malgré l'avertissement d'Adam de ne pas s'endormir, elle ferma les yeux.

Elle pouvait l'entendre en bas, le vrombissement du sèche-linge démarrant quelques instants avant la machine à laver, puis il se mit à siffloter l'air d'une des séries qu'ils avaient regardées d'une seule traite pendant l'été.

Tout était normal, et tout contrastait fortement avec la réalité qui l'attendait dans quelques heures.

— Je savais que tu t'endormirais.

Ses yeux s'ouvrirent instantanément, ses mains s'agitant dans l'eau alors qu'elle se stabilisait avant de lancer un regard coupable à Adam.

Il passait la tête par la porte, souriant.

— Cette eau doit être froide maintenant. Viens manger un peu de soupe, tu ne seras bonne à rien demain matin si tu vas au lit le ventre vide.

En guise de réponse, son estomac gargouilla, et il leva les yeux au ciel.

— Sors, dit-il en riant avant de disparaître, ses pas résonnant dans l'escalier.

Kay sourit en se séchant avec une serviette puis enfila un vieux jean et un sweat-shirt pendant que l'eau s'écoulait.

Lorsqu'elle entra dans la cuisine, Adam versait de la soupe tomate basilic dans deux bols sur le plan de travail central, un morceau de pain croustillant posé sur des assiettes à côté.

Elle rinça son verre de vin, se servit de l'eau et s'installa sur l'un des tabourets de bar, puis saisit une cuillère.

— Est-ce que je t'ai dit à quel point je t'aime ? demanda-t-elle.

— Tu l'as fait, et je t'aime aussi.

Il s'assit en face d'elle et but une gorgée de vin.

— À quelle heure tu dois y être demain ?

— Six heures trente. Je suis d'astreinte aussi.

— Des nouvelles ?

Elle secoua la tête entre deux bouchées.

— Rien pour le moment. Ils pensent que c'est un incident isolé, et que celui qui a tiré sur notre victime s'est terré quelque part.

— C'est déjà ça, je suppose. Définitivement pas un coup de feu au hasard, alors ?

— Ils semblaient se connaître. Je veux dire, ils buvaient ensemble au pub avant que ça n'arrive.

Elle déchira un autre morceau de pain et l'essuya dans la soupe.

— Pourquoi es-tu encore debout si tard ?

— À part laver la merde de vache de mes vêtements, tu veux dire ?

Il sourit.

— Je regardais un vieux film des années 80 à la télé, puis je me suis dit que tu aurais faim en rentrant. Manger ce soir m'évite de m'inquiéter pour le petit-déjeuner comme ça. J'ai un client qui passe tôt à la clinique demain avec un épagneul qui est en pension chez nous pour quelques jours.

Kay avala la dernière bouchée de pain et regarda autour de la cuisine.

— Je suis surprise qu'il n'y ait rien ici pour m'accueillir.

— Honnêtement, après les vaches cette semaine, je n'ai plus d'énergie.

Il passa une main dans ses boucles sombres, les yeux fatigués.

— S'il y a quoi que ce soit, j'ai convenu avec Scott qu'il s'en occuperait. D'abord, je dois essayer de rattraper les visites à la ferme que j'étais censé faire aujourd'hui.

En bâillant, Kay rassembla son bol avec le sien, les mit dans le lave-vaisselle puis revint en titubant vers l'endroit où il était assis.

— Ça ne va pas sonner très rock'n'roll, dit-elle en drapant ses bras autour de ses épaules. Mais ça te dirait d'aller au lit tôt ?

— Oui.

Il rit.

— Mon Dieu, on vieillit.

CHAPITRE 19

Ian Barnes passa sa main sur sa mâchoire fraîchement rasée et fixa son écran d'ordinateur d'un air mécontent.

La lumière vive du soleil matinal perçait à travers les stores à lamelles des fenêtres de la salle des opérations, réchauffant son dos et adoucissant l'éclat des ampoules LED au plafond.

Les conversations autour de lui étaient étouffées pour le moment, le volume n'ayant pas encore atteint le niveau qu'il atteindrait une fois que tout le monde serait arrivé pour commencer son service dans l'heure. Le bruit de fond actuel fournissait un bruit blanc apaisant pendant qu'il parcourait rapidement ses nouveaux e-mails, son regard passant de l'ordinateur à son téléphone et vice versa.

Il cligna des yeux pour contrer la sensation de grains sous ses paupières, regrettant d'avoir passé la majeure partie de la nuit éveillé, et il se demanda comment Gavin s'en sortait au quartier général.

— Pas de nouvelles ?

Il leva les yeux alors que Kay déposait un sac en papier

sous son nez, l'arôme révélateur d'un sandwich au bacon lui mettant l'eau à la bouche.

— Pas encore, et merci.

Elle se dirigea vers son bureau, puis alluma son ordinateur.

— À quelle heure es-tu arrivé ?

— Il y a environ une demi-heure. Je me suis dit que j'éviterais les embouteillages comme ça.

Il fit une pause pour déchirer le sac et prit une bouchée de sandwich avant de pointer son écran.

— Et aussi pour essayer de prendre de l'avance.

— Quelque chose d'utile ?

Il secoua la tête, puis regarda sa montre.

— À quelle heure tu attends Sharp ?

— Maintenant.

Barnes sursauta en entendant la voix.

Le commandant divisionnaire sourit en se perchant sur le bureau de Kay.

— Je suppose que tu n'en as pas d'autres qui traînent ?

— Désolée, chef, non.

Elle jeta un coup d'œil à la porte.

— Je peux aller te chercher quelque chose si tu veux ?

— Ne t'inquiète pas, je vais survivre.

Sharp haussa les épaules.

— De toute façon, Rebecca essaie de me faire prendre de bonnes habitudes.

Barnes avala, puis jeta l'emballage dans la poubelle sous son bureau.

— Des nouvelles sur la fouille de ce matin, chef ?

— Non, et si nous n'avons pas de percée aujourd'hui, les médias vont nous crucifier lors de la conférence de presse de cet après-midi. J'imagine que vous n'avez pas encore réussi à découvrir qui est la victime ?

— Pas encore, mais nous sommes sur le point de commencer le briefing si tu veux te joindre à nous, dit Kay. Au moins, tu auras la dernière mise à jour avant de retourner à Northfleet. Il y a beaucoup d'informations qui arrivent de différentes équipes, nous étions tous dehors hier à interroger les détenteurs de permis d'armes à feu.

— Ça me va.

Sharp se leva.

— Je vais faire un tour et parler à quelques vieilles connaissances pendant que tu rassembles tout le monde.

Vingt minutes plus tard, Kay avait passé en revue l'ordre du jour de la matinée avec son équipe, assigné les tâches de la journée et elle était en train de clore le briefing lorsqu'elle vit Barnes lever la main.

— J'ai réfléchi hier soir, chef...

— Je suis contente de ne pas être la seule à ne pas avoir beaucoup dormi.

Un murmure de rires remplit la pièce, et elle adressa un sourire entendu à l'un des agents. Tous travaillaient de longues heures depuis mercredi soir, et pourtant elle savait qu'aucun d'entre eux ne se reposerait tant que le meurtrier de la victime ne serait pas en détention.

— En effet, poursuivit Barnes. Ce qui m'inquiète, c'est que nous avons épuisé la liste des détenteurs légaux d'armes à feu, et personne n'a soulevé de préoccupations majeures. Nous avons donné quelques avertissements concernant l'âge de leurs armoires à fusils, mais tous ceux à qui nous avons parlé nous ont fourni un alibi, et nous n'avons rien vu qui suggère qu'il manque des armes. Cela nous laisse avec les armes à feu illégales.

Il observa Kay s'appuyer contre un bureau proche comme pour se stabiliser, son regard restant fixé sur le tableau blanc et sa toile d'araignée de notes et de photographies.

— On dirait que toi et moi avons fait les mêmes cauchemars, dit-elle finalement. Et si nous avons raison, cela élargit également le champ des motifs possibles. Tant que nous ne saurons pas qui est notre victime, nous ne pouvons pas l'exclure.

— Je peux vous aider sur ce point, chef.

Barnes pivota sur sa chaise en entendant la voix de Kyle Walker résonner à travers la salle des opérations.

L'agent tenait son ordinateur portable au creux de son bras, l'excitation dans les yeux.

— Qu'est-ce que tu as ? demanda Kay.

— Nous venons de recevoir un e-mail de Lucas Anderson. Il a eu des nouvelles de son expert en orthodontie, et ils ont trouvé une correspondance pour notre victime.

La salle des opérations explosa en voix alors que l'équipe commençait à parler les uns par-dessus les autres, jusqu'à ce que Kay lève la main.

— Silence.

Elle attendit que le bruit s'apaise, puis se retourna vers Kyle.

— De qui s'agit-il ?

— Un homme de trente-quatre ans du nom de Dale Thorngrove. Ils ont fait correspondre les échantillons aux dossiers dentaires d'un cabinet à Sevenoaks. Il a dû se faire poser un implant il y a trois ans après avoir perdu une dent de devant dans une bagarre devant un pub à Rochester.

Barnes ouvrit son carnet et nota les détails.

— Tu as le nom du dentiste qui a fait le travail ?

— Je vais vous l'envoyer par e-mail tout de suite, répondit Kyle.

— Merci, je vais les appeler pour savoir s'ils ont une note sur les plus proches parents et une adresse pour Thorngrove.

— Je viendrai avec toi quand tu leur parleras.

Kay était déjà en train de mettre à jour le tableau blanc et jeta un coup d'œil par-dessus son épaule alors que Sharp passait derrière elle.

— Tu pars ?

Le commandant divisionnaire avait son téléphone à l'oreille et hocha la tête.

— Je vais mettre mon équipe au courant là-bas, et nous allons commencer à nous renseigner sur cette bagarre au pub d'il y a trois ans. Nous pourrions découvrir le nom de notre suspect de cette façon.

— Je t'appellerai plus tard.

Elle reporta son attention sur ses officiers.

— Bien, les autres actions pour aujourd'hui. Laura, tu peux trouver une bonne photo de Thorngrove que nous pourrons utiliser, puis prendre Kyle avec toi et aller parler à Len Simpson au White Hart ? Peut-être que la photo l'aidera à se souvenir s'il l'a vu avant mercredi soir. Ian, nous allons d'abord parler au dentiste pour obtenir les coordonnées de la famille, puis les interroger. Debbie, entre cette mise à jour de Lucas dans HOLMES2 puis répartis l'équipe. J'ai besoin que l'équipe de Daniel vérifie si les coordonnées de Thorngrove apparaissent dans leur base de données, et je veux que sa photo soit montrée aux armureries, aux revendeurs et aux clubs de tir de la région.

Elle fit une pause pour reprendre son souffle, attendant qu'ils finissent de prendre des notes.

— Et si cela ne fonctionne pas, alors nous montrerons sa photo à tous ceux à qui nous avons parlé ces trois derniers jours. Nous nous rapprochons, tout le monde.

Barnes repoussa sa chaise après que Kay eut terminé le briefing, une énergie renouvelée le traversant.

Soudain, il ne se sentait plus si fatigué.

CHAPITRE 20

Kay tapotait des doigts sur le volant, priant pour que les feux passent au vert, et elle se demandait qui avait bien pu griffonner une blague salace parmi la crasse au sommet de la porte de la remorque du camion articulé devant elle.

— Qu'est-ce que tu as réussi à découvrir sur Dale Thorngrove ?

Elle jeta un coup d'œil à Barnes, qui faisait défiler ses e-mails sur son téléphone.

Il baissa son téléphone et pointa la route alors que les feux changeaient, et elle passa la première vitesse.

— Notre victime avait trente-quatre ans au moment de sa mort, célibataire d'après ce que Kyle a pu déduire de ses profils sur les réseaux sociaux, et il travaillait comme monteur de pneus dans un garage à Aylesford depuis deux ans.

— Et pour l'adresse ?

— Celle dans la base de données des permis de conduire correspond à un appartement d'une chambre à Snodland datant d'il y a six ans. En location.

Il rangea son téléphone dans la poche de sa veste et sortit son carnet pour le feuilleter.

— J'ai parlé à la société de gestion, mais ils pensent que Thorngrove n'y a plus vécu depuis trois ans et demi. J'espère que le dentiste aura une adresse plus à jour. Sinon, ses parents devraient savoir. Nous avons réussi à obtenir leurs coordonnées à partir de ses profils sur les réseaux sociaux également.

— Où sont-ils ?

— À Burham.

— Intéressant. Je me demande pourquoi il n'a pas mis à jour son adresse sur son permis de conduire.

— Peut-être qu'il a oublié.

— Ou qu'il évitait quelqu'un.

Kay négocia un rond-point et rejoignit l'A20 en direction de leur première destination.

— Je me demande pourquoi il est allé chez un dentiste à Sevenoaks ? Peut-être que c'est là qu'il vivait.

— Il faudra lui demander.

Barnes fronça les sourcils.

— Je suis surpris qu'il n'y ait rien dans notre système sur la bagarre si Thorngrove a été si gravement blessé.

— Peut-être que ça s'est calmé avant que quelqu'un ait eu le temps d'appeler. Tu sais comment ça peut être, ils pensent que se battre résout tout jusqu'à ce qu'ils réalisent que ce n'est pas comme dans les films et que ça fait un mal de chien.

Son collègue rit doucement.

— C'est vrai. Tiens, prends la prochaine à gauche là-bas aux feux, ce sera plus rapide à cette heure-ci.

Elle suivit son conseil, surveilla le GPS sur le tableau

de bord alors qu'il recalculait son itinéraire, et repéra le panneau du cabinet dentaire deux minutes plus tard.

Se garant dans une place libre sur une large allée asphaltée, elle suivit Barnes jusqu'à la porte d'entrée d'un bungalow à lucarne qui avait été converti en local professionnel au moins une décennie auparavant.

Lorsqu'elle entra dans la zone d'accueil, l'odeur d'antiseptique de qualité clinique assaillit ses sens et lui rappela de façon désagréable qu'elle était en retard pour un contrôle.

Elle chassa cette pensée, passa devant les deux clients qui attendaient leur rendez-vous, et montra sa carte de police à la jeune femme d'une vingtaine d'années derrière le comptoir.

— Nous avons rendez-vous avec le docteur Sharman, dit-elle.

La jeune femme lui adressa un sourire éblouissant, sans doute aidé par les derniers produits de blanchiment.

— Elle vient de terminer avec un patient, donc je vais lui faire savoir que vous êtes là.

— Ne vous inquiétez pas, je les ai vus arriver.

Kay se retourna en entendant la voix de la femme et fit un pas en arrière.

— Jasmina ?

La dentiste sourit en réponse et tendit le bras pour la prendre par le coude après avoir raccompagné son patient.

— Venez dans mon bureau.

— Je n'ai pas fait le lien avec le nom..., réussit à dire Kay alors que Barnes les suivait le long d'un court couloir puis dans un escalier. Comment vas-tu ?

— Très occupée, mais ne t'inquiète pas, je comprends que tu as besoin d'aide.

La dentiste les fit entrer dans un bureau en haut de l'escalier et ferma la porte.

— C'est mieux. Pas besoin que les clients nous entendent parler du bon vieux temps.

Kay lui rendit son sourire et présenta Barnes.

— Ian, je te présente le docteur Jasmina Sharman, nous étions voisines à l'époque où j'étais encore en uniforme.

— Merci de nous recevoir si rapidement, dit-il en lui serrant la main. C'était à Tonbridge, n'est-ce pas ?

— Il y a longtemps, ou du moins c'est l'impression que ça me donne.

Jasmina désigna deux chaises pour visiteurs.

— Et Kay, je dois m'excuser de ne pas avoir répondu à tes appels. La vie a été... intéressante ces deux dernières années. D'où le changement de nom de famille.

— Je te rappellerai une fois cette enquête terminée, et on fera un vrai débriefing, ne t'inquiète pas.

— Ça me va. Maintenant, que vouliez-vous savoir sur Dale Thorngrove ?

La dentiste tapota sur son clavier d'ordinateur en scrutant l'écran.

— J'ai son dossier ici, et votre collègue, Kyle, c'est ça, a promis d'envoyer le mandat approprié par e-mail dès que possible. Je ne ferais normalement pas ça, mais je vais faire une exception. Je suppose que c'est urgent, non ?

— En effet. En toute confidentialité, nous avons fait comparer les dossiers que tu as envoyés par un orthodontiste avec la victime de coups de feu mercredi soir—

— J'en ai entendu parler aux informations—

— Et nous sommes certains que cette victime est Thorngrove.

Kay se pencha en arrière dans sa chaise.

— Maintenant, nous devons reconstituer ses derniers jours et essayer de comprendre qui avait un motif pour le tuer. Je sais que c'était il y a trois ans, mais est-ce que tu te rappelles s'il avait dit quelque chose à propos de la bagarre à Rochester ?

— Pas sur le moment.

Jasmina eut un sourire ironique.

— Pour être honnête, il avait trop mal et il était ensuite soulagé une fois que tout était terminé. Il n'était pas du tout bavard à ce moment-là.

— À ce moment-là ? Il est revenu depuis ?

— Oui, il y a quatre mois. C'est pour ça que ma réceptionniste a pu récupérer ses coordonnées si rapidement, elle a reconnu le nom.

— Est-ce qu'il était un patient régulier alors ? demanda Barnes.

— Non, pas du tout, il avait ébréché l'implant que je lui avais posé et voulait que je le remplace.

— Est-ce que tu aurais une adresse actuelle pour lui ? demanda Kay, qui sortait déjà son carnet de son sac.

— Oui, j'en ai une. C'est à Walderslade.

Après avoir noté les détails, elle traça deux lignes en dessous et fronça les sourcils.

— Une idée de la raison pour laquelle il utiliserait un dentiste à Sevenoaks s'il vivait par là ?

— À l'époque, j'étais la seule à pouvoir faire le travail dans l'urgence un samedi matin.

Jasmina sourit.

— Mon cabinet n'était ouvert que depuis quelques mois et je constituais encore ma propre liste de clients après avoir quitté cet endroit à Tonbridge.

— Comment t'a-t-il semblé la dernière fois que tu l'as vu il y a quatre mois ?

La dentiste haussa les épaules.

— Il n'était pas aussi bavard que certains de mes clients. Parfois, c'est difficile de les faire taire assez longtemps pour faire le travail. Il me semble me souvenir qu'il était poli, c'est tout.

— Tu as eu l'impression qu'il avait peut-être quelque chose en tête ?

— Rien qui m'ait particulièrement marquée. Nous avons fait le travail et l'avons renvoyé. Je lui ai suggéré de voir l'hygiéniste bientôt parce que ses dents étaient dans un état lamentable, mais nous ne l'avons jamais revu.

Jasmina soupira.

— Je suis désolée d'apprendre que c'est votre victime. Quelle horrible façon de partir.

CHAPITRE 21

— Je déteste cette partie.

Barnes enfonça ses mains dans ses poches et attendit sur le trottoir pendant que Kay récupérait son sac sur la banquette arrière de la voiture. Il fit rouler une balle de tennis abandonnée d'avant en arrière sous son pied avant de la viser vers la base d'une haie de troènes à proximité.

— Je sais, dit-elle en le rejoignant à côté d'un portail métallique ouvert.

Elle vérifia que son téléphone était en mode silencieux, puis regarda le joli jardin au-delà.

— Moi aussi.

— Prête ?

— Autant que possible.

Son collègue redressa les épaules et se dirigea vers la porte d'entrée, puis frappa du poing contre un panneau de verre en haut de celle-ci.

Un homme dans la fin de la soixantaine ouvrit en quelques secondes, ses sourcils broussailleux froncés et ses yeux verts perplexes.

— Je ne suis pas intéressé pour acheter quoi que ce soit, qui que vous...

Il s'interrompit lorsqu'ils lui montrèrent leurs cartes de police.

— La police ?

— Inspectrice principale Kay Hunter, et mon collègue l'inspecteur Ian Barnes. Êtes-vous Derek Thorngrove ?

— Oui. De quoi s'agit-il ?

— Pouvons-nous entrer, s'il vous plaît ?

La perplexité se transforma en peur tandis que l'homme reculait et que Kay pénétrait dans un couloir aux couleurs vives, remarquant un vase de pétunias sur une petite table sous un miroir.

— Qui est-ce, Derek ?

— La police.

Il désigna une porte derrière Kay.

— Mieux vaut aller dans le salon.

Lorsqu'elle entra dans la pièce, une femme se leva d'un fauteuil à l'aide d'une canne en aluminium, ses cheveux châtain clair striés de gris et ébouriffés.

— Que se passe-t-il ? demanda-t-elle. Est-ce à propos de Dale ?

— S'il vous plaît, madame Thorngrove, voulez-vous vous rasseoir ? dit Kay.

Elle se plaça à côté d'un radiateur pour pouvoir leur faire face à tous les deux.

— Je suis vraiment désolée d'être porteuse d'une si terrible nouvelle, mais nous pensons que votre fils a été tué lors d'un incident mercredi soir.

Un silence choqué suivit ses paroles, puis Derek s'assit

sur l'accoudoir du fauteuil de sa femme, les mains tremblantes en cherchant les siennes.

— Mercredi, dites-vous ? Pourquoi avoir mis si longtemps ? Êtes-vous sûre que c'est Dale ?

— Je savais que quelque chose n'allait pas, gémit sa femme.

Elle hoqueta alors que des larmes coulaient sur ses joues.

— Je le savais. J'ai essayé de l'appeler hier, mais ça m'a directement envoyée sur sa messagerie. Il ne m'a pas rappelée. Il rappelle toujours.

Derek l'entoura de son bras et enfouit son visage dans ses cheveux en pleurant.

— Mon garçon...

Kay leur laissa encore quelques instants, traversa la pièce et s'assit sur le canapé face à eux.

— Tout ce que je peux vous dire pour le moment, c'est que Dale a été tué à la suite d'une dispute dans un pub au nord de Maidstone. Il a été abattu.

— Oh mon Dieu.

Derek essuya ses yeux, se tournant pour lui faire face.

— Nous en avons entendu parler aux informations. Vous êtes sûre que c'est lui ?

Elle baissa les yeux sur ses mains.

— Nous avons pu faire correspondre ses dossiers dentaires plus tôt aujourd'hui. Oui, nous sommes sûrs qu'il s'agit de Dale.

— Je veux le voir.

— Sarah, ma chérie... ils ne voudront peut-être pas que nous le voyions.

Kay prit une profonde inspiration.

— Ce n'est pas que nous ne voulons pas que vous le voyiez, madame Thorngrove. C'est simplement que nous pensons que dans ce cas, cela pourrait être traumatisant, et que vous préféreriez peut-être vous souvenir de Dale—

— V-vous avez dit qu'il avait été abattu.

Sarah tamponna ses yeux.

— Vous voulez dire... qu'on lui a tiré dans le visage ?

— C'est cela, oui.

Ses paroles furent accueillies par de nouveaux sanglots.

— Nous n'avons communiqué aucun de ces détails aux médias afin de préserver votre intimité et celle de notre enquête, dit-elle. Encore une fois, je suis vraiment désolée.

— Que pouvons-nous faire pour vous aider à trouver qui a assassiné notre fils ?

Derek serra sa femme dans ses bras, embrassa le sommet de sa tête, puis se leva. Il traversa la pièce et s'assit à côté de Kay sur le canapé, se tournant vers elle.

— Dites-moi.

Elle jeta un coup d'œil à Barnes, debout près de la porte avec son carnet prêt, puis revint au père de Thorngrove.

— Avez-vous connaissance de quelqu'un qui aurait voulu faire du mal à votre fils ? A-t-il mentionné quelqu'un qui l'inquiétait ces dernières semaines ?

— Non, il ne m'a rien mentionné de tel.

— Ni à moi.

Sarah renifla, puis fouilla dans le tiroir d'une petite table en chêne à côté de son fauteuil et en sortit un paquet de mouchoirs. Elle se moucha, puis regarda Kay à travers ses yeux rougis.

— Et il ne nous cachait jamais rien. Nous étions très proches, surtout après qu'ils avaient décidé de divorcer.

— Quand était-ce ?

— Il y a six mois, répondit Derek.

Il soupira.

— Lui et Amy n'étaient mariés que depuis deux ans.

— Ils n'auraient jamais dû aller jusqu'au bout, dit Sarah, sa bouche se tordant en une moue. Je lui ai dit qu'elle n'était pas faite pour lui... et regardez où ça l'a mené.

— Êtes-vous toujours en contact avec elle ?

— Non. Nous ne l'aimions pas, et c'était réciproque.

— Quel est son nom complet ?

Barnes leva les yeux de son carnet.

— Nous devrons lui parler, dans le cadre de notre enquête en cours.

— Amy Evans. Elle loue toujours leur ancienne maison à Snodland. Dale ne pouvait pas attendre de quitter cet endroit.

— Nous avons une adresse à Walderslade pour votre fils, est-ce correct ? demanda Kay.

— C'est ça.

Le père se leva et traversa la pièce jusqu'à un buffet, plongeant la main dans un petit bol en céramique bleu et blanc avant de revenir.

Il tendit une clé en laiton usée sur un porte-clés en cuir d'une main tremblante.

— Nous ne l'avons jamais utilisée... il voulait juste que nous l'ayons, en cas d'urgence, disait-il.

— Nous devrions contacter l'agence immobilière, ajouta Sarah en tamponnant ses yeux avec un mouchoir. Ils voudront sûrement relouer l'appartement bientôt, j'imagine.

— Il faudra d'abord que nous triions toutes ses affaires, ma chérie.

Kay tendit la clé à Barnes avant de reporter son attention sur le couple.

— Je suppose que cela ne vous dérange pas si nous jetons un coup d'œil chez Dale ?

— Si ça vous aide à trouver qui l'a tué, alors pas de problème.

— Merci. Nous allons faire cela, et nous vous rendrons la clé dès que possible. Y a-t-il d'autres membres de la famille que nous pouvons contacter pour vous ?

— Non, répondit Derek. Nous avons de merveilleux voisins cependant, et il n'y a que la tante de Sarah à Glasgow à contacter... même si elle ne sait presque plus qui nous sommes de nos jours, alors...

— Je vais demander à l'un de nos agents de liaison familiale de venir vous apporter tout le soutien dont vous avez besoin, dit Kay. Je vous promets que vous ne serez pas seuls pour traverser cette épreuve.

CHAPITRE 22

— Est-ce qu'on a retrouvé la voiture de Thorngrove ?

Kay se dépêcha de suivre Barnes, relevant le col de son manteau pour contrer la brise qui balayait une piètre tentative de jardin paysager séparant le trottoir du complexe résidentiel.

Des canettes vides, des emballages de chewing-gum et d'autres détritus voltigeaient au gré du vent, et elle fronça le nez à l'odeur caractéristique de crotte de chien.

Un sentier en asphalte défoncé menait de la voiture aux immeubles, une rambarde métallique de couleur pâle sur la droite de Kay les séparant d'une rampe qui descendait vers une rangée de garages faisant face aux bâtiments résidentiels.

— Pas au pub, répondit-il en marchant d'un pas rapide. J'espère qu'on trouvera une clé de l'un de ces garages dans l'appartement, elle est peut-être garée.

— Donc on ne sait pas comment il s'est rendu d'ici au White Hart.

— Pas encore.

Un accotement herbeux et négligé empiétait sur le côté gauche du chemin, et elle remarqua que certains résidents avaient disposé des pots de fleurs à côté des portes d'entrée communes dans un effort pour ajouter un peu de couleur à la maçonnerie par ailleurs terne.

Barnes fit un signe de tête vers le premier bloc.

— Il y a quatre appartements dans chaque bloc. On dirait que le numéro neuf est le troisième.

Il lui ouvrit la porte principale, et ils entrèrent dans un hall exigu au sol carrelé éraflé et aux murs de parpaings nus.

— Charmante décoration, murmura Kay.

— Escaliers ou ascenseur ? demanda Barnes.

— Escaliers, il n'y a qu'un étage.

Elle garda ses mains dans ses poches, méfiante des taches graisseuses couvrant les rampes laminées, et ouvrit la marche. Arrivée en haut des escaliers, le palier tournait à droite avec une porte de sortie de secours sur sa gauche.

Le bruit de quelque chose traîné sur le sol carrelé résonna contre les murs nus, et quelqu'un grogna à voix basse.

En tournant au coin, elle vit une femme de dos par rapport aux deux détectives, en train de traîner un carton vers l'ascenseur.

La porte de l'appartement de Dale Thorngrove était grande ouverte.

— Qui êtes-vous ?

La femme sursauta à la voix de Kay et se retourna pour leur faire face, les yeux écarquillés.

— Qui... qui êtes-vous ? réussit-elle à dire, serrant un

gilet en cachemire autour de sa taille, son expression passant de la peur à la culpabilité.

— J'ai demandé en premier.

— Amy Evans. Mon mari—

— Ex-mari, d'après ce qu'on nous a dit.

Kay montra rapidement sa carte de police, puis s'approcha de l'endroit où se tenait la femme et se pencha pour ouvrir le dessus de la boîte en carton.

Elle était pleine de livres et de bibelots.

— Pouvez-vous expliquer pourquoi vous emportez ceci de l'appartement de monsieur Thorngrove ?

— Ce sont mes affaires.

— Pouvez-vous le prouver ?

— Demandez-lui. Il vous le dira.

Amy lança un regard noir à Kay et rejeta ses longs cheveux bruns par-dessus son épaule.

— Quand il a quitté notre maison, il a emporté certaines de mes affaires. Je veux les récupérer. Sinon, le divorce sera prononcé, et je ne les reverrai jamais.

— Qui vous a donné une clé ?

— Quoi ?

— D'où avez-vous eu une clé ?

— Je, euh...

L'autre femme rougit.

— J'ai pris son double, la première fois que je suis venue ici.

— Vous l'avez volée ?

— Non ! Je l'ai juste... empruntée.

Ses yeux firent des allers-retours entre Kay et Barnes.

— J'allais la rendre, honnêtement.

— C'est un peu tard pour ça, dit Barnes.

— Que voulez-vous dire ?

— Dale Thorngrove a été retrouvé mort mercredi soir.

— Mort ?

Amy chancela sur ses talons et tendit la main vers le mur pour se stabiliser.

— Comment ?

Kay fit un geste vers la porte ouverte.

— Pouvons-nous en discuter à l'intérieur de l'appartement ? Loin des oreilles indiscrètes des voisins ?

— Je ne vais pas soulever ça à nouveau. C'est trop lourd, bon sang.

— Laissez-moi faire.

Barnes souleva la boîte et ouvrit la marche vers l'appartement, plaçant la collection de livres et d'ornements près de la porte tandis que Kay la fermait.

Amy passa devant lui d'un pas déterminé.

— J'ai laissé mon sac ici, marmonna-t-elle.

La cuisine étroite était fonctionnelle et remarquable par sa laideur.

Des placards beiges étaient fixés aux murs, surplombant des plans de travail peu profonds avec une plaque de cuisson électrique au fond tandis qu'un évier en acier inoxydable se trouvait à droite sous une fenêtre. À travers les rideaux en voilage, Kay pouvait voir un centre commercial au-delà de la voie rapide qui traversait le lotissement, le bruit de la circulation pénétrant les vitres à double vitrage.

Une assiette, des couverts et un verre à bière retourné étaient sur l'égouttoir, tandis que le sol carrelé bon marché craquait sous les chaussures de Kay alors que son regard balayait la pièce, des miettes éparpillées à côté d'un grille-pain bien utilisé et le manque de vaisselle suggérant que Dale Thorngrove avait peut-être tendance à se déplacer en mangeant son petit-déjeuner.

— Quand avez-vous vu Dale pour la dernière fois ? demanda-t-elle en se tournant vers Amy.

La femme jeta un sac beige par-dessus son épaule avant de passer une main le long du plan de travail, traçant un chemin à travers les miettes de pain grillé.

— Lundi. Nous avions rendez-vous avec nos avocats.

Kay pinça les lèvres en sortant de la cuisine et en longeant le couloir jusqu'au salon.

Le propriétaire avait également opté pour le beige ici.

Thorngrove n'avait guère fait plus qu'ajouter une paire de fauteuils usés face à une grande télévision et une table basse étroite encombrée de télécommandes.

Des rideaux dépareillés pendaient à la fenêtre.

Fouillant dans une petite pile d'enveloppes jetées et de factures, Kay observa du coin de l'œil Amy qui apparaissait, les lèvres plissées.

— Quand avez-vous parlé à votre ex-mari pour la dernière fois ? demanda-t-elle.

— Lundi.

La femme se tenait dos à la fenêtre, ses bras croisés sur sa poitrine.

— Ensuite, nous nous sommes envoyé quelques SMS mardi.

— À quel sujet ?

Amy haussa les épaules.

— Juste des trucs concernant le divorce. Je crois qu'il pensait pouvoir me faire changer d'avis.

— Où étiez-vous mercredi soir entre vingt heures et minuit ?

— Quoi ?

— Répondez à la question, s'il vous plaît.

— Vous pensez que je l'ai tué ?

— L'avez-vous fait ?

— Bien sûr que non, bon sang !

— Où étiez-vous ?

— Chez moi, en train de dîner avec deux amies qui étaient passées me voir.

— Nous allons avoir besoin de leurs noms et numéros de téléphone.

Amy leva les yeux au ciel, puis sortit son téléphone de son sac et dicta les informations à Barnes. Elle émit un rire amer lorsqu'il la remercia.

— Je dois y aller, j'ai dit à mon patron que je ne serais absente qu'une heure.

— Nous vous recontacterons si nous avons d'autres questions, dit Kay en tendant la main. Et je vais prendre cette clé, merci.

— Peu importe.

Amy la lui jeta, puis tourna les talons et se dirigea vers la porte d'un pas théâtral, ignorant le carton.

Barnes attendit que la porte claque, puis expira.

— Eh bien, n'était-elle pas un vrai rayon de soleil ?

— Ouais, pas vraiment d'amour perdu pour le coup.

Kay laissa retomber les factures sur la table.

— Tu peux demander à Phillip de vérifier son nom dans le système, juste pour s'assurer qu'il n'y a pas de problèmes dont nous devrions être au courant ?

— Je m'en occupe.

— Merci. J'espère que les autres ont plus de chance que nous.

CHAPITRE 23

Lorsque Laura entra sur le parking du White Hart, elle émit un léger sifflement.

— Ils ont su profiter de l'occasion... dit Kyle à côté d'elle.

— Tu l'as dit.

Six nouvelles tables rondes en bois avec leurs chaises assorties occupaient désormais les quatre places de stationnement sous les fenêtres de façade du pub, chacune abritée par un grand parasol rouge et blanc qui flottait dans la brise, pour protéger les buveurs du soleil de début d'après-midi.

La porte du pub était grande ouverte et tandis que Laura retirait les clés du contact et s'en approchait, un flot constant de clients allait et venait du bar, les verres rafraîchis et divers paquets de grignotages sous le bras.

— Il pourrait même se payer une femme de ménage à ce rythme-là, murmura-t-elle.

— Je parie qu'il est trop radin pour ça.

Kyle examina les murs de chaque côté de l'encadrement de la porte.

— Il a installé des jardinières suspendues, regarde.

En entrant dans le pub, Laura cligna des yeux pour s'adapter à la soudaine pénombre qui l'enveloppait, et elle repéra Len Simpson en train de polir une table sur sa droite, dos à elle.

Lydia Terry se tenait derrière le bar, le visage rougi tandis qu'elle tirait des pintes et les alignait devant quatre clients, tous en train de brandir de l'argent en l'air dans l'espoir d'être servis en premier.

Ses yeux s'écarquillèrent quand elle vit les deux policiers qui attendaient sur le seuil, et elle appela Simpson.

— Il y a du monde pour toi, Len.

Il fronça les sourcils en se retournant, ne dit rien, et fit un signe du menton vers une table au fond du pub avant de les suivre à contrecœur.

— Journée chargée, monsieur Simpson, dit Laura d'un ton enjoué. Ça a complètement changé dehors.

— J'ai passé toute la journée de jeudi à nettoyer le sang du parking au jet d'eau, dit-il, la lèvre inférieure boudeuse. Et vous ne pouvez pas rester ici, vous allez faire fuir la clientèle.

— Oh, je pense que vous en êtes tout à fait capable tout seul, monsieur Simpson, surtout quand ils verront ce qui sort de votre cuisine.

Il lui lança un regard noir en réponse.

Kyle sortit son téléphone de son gilet tactique et le tendit.

— Vous le reconnaissez ?

Simpson plissa les yeux vers l'écran, puis fouilla dans la poche supérieure de sa chemise et mit une paire de lunettes de lecture crasseuses avant d'essayer à nouveau.

— Vaguement. Qui est-ce ?

— L'homme qui a été abattu sur votre parking mercredi soir.

Le patron leva les mains et jeta un coup d'œil par-dessus son épaule.

— Baissez d'un ton, d'accord ?

— Monsieur Simpson, je pense que vous réalisez que ces gens ne sont là *qu'à cause* de ce qui s'est passé mercredi soir, n'est-ce pas ? dit Laura. Cet homme vous dit quelque chose ?

— Je ne sais pas. Je ne suis pas sûr.

Il haussa les épaules.

— Comme je l'ai dit à vos collègues cette nuit-là, je ne les ai remarqués que lorsqu'ils se sont levés pour partir, et je n'ai vu que son dos.

— Très bien. Nous allons demander à Lydia.

Laura repoussa sa chaise, puis baissa les yeux lorsque Simpson lui saisit le bras.

— Attendez ici. Je vais la chercher.

Il se dandina jusqu'au bar, écarta Lydia des pompes à bière d'un coup de coude et pointa Laura du doigt.

La femme s'essuya les mains sur l'arrière de son jean et se précipita vers eux.

— Je ne sais pas ce que vous voulez, mais vous feriez mieux de faire vite, il est d'une humeur de chien.

Kyle regarda par-dessus la tête de Lydia alors qu'elle tirait une chaise.

— Pourquoi ça ? C'est probablement la journée la plus

chargée que cet endroit ait connue depuis des années, non ?

— C'est vrai, mais Len aime savoir qui boit ici. Il n'aime pas que des inconnus débarquent, même s'ils lui jettent de l'argent à la figure. Surtout après ce qui s'est passé la semaine dernière.

— Intéressant.

Laura observa le patron finir de servir.

Il lança un regard noir au dos des buveurs qui sortaient, puis elle remarqua les pancartes « réservé » placées au milieu des tables éparpillées autour du bar.

— Vous attendez une fête ici ou quoi ? demanda-t-elle.

Lydia ricana doucement.

— Il ne veut aucun d'entre eux ici. Il dit que ces tables sont pour les habitués.

— D'accord. Il y en a beaucoup en ce moment, n'est-ce pas ?

— Écoutez, que voulez-vous ? Je vous l'ai dit, il est d'une humeur massacrante.

— Vous reconnaissez cet homme ? demanda Kyle en tapotant l'écran de son téléphone pour le réveiller, puis le tournant vers Lydia.

— Oui, en fait. C'est l'un des types qui étaient là mercredi soir, non ? C'est celui qui a été abattu ?

— Il s'appelle Dale Thorngrove. Ça vous dit quelque chose ? dit Laura.

— Non. Il est du coin ?

— De Walderslade.

— Pas si loin que ça, alors.

Lydia fronça les sourcils.

— Mais ça n'explique pas pourquoi il serait venu ici,

n'est-ce pas ? Il y a plein d'autres pubs entre ici et Snodland. Ou au nord de là-bas.

— Vous l'avez déjà vu ici avant mercredi soir ?

— Non.

La bouche de la femme se tordit.

— Ce n'est pas le genre d'endroit où on vient deux fois à moins d'être du coin.

Laura soupira.

Elle ne pouvait pas contester la logique de Lydia.

Jetant un coup d'œil par-dessus son épaule, elle vit Len qui les observait, et se leva.

— D'accord, merci, on va vous laisser. Voici ma carte. Si vous pensez à quoi que ce soit qui pourrait nous aider, mon numéro direct est dessus.

Alors qu'ils marchaient vers la voiture, elle pouvait sentir les regards des gens rassemblés autour des tables. Sans aucun doute, d'autres rumeurs seraient publiées sur les réseaux sociaux quelques secondes après leur départ.

— Ne te retourne pas, siffla-t-elle à Kyle. La dernière chose dont nous avons besoin, c'est que nos visages soient placardés partout sur Internet.

Il fronça les sourcils.

— Je suis content que la seule place de parking restante ait été tout au bout. Qu'est-ce que tu veux faire ensuite ?

Laura attendit qu'ils soient dans la voiture, vérifia son téléphone pour voir s'il y avait des appels manqués, puis pointa du doigt le bout de la ruelle.

— Allons voir Geoff Abbott. Il n'habite pas très loin, et je veux savoir s'il connaît Dale Thorngrove.

CHAPITRE 24

Gavin leva les yeux de ses notes alors que Paul Solomon quittait la M2 et dirigeait la voiture vers Rochester.

— Où habite le premier type ? demanda-t-il en tapotant ses doigts sur le haut du volant tout en fixant un feu rouge qui mettait un temps anormalement long à changer.

— Juste après Wouldham Road, après la friterie. C'est une des rues à gauche en allant vers la rivière.

Solomon passa la première vitesse lorsque le feu passa au vert et se plaça sur la voie de gauche.

— C'est à environ cinq minutes. Crie quand tu verras le numéro de la maison.

— D'accord.

Il réprima un bâillement, tendit la main vers la canette de boisson énergisante dans la pochette à côté du siège passager, puis jura à voix basse en réalisant qu'elle était vide.

— Tu en as besoin d'une autre d'abord ?

— Mieux vaut pas. C'était ma troisième aujourd'hui.

Solomon lui jeta un regard en coin.

— Ce n'est pas sain.

— Je sais, mais avec les horaires qu'on fait sur cette affaire et le mec dans la chambre d'à côté à l'hôtel qui a des conversations téléphoniques bruyantes avec son ex-femme à deux heures du matin, j'ai besoin d'aide.

— Je ne savais pas que tu logeais dans le coin.

— Sharp a pensé que c'était logique vu la sensibilité de cette affaire. Si on a une soudaine avancée, on est tous les deux immédiatement sur place, plutôt que d'avoir à venir de Maidstone.

— Eh bien, si ça continue encore longtemps et que tu veux un endroit plus calme pour pioncer, ma femme et moi avons une chambre d'amis que tu peux utiliser.

— Merci, je garderai ça à l'esprit.

Gavin se redressa et pointa du doigt à travers le pare-brise.

— Voilà. Le numéro onze devrait être par là à droite.

— Comment s'appelle-t-il ?

— Peter Jones. Il a été arrêté pour agression trois mois après la bagarre avec Dale Thorngrove, il a reçu un avertissement quand l'autre partie a refusé de porter plainte, et il semble s'être bien comporté depuis.

— Ok, je vais te laisser mener sur celui-là.

— N'hésite pas à intervenir si je rate quelque chose d'évident.

Gavin desserra sa ceinture.

— Tu es le local, après tout.

Quelques instants plus tard, ils se tenaient sur le perron d'une maison mitoyenne des années 1930 avec une arche en brique rouge formant un porche pour abriter la porte, et des fenêtres en saillie sortant du rez-de-chaussée et du premier étage.

Gavin fronça le nez devant l'horrible crépi qui recouvrait les murs, mais il remarqua le jardin bien entretenu à l'avant et la peinture fraîche et en déduisit que Jones – ou quelqu'un dans sa maison – faisait au moins un effort.

La porte s'ouvrit, et un homme d'une trentaine d'années avec une ligne de cheveux fuyante fronça les sourcils en les voyant.

— La police ? Que voulez-vous ?

— Enquêteur Gavin Piper, et mon collègue, l'enquêteur Solomon. Êtes-vous Peter Jones ?

— Oui. De quoi s'agit-il ?

— Pouvons-nous parler à l'intérieur ?

— Je ne préférerais pas.

Jones baissa la voix.

— Ma femme est au travail, et je viens juste d'endormir le bébé. Pouvez-vous faire vite au cas où elle se réveillerait ?

Gavin leva son téléphone.

— Vous le reconnaissez ?

— Il me dit quelque chose, mais je ne sais pas d'où.

— Vous et un de vos potes vous êtes battus avec lui il y a trois ans. Il a eu besoin de soins dentaires après.

Jones se frotta la mâchoire et soupira.

— Pas un de mes meilleurs moments. Je me suis cassé deux doigts cette nuit-là.

— Pourtant, vous vous êtes battu à nouveau peu de temps après.

— Ouais, et puis j'ai arrêté de boire. Je suis clean depuis.

Jones rendit le téléphone et fronça les sourcils.

— De quoi s'agit-il ?

— Dale Thorngrove, l'homme sur la photo, a été assassiné mercredi soir.

Gavin ignora l'expression choquée qui passa sur le visage de Jones.

— Où étiez-vous ?

— Au téléphone avec ce service gratuit de la sécurité sociale. Charlotte avait de la fièvre, et on s'inquiétait que ce soit quelque chose de grave.

Jones expira.

— Ce n'était pas le cas, mais je ne veux pas revivre une frayeur pareille.

— Et votre femme confirmera ça ?

— Bien sûr. Appelez-la et demandez-lui.

Jones récita son numéro.

— Elle sera en déplacement en ce moment mais vous pouvez lui laisser un message et elle vous rappellera.

— Avez-vous eu des contacts avec Dale Thorngrove depuis la bagarre ?

— Non, pourquoi en aurais-je eu ?

— À propos de quoi était la bagarre ?

— Dieu sait. C'était il y a longtemps. Connaissant mon comportement quand j'étais bourré à l'époque, ça aurait pu être n'importe quoi.

— L'autre homme qui était impliqué, Owen Chard, est-il un bon ami à vous ?

— Plus maintenant.

Jones enfonça ses mains dans les poches de son jean.

— Une fois que j'ai arrêté l'alcool, je me suis éloigné de l'ancienne bande.

— Que fait votre femme ?

— Elle dirige une agence immobilière à Chatham. Elle réussit très bien, d'ailleurs.

Gavin entendit la note de fierté dans la voix de l'homme.

— Et vous ?

— Papa à plein temps, rayonna Jones. Le meilleur boulot du monde.

Il jeta un coup d'œil par-dessus son épaule alors qu'un enfant commençait à pleurer à l'arrière.

— On va vous laisser y retourner, dit Gavin. Merci pour votre temps.

— Un personnage réformé, celui-là, remarqua Solomon alors qu'ils retournaient à la voiture. Dommage qu'ils ne finissent pas tous comme ça.

— J'avais le sentiment que ce serait une perte de temps. Je veux dire, il y a un grand pas entre tabasser quelqu'un il y a trois ans et lui tirer dessus deux fois à bout portant, non ?

Solomon sourit.

— Il faut quand même que quelqu'un l'ait fait. Où habite le deuxième type ?

— À environ vingt minutes d'ici.

Gavin bâilla.

— Et on ferait mieux de s'arrêter pour prendre un café en chemin.

CHAPITRE 25

L'obscurité avait envahi la ville lorsque Kay appela son équipe à l'attention et la dirigea vers le tableau blanc.

Le briefing avait déjà une heure de retard en raison de la quantité d'informations qui affluaient dans la salle des opérations, et elle voulait que son équipe rentre se reposer pour être prête à un autre départ matinal.

Une lassitude était évidente lorsqu'ils prirent place, leurs mouvements étaient lents et sans enthousiasme, et elle savait qu'elle aurait besoin d'une autre percée bientôt pour les garder concentrés.

— Tout d'abord, commença-t-elle dès que le dernier s'assit. Zach, si vous voulez bien me rejoindre ici et expliquer vos conclusions sur la balistique de la scène de crime, nous pourrons répondre aux questions à ce sujet avant de passer à d'autres points.

Elle retourna le tableau blanc pour montrer le verso vierge, puis attendit que l'expert en balistique connecte son ordinateur portable au projecteur.

Zach appuya sur un bouton et un croquis du White

Hart et de l'agencement de son parking apparut sur l'écran improvisé. Prenant un stylo de Kay, il s'éclaircit la gorge et fit face aux officiers assemblés.

— Ce qui suit est basé sur le rapport d'autopsie, les informations actuelles de l'équipe médico-légale et une visite sur site que j'ai effectuée plus tôt aujourd'hui pour prendre des mesures, commença-t-il.

Il fit une pause pour dessiner deux bonshommes allumettes sur le tableau blanc.

— La première chose que je peux confirmer est que la trajectoire de ce que nous considérions comme le premier coup de feu était correcte. Thorngrove était tourné dos au tireur quand le fusil a été tiré pour la première fois. Selon mes estimations, et d'après l'endroit où il est tombé, il se tenait ici quand la balle l'a touché.

Zach effaça l'un des bonshommes allumettes puis le redessina plus loin de l'autre.

— Le tireur se tenait ici, à la lisière du parking, quand il a tiré le premier coup. Il n'y avait pas de véhicules garés de ce côté du parking, nous devons donc considérer où se dirigeaient les deux hommes en sortant du pub.

Kay croisa les bras sur sa poitrine et fixa le croquis.

— Thorngrove a réussi à chanceler sur quelques mètres avant que le deuxième tir ne l'atteigne à l'arrière de la tête, dit Zach.

— Comment est-ce possible ? demanda Laura. Il avait déjà un énorme trou béant dans la poitrine.

— Il faut un certain temps pour que le message atteigne le cerveau et que le corps s'arrête, expliqua Zach. C'est la même chose si un cerf est tué, il continuera souvent à courir quelques mètres avant de s'effondrer. En l'occurrence, et d'après les mesures que j'ai prises, le tueur a fait quelques pas en avant pour tirer le deuxième coup.

— Peut-être pensait-il avoir raté la première fois, suggéra Barnes.

— Je n'en suis pas si sûr, dit Zach.

Il pointa les deux figures sur le tableau.

— D'après les trajectoires, je pense qu'il savait qu'il avait tué Thorngrove avec le premier tir. Ce second tir était juste pour s'en assurer.

— Thorngrove était-il armé à ce moment-là ? demanda Kay.

— Il n'y avait pas de résidus de tir sur ses mains ou ses vêtements, donc il n'a pas tiré d'arme sur son agresseur. Rien n'a été trouvé non plus sur la scène de crime, et Harriet et son équipe ont effectué une large recherche dans la zone. S'il portait une arme, je dois supposer que son tueur l'a emportée avec lui en fuyant la scène.

— Nous n'avons reçu aucun signalement d'armes trouvées dans la région, dit Laura. Donc, qui que soit le tueur, il l'a toujours.

— Et ce sera crucial comme preuve.

Kay remercia Zach alors qu'il retournait à sa place, et retourna le tableau blanc. Après avoir ajouté les commentaires de l'expert en balistique à la liste croissante de notes, elle fit face à son équipe.

— Debbie, tu peux t'assurer que Gavin et le commandant divisionnaire Sharp reçoivent une copie du rapport de Zach avant de partir aujourd'hui, et les informer que nous recherchons aussi l'arme à feu ? Comme ça, s'ils trouvent notre suspect, ils pourront s'assurer que ses vêtements sont préservés pour être testés pour les résidus de tir.

— Je m'en occupe, chef.

— Bien, faisons un rapide point sur les tâches d'aujourd'hui et ensuite vous pourrez vous reposer. Laura, Kyle, comment ça s'est passé avec Len Simpson ?

— Il dit qu'il n'avait jamais vu Thorngrove au White Hart auparavant, chef, répondit l'enquêteuse. Lydia Evans l'a reconnu de mercredi soir, mais a confirmé qu'il n'était pas un habitué et qu'elle ne l'avait jamais vu avant non plus.

— Nous avons eu un peu plus de chance avec Geoff Abbott, ajouta Kyle. Il a dit qu'il pensait que Thorngrove lui était familier, mais ne pouvait pas dire d'où.

— J'ai noté de le recontacter lundi pour voir si quelque chose lui est revenu, dit Laura.

— Fais ça, merci. Où en sommes-nous concernant la voiture de Thorngrove, Ian ?

— Les agents en uniforme l'ont trouvée dans le garage à côté des appartements une fois qu'on a fait venir un serrurier pour ouvrir la porte, dit Barnes. J'ai appelé plusieurs sociétés de taxis dans le quartier de Walderslade, et l'un des répartiteurs a confirmé une prise en charge du quartier jusqu'au White Hart la semaine dernière. La carte de débit utilisée était celle de Thorngrove, ce qui explique comment il est arrivé là-bas.

— D'accord, bien.

Kay vérifia ses messages.

— Gavin a parlé aux deux hommes impliqués dans une bagarre avec notre victime il y a trois ans, mais dit que nous pouvons les écarter. Les deux ont mis de l'ordre dans leur vie depuis, et tous deux ont des alibis solides pour mercredi soir. Comment nous en sommes-nous sortis avec les armureries locales ? Est-ce que quelqu'un a reconnu Thorngrove ?

— Non, chef, mais il y a quelque chose qui est apparu pendant que je traitais les rapports d'aujourd'hui.

La voix de Phillip porta par-dessus les têtes de ses collègues, et elle lui fit signe d'approcher.

— Qu'est-ce que tu as trouvé ?

— J'ai passé les coordonnées de l'ex-femme de Thorngrove dans le système par curiosité, et j'ai trouvé quelque chose qui pourrait vous intéresser. Il y a quatre mois, elle est allée voir son médecin généraliste pour des ecchymoses au bras.

Les joues de Phillip rougirent.

— Cela m'a inquiété, alors j'ai vérifié avec Daniel, et il confirme qu'à peu près à la même époque, Thorngrove avait demandé un permis de port d'armes. Il a été refusé—

— À cause de l'accusation de violence domestique, dit Kay. Son médecin aurait dû signer pour le côté médical et s'ils avaient le même médecin, il n'aurait jamais laissé Thorngrove être approuvé en sachant qu'il avait un penchant violent.

— Amy Evans ne nous a rien dit de tout cela quand nous l'avons vue aujourd'hui, dit Barnes en fronçant les sourcils. Elle aurait sûrement mentionné cela, une fois qu'elle a su que son ex avait été abattu.

— Il y a autre chose, chef, dit Phillip. J'ai vérifié dans le système pour voir si elle avait déposé une plainte contre Thorngrove auprès de nous, et il n'y a rien. J'ai même parlé à certains membres de notre équipe chargée des violences domestiques pour voir s'ils lui avaient déjà parlé, mais ce n'était pas le cas.

— Que veux-tu qu'on fasse, chef ? demanda Barnes.

Kay tapota le bout de son stylo contre son menton pendant un moment, puis prit sa décision.

— Amenez Amy Evans pour un entretien formel à la première heure demain. Voyons ce qu'elle a omis de nous dire d'autre.

CHAPITRE 26

Kay retint son souffle alors qu'un homme d'une vingtaine d'années, un œil noirci et le t-shirt taché de vomissures, était conduit devant elle, puis elle reporta son attention sur les documents qu'elle tenait en main.

Le commissariat était animé pour un dimanche matin, toutes les personnes arrêtées dans la ville pendant la nuit étant en cours de traitement, soit libérées pour de futures comparutions devant le tribunal, soit emmenées pour une période de détention provisoire jusqu'à ce que leurs affaires soient entendues.

Elle fredonnait pour contrer le bruit d'une violente dispute qui se poursuivait plus loin dans le couloir vers les cellules, tout en parcourant les maigres informations que son équipe avait rassemblées sur Amy Evans.

Laura et Kyle étaient chargés d'aller chercher la femme à son domicile à Snodland plus tôt ce matin-là, et pendant qu'elle attendait leur arrivée, elle prit un moment pour noter quelques questions qui la titillaient.

— Vous vous foutez de moi ?

Elle leva les yeux de la page en entendant la voix d'Amy et la lourde porte entre l'accueil et les salles d'interrogatoire claquer contre le mur pour voir la femme foncer vers elle, Kyle Walker sur ses talons.

— Désolé, chef, elle a fait irruption dès que j'ai ouvert la porte.

— Ce n'est rien, Kyle. Je pense que madame Evans s'est calmée maintenant, dit Kay en observant la femme. N'est-ce pas ?

— Qu'est-ce que ça veut dire ? Lui et une femme qui frappent à ma porte à sept heures, exigeant que je vienne ici, pourquoi ?

— Chef, nous avons demandé poliment, dit Kyle. Vu les circonstances et tout ça.

— Tout va bien, chef ?

Laura se précipita le long du couloir vers elle, un dossier serré dans ses mains.

— Je l'ai entendue s'énerver...

— Ça va. Et nous allons rendre le reste de cette conversation formelle dans ces circonstances.

Kay poussa la porte de la salle d'interrogatoire numéro deux et fit signe à Amy d'entrer.

— Kyle, si tu veux bien attendre ici, s'il te plaît.

Amy se dirigea vers l'une des chaises qui entouraient une table métallique vissée au sol et la tira, les pieds raclant sur le carrelage.

— Faites vite. Je n'ai même pas encore pris mon café ce matin.

— Vous voulez de l'eau ? demanda Kay.

— Non.

La femme croisa les bras sur sa poitrine et fit la moue

pendant que Laura installait l'équipement d'enregistrement et lisait l'avertissement formel.

— Est-ce que j'ai besoin d'un avocat ?

— Est-ce que vous en voulez un ? demanda Kay. Vous n'êtes pas en état d'arrestation pour le moment.

— Oh.

Elle fronça les sourcils.

— Qu'est-ce que vous voulez, alors ?

Kay montra les documents qu'elle tenait en guise de réponse.

— J'ai d'autres questions à vous poser.

— À propos de quoi ?

— De la demande de permis d'armes à feu de votre ex-mari.

Amy fronça les sourcils.

— Ça ne me concerne pas. Je ne savais pas qu'il en avait un.

— Il n'en a pas. Et cela a *tout* à voir avec vous.

Kay joignit ses mains sur le dessus du dossier.

— Quand les abus ont-ils commencé, Amy ?

— Hein ?

— Était-ce physique ? Est-ce qu'il vous a blessée ? Nous avons entendu dire que votre médecin généraliste s'inquiétait des ecchymoses sur votre bras, ce qui explique pourquoi la demande de permis de Dale a été rejetée.

Le regard d'Amy passa de Kay à Laura, puis revint, ses yeux s'écarquillant.

— Non, rien de tout ça.

— C'est bon, Amy. Vous pouvez nous le dire. Pourquoi ne l'avez-vous pas signalé ? Nous aurions pu vous aider.

Une larme roula sur la joue de la femme, et elle renifla.

— Ce n'était pas ce que je voulais.

Kay soupira et ouvrit le dossier, en attente.

— Je... je voulais juste me venger, finit par dire Amy.

Elle retint un sanglot.

— Je voulais juste lui faire payer.

— Qu'est-ce que vous avez dit ?

Kay se redressa sur son siège.

— Vous avez menti à propos de la violence ?

Silence.

Kay frappa du plat de la main sur la table, le son se répercutant sur les murs.

Amy sursauta sur sa chaise, un cri de surprise s'échappant de ses lèvres.

— Avez-vous menti sur le fait que votre ex-mari ait été violent envers vous ?

— O-oui.

Amy hocha la tête, son visage décomposé.

— J'ai menti. Je ne voulais pas qu'il ait une arme.

— Pourquoi pas ?

— Je ne voulais pas qu'il ait *quoi que ce soit*. Je voulais juste me venger parce qu'il m'avait quittée. Il m'a fait passer pour une idiote devant tous nos amis. Je le détestais.

— Et les ecchymoses sur votre bras ?

Amy renifla.

— Je me les suis faites moi-même. Je voulais que ça ait l'air vrai.

Prenant une profonde inspiration pour s'efforcer de

rester calme, Kay attendit que la femme lève la tête, puis la foudroya du regard.

— Savez-vous combien de femmes nous ne parvenons pas à sauver à cause de gens comme vous qui font de fausses allégations juste pour se venger de quelqu'un ? dit-elle, la voix tremblante. Au lieu de courir partout pour suivre une piste comme celle-ci, j'ai des officiers qui travaillent à toute heure à l'étage et qui auraient pu aider des collègues à secourir des femmes et des enfants pour les sortir de situations parmi les pires que vous puissiez imaginer.

— Je suis—

— N'osez même pas, gronda Kay. N'osez pas dire que vous êtes désolée. Vous saviez exactement ce que vous faisiez quand vous avez menti à votre médecin en lui disant que votre mari vous maltraitait. Vous avez de la chance que je ne vous inculpe pas pour avoir fait perdre du temps à la police.

Elle ferma brusquement le dossier et repoussa sa chaise.

— Entretien terminé à huit heures cinquante-trois. Raccompagnez madame Evans à la porte, enquêteuse Hanway. Elle peut rentrer chez elle toute seule.

CHAPITRE 27

— Elle a vraiment fait prendre le bus à Amy pour rentrer chez elle ?

Barnes jeta un coup d'œil vers Laura qui fronçait les sourcils en regardant l'écran de son téléphone, puis il reporta son attention sur la route.

Un panneau bleu d'autoroute défila rapidement, et il relâcha l'accélérateur, puis se rabattit sur la voie de gauche pour prendre la sortie vers Aylesford.

— Eh bien, elle lui a dit de se débrouiller pour rentrer. Je suppose qu'elle a dû soit attendre un bus, soit prendre un taxi.

Laura sourit.

— Tu aurais dû voir sa tête quand je lui ai montré la porte. Il avait commencé à pleuvoir à ce moment-là, en plus.

— Ça vaudrait presque le coup que je demande à Hughes de me montrer les images des caméras de sécurité de l'accueil.

— J'ai cru que Kay allait étrangler Amy quand elle a

avoué avoir inventé l'histoire de violence conjugale. Même moi, j'ai eu peur.

— C'est une bonne chose que nous soyons à l'écart pendant un moment. Au moins, le temps que nous revenions pour le briefing de cet après-midi, elle se sera peut-être calmée.

Barnes secoua la tête.

— Il n'y a pas grand-chose qui puisse la mettre en colère, mais ça, sans aucun doute. Bon, où habite le patron de Thorngrove ? C'est la deuxième à gauche par ici, n'est-ce pas ?

— Mmm. Ensuite, il faut chercher un saule pleureur, d'après ce qu'il a dit. Sa maison se trouve le long d'un chemin à droite de cet arbre. Et il a dit de ne pas s'inquiéter du chien qui rôde habituellement. Apparemment, il est vieux et n'a plus beaucoup de dents.

— Bon à savoir, murmura Barnes.

Il remarqua le panneau avant de repérer le chemin, ses lettres noires délavées presque effacées par le temps sur un fond en bois blanchi, et il laissa échapper un grognement surpris.

— Je ne savais pas qu'il vivait dans un parc de caravanes.

— Apparemment, il possède l'un des chalets, pas une caravane. Numéro dix-sept, tourne à gauche après avoir passé la barrière là-bas.

Il ralentit pour respecter la limitation de vitesse peinte à la main sur un panneau à leur gauche et observa les parterres de fleurs bien entretenus qui bordaient le chemin, saluant d'un signe de tête un couple âgé qui levait la main en signe de salutation à leur passage.

— Un endroit sympathique.

— Calme aussi.

Laura détacha sa ceinture tandis que Barnes se garait devant un chalet bleu vif.

— Je ne suis pas sûre de pouvoir supporter cette couleur au réveil cependant. Ça me rappelle une cabine de plage.

Le sol trembla quand Barnes descendit de voiture, puis un train passa à toute vitesse derrière la rangée de conifères derrière le chalet, leurs branches s'inclinant dans son sillage.

Il ricana.

— Voilà pour le calme.

— On s'y habitue.

Il se retourna pour voir un homme d'une cinquantaine d'années appuyé sur une rambarde en bois qui longeait la petite maison, sa position surélevée formant une terrasse peu profonde au-dessus des deux places de stationnement.

L'homme sourit et se redressa lorsqu'ils atteignirent les trois marches menant à la porte d'entrée.

— Je présume que vous êtes le détective Barnes.

Il tendit la main.

— Gerry Harlington.

— Merci de nous recevoir si rapidement. Et un dimanche.

Laura se présenta, puis Harlington grimaça.

— C'est le moins que je puisse faire dans ces circonstances. Je me suis demandé si quelque chose de grave était arrivé à Dale quand il n'est pas venu travailler hier. Je n'ai pas réussi à le joindre au téléphone quand j'ai essayé.

— Pas jeudi ou vendredi ? demanda Barnes tandis que Harlington les guidait à travers une porte-fenêtre coulissante vers un salon étroit.

— Il a demandé quelques jours de congé quand nous avons terminé mardi. Il a dit qu'il avait des affaires personnelles à régler.

Il soupira.

— J'ai supposé qu'il parlait de son ex-femme. Vous savez qu'ils étaient en instance de divorce ?

Barnes surprit le regard d'avertissement de Laura et supposa que le souvenir de la réaction de Kay aux problèmes conjugaux de Thorngrove était encore frais, malgré ses commentaires légers. Il s'éclaircit la gorge.

— Nous avons entendu dire qu'ils avaient quelques problèmes, oui.

— Amy *était* le problème. Honnêtement, cette femme était un cauchemar.

Il leva les yeux au ciel, puis se dirigea vers une petite kitchenette au fond du chalet et brandit une bouilloire.

— Vous voulez boire quelque chose ?

— Non, ça va, merci.

Barnes mit ses mains dans ses poches et examina une série de photographies encadrées sur le mur au-dessus d'un fauteuil bien usé. Sur chacune d'elles, une moto avait été capturée en plein virage, la vitesse attestée par l'arrière-plan flou et le pilote vêtu de couleurs de course vives.

— C'est vous ?

Harlington regarda par-dessus son épaule et arrêta de presser un sachet de thé contre le côté d'une tasse.

— Une tout autre vie. Enfin, il y a au moins trente ans.

— C'était à Brands Hatch ?

— En effet.

— Comment êtes-vous passé de ça à la gestion d'un garage ?

Barnes rejoignit Laura à côté d'une table de pique-nique pliante en métal et s'assit tandis que Harlington les rejoignait.

— Il n'y a qu'un certain nombre de fois où l'on peut glisser sur les fesses à travers une piste de course avant de réaliser qu'on ne rebondit plus aussi bien qu'avant, dit-il avec un sourire contrit. Je m'en suis bien sorti avec les victoires en course au fil des années, et j'ai décroché quelques sponsors, alors quand j'ai arrêté, j'ai démarré le magasin de pneus. Le côté entretien est arrivé par accident, et avant que je ne m'en rende compte, j'avais quatre gars qui travaillaient pour moi.

— Des problèmes avec Dale pendant qu'il était avec vous ? demanda Laura.

— Aucun. Il était fiable.

Harlington fit une pause pour boire une gorgée de thé.

— Il était digne de confiance et bon avec les clients aussi. Le genre de gars à qui on pouvait confier la boutique pendant quelques jours si on voulait prendre une pause. Il va sacrément me manquer.

Barnes laissa un moment à l'homme avant de se concentrer sur la tâche à accomplir.

— Semblait-il inquiet ou peut-être préoccupé mercredi ?

— Pas vraiment. Nous étions occupés cependant. Il avait demandé quelques jours de congé et même si j'ai les trois autres qui travaillent pour moi, l'un d'eux est encore apprenti. Dale voulait s'assurer de terminer quelques travaux d'entretien et un contrôle technique pour que nous ayons moins de choses dont nous soucier pendant son absence.

Il tapota des doigts sur le côté de la tasse.

— Nous étions trop occupés pour que je remarque si quelque chose le préoccupait. Je me sens mal à ce sujet maintenant.

— Était-il le genre de personne à vous dire s'il avait quelque chose qui le tracassait ? dit Laura.

— Ça dépend de ce qui le dérangeait, je suppose. Je veux dire, il ne parlait pas beaucoup de son ex-femme, ou du divorce. J'ai eu l'impression qu'il en était gêné, pour être honnête.

— Agissait-il de manière inhabituelle, ou était-il plus souvent au téléphone que d'habitude ? demanda Barnes.

Harlington se renversa dans sa chaise, son regard se portant sur les photographies au mur.

— Il y a eu un appel téléphonique maintenant que vous le mentionnez, dit-il finalement. Lundi matin, ça devait être vers dix heures et demie parce que Sam, c'est l'apprenti, aidait pour une livraison qui venait d'arriver. Le téléphone de Dale a sonné, et il a jeté un coup d'œil à l'écran avant de sortir pour répondre.

— Vous pensez que c'était son ex-femme ?

— Non, parce qu'après dix minutes, j'ai passé la tête par la porte pour lui dire que j'avais besoin qu'il termine un contrôle technique avant le retour du client, et il faisait les cent pas sur le parvis en criant après la personne à l'autre bout du fil.

— Vous vous souvenez de ce qu'il disait ?

Harlington hocha la tête.

— Seulement parce que c'était inhabituel pour lui, notez bien. Je n'ai pas l'habitude d'espionner mon personnel. Comme je l'ai dit, c'est une question de confiance.

— Je comprends. Que disait-il ?

— Il a arrêté de crier quand il m'a vu, mais il devait y avoir une accalmie dans la circulation à ce moment-là, parce que je l'ai clairement entendu dire « tu vas me le payer ».

Barnes leva les yeux de son carnet.

— Ce sont ses mots exacts ?

— Oui.

— Dans ce cas, monsieur Harlington, j'aimerais interroger le reste de votre personnel. Aujourd'hui.

CHAPITRE 28

Laura arpentait le sol en béton maculé de graisse du garage de Harlington, alternant entre faire défiler ses nouveaux messages et scruter l'extérieur à travers les portes ouvertes sur la cour.

Plutôt que d'essayer de localiser les trois hommes qui travaillaient pour Harlington, le propriétaire avait suggéré de les appeler et d'organiser leurs entretiens au garage pour gagner du temps, une proposition que Laura et Barnes avaient saisie avec enthousiasme.

Son collègue était en train d'interroger le plus âgé des employés restants à côté d'un établi en acier jonché d'outils électriques, leurs voix n'étant qu'un murmure alors qu'ils étaient perchés sur une paire de tabourets bien usés.

Malgré les portes ouvertes, l'air était chargé des arômes pénétrants d'huile de moteur, de lubrifiant et – en prévision de l'hiver précoce annoncé – d'antigel.

Elle frissonna, le vent tournant et s'infiltrant par l'ouverture des portes, et glissa son téléphone dans sa poche avant de boutonner son manteau de laine et de relever le col pour contrer le courant d'air.

Le bruit d'une voiture en approche piqua son intérêt, et elle sortit dans la cour au moment où une petite voiture de sport bleue tournait depuis la route, le système audio à fond.

Un homme maigre en descendit, le front plissé lorsqu'il l'aperçut, et il enfila un sweat-shirt par-dessus sa tête.

— Vous êtes la détective ? demanda-t-il en visant sa voiture avec la clé avant de s'approcher d'elle.

— Enquêteuse Laura Hanway, répondit-elle en lui montrant sa carte de police. Vous devez être Sam Hennant.

— C'est bien moi.

— Merci d'être venu pendant votre jour de congé.

Il haussa les épaules, ajustant la courte queue de cheval à la base de son cou.

— Je pense que Dale aurait fait la même chose pour moi s'il était à ma place.

— Venez, entrons. Il fait un peu plus chaud à l'intérieur.

— Vous ne feriez jamais un bon mécanicien, détective.

— Croyez-moi, je le sais.

Elle sourit et le conduisit à travers les portes vers une paire de chaises de jardin en plastique que Harlington avait trouvées à l'arrière du garage, maintenant installées dans le coin opposé à celui où Barnes et l'autre membre du personnel discutaient.

Sam fit un signe de tête à son collègue, enfonça ses mains dans la poche kangourou de son sweat-shirt et s'assit en face d'elle.

— Que voulez-vous savoir ?

— Vous travaillez ici à temps plein ?

— À temps partiel. Je fais quatre jours ici et un en formation. Il ne me reste que huit mois, et puis je serai pleinement qualifié.

Il sourit timidement.

— Gerry m'a déjà offert un emploi à temps plein quand j'aurai terminé.

— C'est bien. Ça enlève un peu de stress pour la fin de la formation, j'imagine.

— Oui, c'est vrai.

Sam gigota sur sa chaise et se pencha en avant.

— Alors, vous savez qui a tiré sur Dale ?

— C'est une enquête en cours. Ce que nous essayons de faire aujourd'hui, c'est comprendre pourquoi Dale a été tué et ce qu'il faisait au White Hart. Semblait-il perturbé la semaine dernière, peut-être nerveux à propos de quelque chose ?

— Pas que j'aie remarqué. Nous étions occupés lundi. Mardi c'est mon jour de congé, donc je ne peux rien vous dire à ce sujet, et mercredi, c'était la folie. C'est pour ça que j'aime travailler ici. Le temps passe très vite.

— Gerry a mentionné que Dale avait reçu un appel téléphonique lundi dernier et que ça s'était plutôt envenimé. Vous vous en souvenez ?

Sam croisa les bras et fronça les sourcils.

— Oui, je m'en souviens parce que je ne l'avais jamais vu comme ça avant, pas en colère. J'étais censé aider à décharger une livraison, mais je n'ai pas pu m'empêcher de le remarquer. Il faisait les cent pas dehors, disant à qui que ce soit au bout du fil qu'ils paieraient pour quelque chose.

— Une idée de ce que c'était ?

— Non.

Il haussa les épaules.

— Je ne voulais pas demander, pour être honnête. Il est revenu ici de très mauvaise humeur.

— Vous vous entendiez bien avec Dale ?

— Oui, on s'entendait tous bien avec lui. Il m'apprenait beaucoup de choses, surtout quand Gerry était trop occupé.

— De quoi parliez-vous, à part du travail ?

— De football, principalement. Et de trucs qu'on avait vus à la télé.

Laura fit une pause alors que Barnes s'approchait, l'homme avec qui il parlait quittant le garage par les portes ouvertes avec un signe de tête à Gerry en guise d'au revoir.

— Dale a-t-il déjà mentionné un intérêt pour les armes à feu ? demanda-t-il.

Sam hocha la tête.

— Il voulait se mettre au tir pour une raison quelconque, et il ne savait pas par où commencer, mais il a dit qu'un de nos clients s'était proposé de l'emmener pour lui montrer les bases et voir s'il aimait ça le mois dernier.

— Et il a aimé ? demanda Barnes.

— Il n'arrêtait pas d'en parler la semaine suivante. Il nous a saoulés avec ça.

Gerry leur fit signe de s'approcher d'un ensemble de casiers métalliques au fond du garage, sortit une clé de sa poche et ouvrit celui tout au bout.

— C'est un passe-partout. Et voici toutes les affaires de Dale, je ne savais pas quoi en faire.

— Vous savez quel client lui a proposé la séance d'essai ?

— Je n'en ai aucune idée, désolé.

— Sam ?

L'apprenti secoua la tête en réponse tandis que Gerry sortait du casier une pile de magazines ainsi qu'une bouteille vide et un sac de sport.

Barnes ouvrit le sac de sport pour en sortir un t-shirt froissé.

— Des vêtements de sport, apparemment.

Laura retourna les magazines, parcourant les titres du regard.

— Il se renseignait sur les fusils et la chasse, alors ?

— Oui. Tout le temps. Il avait hâte d'obtenir son permis.

Sam fronça les sourcils.

— Il était dégoûté quand vos collègues lui ont dit qu'il ne pouvait pas en avoir un parce que son ex-femme avait déposé une plainte ou quelque chose comme ça.

— Est-ce qu'on peut prendre tout ça ?

— Vous pouvez tout prendre si vous voulez.

Gerry soupira.

— Je veux dire, je ne pense pas que son ex en veuille, et à un moment donné, je vais devoir publier une annonce pour remplacer Dale. On ne va pas s'en sortir autrement.

— Merci.

Barnes hissa le sac de sport sur son épaule.

— Et merci d'avoir organisé la venue de tout le monde. Ça nous a fait gagner beaucoup de temps.

— Trouvez juste qui l'a tué, d'accord ? Il ne méritait pas de mourir comme ça.

Laura rassembla les magazines et les porta jusqu'à la voiture, jetant un coup d'œil par-dessus son épaule au bruit de pas pour voir Sam qui la suivait, en train de lancer ses clés de voiture d'une main à l'autre.

— Merci pour votre aide aujourd'hui.

— Pas de problème.

Il lui fit un clin d'œil.

— Et revenez quand vous voulez. Vous avez mon numéro.

Laura se détourna avant qu'il ne puisse voir son visage s'empourprer, et elle donna un coup de coude dans les côtes de Barnes qui commençait à ricaner.

— Je crois que tu as un nouvel admirateur, Hanway, dit-il en déverrouillant la voiture.

— Le petit effronté, siffla-t-elle.

CHAPITRE 29

Alors que son équipe se rassemblait autour du tableau blanc pour le briefing du lundi matin, Kay observa leurs visages abattus, elle entendit l'agitation qui transparaissait dans leurs conversations murmurées, et elle se demanda comment diable elle allait continuer à les maintenir concentrés et motivés.

Redressant les épaules, elle posa l'ordre du jour sur un bureau vide à côté d'elle et éleva la voix.

— Commençons. Laura et Barnes, je suppose d'après les rapports que vous avez déposés hier soir que vous avez réussi à en apprendre davantage sur Dale Thorngrove ?

— En effet, chef, dit Barnes. Pour faire court pour tout le monde ici, quand nous avons interrogé ses collègues au garage où il travaillait, ils nous ont montré des magazines d'armes qu'il gardait dans son casier, et nous ont dit qu'un de leurs clients avait parlé à Dale de fusils il n'y a pas si longtemps.

— Nous attendons actuellement que son patron nous donne une liste des clients qui ont utilisé le garage ces six derniers mois pour que nous puissions vérifier les noms par rapport aux registres de permis d'armes à feu de Daniel.

— J'essaierai d'affecter quelques officiers pour vous aider, dit Kay en mettant à jour le tableau. Je suppose que vous avez tous entendu parler d'Amy Evans ?

— Peut-on la poursuivre pour nous avoir fait perdre notre temps ? demanda Debbie une fois qu'un grondement de voix mécontentes se fut éteint.

— Cela demanderait plus de paperasserie que ça n'en vaut la peine, dit Kay. J'ai vérifié avec un contact au ministère public tard hier soir, et il pense que ça n'irait jamais jusqu'au tribunal. Nous avons cependant mis une note dans le système à côté de son nom pour référence future. Entre-temps, j'ai parlé à Sharp au quartier général, et malheureusement ils réduisent les effectifs sur cette enquête. La directrice adjointe est d'avis qu'il s'agit d'un incident isolé et donc notre objectif devient maintenant de découvrir lequel des associés de Thorngrove l'a tué. Ian, tu as dit que tu faisais un suivi avec Gerry Harlington sur une piste à ce sujet ?

— Quand Laura a parlé à Sam, l'apprenti, il a mentionné que quelqu'un avait intéressé Thorngrove aux armes et était allé jusqu'à l'inviter à une partie de chasse il y a quelques semaines.

— Ça vaut définitivement la peine d'approfondir, dit Kay. Tu peux relancer Harlington si tu n'obtiens pas cette liste de noms en début d'après-midi ? J'aimerais les répartir entre l'équipe et commencer les entretiens téléphoniques dès que possible.

Barnes acquiesça en réponse.

Expirant, Kay jeta un coup d'œil à l'ordre du jour, puis de nouveau à ses officiers en entendant une exclamation surprise de Laura.

— Qu'est-ce que tu as ?

— Un message de Hughes en bas, chef. Quelqu'un vient de remettre un téléphone portable qui a été trouvé sur le bord de la route à quelques centaines de mètres du White Hart.

— Vas-y. Maintenant.

L'enquêteuse n'avait pas besoin qu'on le lui dise deux fois. Elle laissa tomber son téléphone et son carnet sur sa chaise et se précipita hors de la pièce.

— Harriet n'a jamais trouvé de téléphone ou de portefeuille sur la scène de crime, dit Phillips. Alors peut-être que c'est celui de Thorngrove ?

— Ou celui de son tueur, si c'est un téléphone jetable.

Kay arpentait la moquette fine, incapable de rester immobile. Elle leva les yeux lorsque Laura revint, légèrement essoufflée et un sac de preuves en plastique dans les mains.

— Voilà, chef.

— Ok, prends-le en photo et envoie-la à Gerry Harlington. Demande-lui si lui ou ses employés le reconnaissent comme étant celui de Thorngrove. Hughes a-t-il obtenu les coordonnées de la personne qui l'a remis ?

— Oui, une femme du nom de Nancy Allen. Elle promenait son chien quand elle l'a trouvé.

— Ian, je veux que tu l'appelles et que tu découvres exactement où elle l'a ramassé, poursuivit Kay. Prends des agents en uniforme avec toi et fouillez la zone pour voir si le portefeuille de Thorngrove y a été jeté aussi.

— Je m'en occupe.

Barnes se précipita vers son bureau, arrachant au passage le post-it que Laura lui tendait.

— Tu veux que j'appelle Andy Grey au service de criminalistique numérique pour lui dire que nous allons lui faire livrer ceci par coursier ? demanda Debbie.

Kay secoua la tête et examina le sac de preuves dans sa main.

— Pas le temps, Debs. Je vais l'apporter à Northfleet tout de suite.

CHAPITRE 30

Kay passa sa carte de sécurité et traversa le hall du quartier
général de la police du Kent à Northfleet, levant la main
pour saluer un autre inspecteur de la division est, puis elle
se dirigea vers les escaliers.

Montant les marches deux par deux, elle ignora les
expressions perplexes qu'elle reçut de trois membres du
personnel administratif alors qu'elle passait devant eux à
toute vitesse, et elle atteignit l'étage suivant et se précipita
le long d'un couloir étroit.

La porte de sécurité au bout s'ouvrit avant qu'elle ne
l'atteigne, et Andy Grey se tenait sur le côté.

— Quand tu as dit que tu étais en route, inspectrice
Hunter, je ne réalisais pas que tu allais étirer le continuum
espace-temps pour arriver si vite.

— L'A2 était dégagée pour une fois.

— Tu as pris des leçons de conduite supplémentaires
avec Barnes et Gavin ?

Il sourit, puis tendit la main.

— Allez, donne-le-moi.

Elle lui donna le sac contenant le téléphone portable et regarda pendant qu'il enfilait des gants de protection, signait le formulaire de chaîne de preuves, puis brisait le sceau.

— Tu penses que ça appartenait à votre victime, alors ? demanda le technicien de la police scientifique en se dirigeant vers un ordinateur pour y brancher le téléphone.

— On pense que oui.

Kay souffla sa frange de ses yeux, son rythme cardiaque revenant lentement à la normale.

— Il a été trouvé à moins d'un kilomètre du pub, alors...

— Les chances sont bonnes.

Il fronça les sourcils.

— Il est protégé par un mot de passe.

— Tu peux le craquer ?

— Je pourrais, mais ça prendrait du temps. Tu pourrais appeler l'ex-femme et voir si elle le connaît.

— On n'est pas vraiment en bons termes en ce moment.

Elle lui raconta ce qui s'était passé.

— De toute façon, il aurait sûrement changé le mot de passe comme ils s'étaient séparés, non ?

— C'est un mec.

Andy sourit.

— On n'aime pas le changement. Demande-lui.

Kay passa l'appel, et après une réponse brève, Amy Evans confirma qu'elle connaissait effectivement le mot de passe du téléphone de son ex-mari et le récita de mémoire.

Andy sourit quand elle termina l'appel.

— L'ex-femme s'est-elle rachetée ?

— Pas tout à fait.

Elle pinça les lèvres.

— Tu vas me détester pour ça, mais dans combien de temps peux-tu examiner ces relevés téléphoniques ?

Le responsable de la police scientifique numérique soupira.

— Ça va prendre un moment.

— Tu es une star.

— C'est ce que tu ne cesses de me dire. Ça m'aiderait si je savais s'il y avait quelque chose en particulier que tu recherches ?

— Thorngrove a reçu un appel téléphonique vers dix heures trente lundi dernier. Ses collègues de travail ont rapporté une conversation animée, et son patron nous a dit qu'il l'avait entendu dire « tu vas payer pour ça ». C'est notre point de départ, si tu remarques autre chose là-dedans que je devrais savoir, je prends aussi.

— D'accord. Va prendre un café et attends mon appel. Je vais voir ce que je peux trouver. Et ne dis à personne que tu m'as vu, c'est censé être mon jour de repos.

———

— Alors, comment s'en sort Gavin ?

Kay suivit Sharp jusqu'à une table du côté opposé de la pièce par rapport au distributeur automatique et elle déchira l'emballage d'un sandwich au fromage et à la tomate à l'aspect peu appétissant.

Grimaçant devant la nourriture industrielle mais résignée au fait qu'il n'y avait rien d'autre de disponible, elle y mordit pendant que le commissaire sirotait son café.

— Il impressionne pas mal de gens, dit-il finalement. Ce qui ne me surprend pas.

— Moi non plus. J'ai pensé que le jeter dans le grand bain pendant un moment ferait du bien à sa confiance.

— Je ne pense pas qu'il y ait un problème avec sa confiance, juste un manque d'expérience dans certains domaines.

Sharp regarda autour de lui les officiers rassemblés, et soupira.

— En plus, je crains que s'il s'ennuie à Maidstone, on le perde complètement.

Kay s'arrêta, son sandwich à mi-chemin de sa bouche.

— Tu as entendu une rumeur ?

— Non, juste une intuition.

— C'est pire.

— Mange ton repas. Je ne pense pas qu'il aille où que ce soit pour le moment.

Il donna ce qu'elle soupçonnait être un sourire rassurant, mais son appétit avait diminué.

Elle laissa tomber le reste du sandwich dans l'emballage.

— Comment s'en sort le reste de ton équipe là-bas ? demanda Sharp. J'ai entendu dire que tu as de nouveaux visages qui vous aident. Quelqu'un à garder à l'œil ?

— Phillip Parker est un officier solide, fiable, je veux dire. Je ne suis pas sûre qu'il ait l'étoffe d'un détective cependant. Il n'a jamais montré d'intérêt pour passer les examens, en plus. Il y a un autre agent en uniforme... Kyle Walker.

Le regard de Kay se porta vers la fenêtre en parlant.

— Il a été le premier sur les lieux lors d'une overdose

dont nous avons dû nous occuper il y a un moment. J'ai été impressionnée par son attention aux détails à l'époque, et il s'est certainement bien intégré dans cette affaire.

— Je jetterai un coup d'œil à son dossier quand j'aurai un moment de calme.

— Et toi ? Comment tu t'en sors avec une équipe réduite ?

— Même si ça me frustre, je peux le voir du point de vue de la directrice adjointe. Nous sommes toujours en sous-effectif, et Paul Solomon travaille sur une affaire de trafic avec une équipe squelettique ces derniers mois. Ils sont sur le point de démanteler un gang de contrebande, donc cela a pris la priorité, comme il se doit, bien sûr.

Sa lèvre supérieure se retroussa.

— J'aurais aimé que nous ayons plus de succès à traquer le tueur de Thorngrove d'abord cependant. Malgré toutes les ressources que nous avions, il a quand même réussi à s'échapper.

— Ou elle.

— Pardon ?

Kay poussa son café tiède sur le côté.

— Je garde juste mes options ouvertes.

Les yeux de Sharp se plissèrent.

— Tu penses que l'ex-femme a quelque chose à voir avec ça ?

— Je ne sais pas.

Elle bâilla.

— Peut-être qu'elle m'a affectée plus que je ne le pensais hier.

— Toujours en colère contre elle pour nous avoir fait perdre notre temps ?

— Oui.

— C'est un grand pas de voler des choses dans l'appartement de son ex-mari à lui tirer dessus deux fois avec un .308 cependant.

— Je pense...

Elle s'interrompit alors que son téléphone commençait à sonner.

Le nom d'Andy s'affichait sur l'écran.

— C'était rapide, dit-elle.

— J'ai eu de la chance, répondit-il. Et j'ai peut-être un nom pour toi.

— Je monte tout de suite.

Sharp la regarda rassembler ses affaires et se lever de sa chaise.

— Des progrès ?

— Mon Dieu, j'espère bien. On en reparle plus tard, d'accord ?

Le temps qu'elle parcoure le couloir en courant et atteigne le palier de la mezzanine, Andy était déjà en haut des escaliers, son sac à dos sur l'épaule et un casque de moto au bras.

Il lui tendit un morceau de papier lorsqu'il arriva à sa hauteur, s'écartant pour laisser passer un sergent en uniforme.

— Merci, dit Kay, avant de retenir un hoquet de surprise en lisant son écriture bouclée.

— J'en déduis que tu connais ce type ? demanda Andy en ouvrant la voie dans les escaliers vers la sortie.

— Nous lui avons parlé la semaine dernière, dit-elle en traversant le hall et en poussant la porte d'entrée. Mark Redding a intérêt à avoir une sacrée bonne explication.

CHAPITRE 31

— Chef ?

Kay reposait le combiné de son téléphone de bureau lorsqu'elle entendit la voix de Barnes et vit l'inspecteur se précipiter vers elle.

— Quoi que ce soit, Ian, ça devra attendre. On a Mark Redding en bas pour l'interrogatoire et son avocat vient d'arriver.

Il brandit un sac à preuves.

— Le portefeuille de Thorngrove a été trouvé par l'équipe de Harriet à quelques mètres de l'endroit où Nancy Allen a ramassé son téléphone ce matin.

— Y a-t-il quelque chose dedans qui puisse nous aider ?

— Malheureusement non. Il n'y avait que des cartes bancaires et un permis de conduire. Un peu d'argent liquide, pas grand-chose.

— Dans ce cas, j'ai besoin de toi avec moi.

Elle rassembla son carnet et un dossier contenant la précédente déposition de Mark Redding, et les tendit à son collègue.

— Andy Grey a confirmé que l'appel téléphonique que Thorngrove a reçu lundi dernier matin était de Redding. Son numéro apparaît dans la liste des appels récents sur le téléphone au même moment où son patron—

— Gerry.

— Oui, lui.

Kay attendit que Barnes signe le transfert du portefeuille à Debbie pour l'enregistrer dans le système, puis se dirigea vers la porte.

— L'heure correspond au moment où Thorngrove a été vu en train de se disputer avec quelqu'un au téléphone.

Son collègue sortit sa cravate de la poche de sa veste et la passa autour de son cou avant d'ajuster son col tandis qu'ils prenaient les escaliers.

— Qui le représente ?

— Andrew Gillow de Blake Arrow.

— Bon sang, s'il peut se le permettre, alors son entreprise doit mieux tourner que je ne le pensais.

— Ce qui signifie aussi qu'il a beaucoup à perdre.

Barnes mit son bras en travers de la porte des salles d'interrogatoire avant qu'elle ne puisse atteindre le panneau de sécurité.

— Mobile ?

Elle haussa les épaules sans rien dire.

— Ok.

Il baissa le bras et tapa le code sur le panneau.

— Voyons ce qu'il a à dire.

Lorsque Kay entra dans la salle d'interrogatoire numéro quatre, Mark Redding interrompit sa conversation avec son avocat et attendit que Barnes démarre l'équipement d'enregistrement et récite l'avertissement formel.

— Mon client est un homme occupé, détectives, dit Gillow d'un ton brusque. J'espère que cette affaire pourra être réglée rapidement.

— Cela dépend de la volonté de monsieur Redding de coopérer, répondit Kay.

Vêtu d'un costume gris clair et d'une chemise bleue, Redding passa une main sur le côté de sa tête, lissant ses cheveux avant de lever les yeux pour rencontrer le regard de Kay.

— Parlez-nous de Dale Thorngrove, dit-elle.

— Le type du garage de Harlington ?

— C'est lui.

— Il s'occupait de ma voiture.

— Vous l'avez déjà vu en dehors du travail ?

Redding jeta un coup d'œil à son avocat, qui fit un léger signe de tête, puis s'éclaircit la gorge.

— Une seule fois. J'étais allé chasser ce week-end-là et j'avais abattu un oiseau pour un ami. J'étais en route pour chez lui quand je me suis arrêté au garage pour faire réviser la voiture. Dale a vu l'oiseau sur le siège passager et nous avons commencé à discuter. Il était intéressé pour essayer, alors nous avons pris des dispositions pour qu'il vienne avec nous un dimanche où il ne travaillait pas.

— C'était quand ? demanda Barnes.

— Il y a environ... quatre semaines.

— Qu'utilisiez-vous ?

Redding sourit avec indulgence.

— Seulement une petite carabine .22. Avec autre chose, il ne resterait pas grand-chose de l'oiseau à cuisiner.

Kay ouvrit le dossier, en sortit une seule page et la fit pivoter pour faire face à Redding et Gillow.

— Pouvez-vous expliquer pourquoi vous utilisiez cette carabine étant donné que votre permis d'armes à feu a été révoqué lorsque vous avez été pris en train de conduire en état d'ivresse ?

Redding écarta les mains.

— Écoutez, je ne vais chasser de nos jours que si je suis invité à le faire sur un terrain privé, et je sais pertinemment que les deux personnes qui m'invitent ont des certificats d'armes à feu. Ce n'est pas illégal, n'est-ce pas ?

— Ça l'est si vous prétendez être responsable d'une autre personne que vous avez invitée, dit Barnes.

— Ils se sont portés garants pour Thorngrove aussi. Demandez-leur, ils vous le diront eux-mêmes.

— Je le ferai. Quels sont leurs noms ?

Kay attendit que son collègue note les détails, puis regarda à nouveau l'homme en face d'elle, ignorant le regard furieux de son avocat.

— Rappelez-moi où vous étiez mercredi dernier soir entre vingt heures et minuit.

— Je vous l'ai dit. J'étais en réunions d'affaires. Des appels vidéo. Les deux dans différents fuseaux horaires aux États-Unis. Ma femme m'a apporté un repas léger à vingt et une heures parce que j'avais manqué le dîner.

— À quelle heure votre deuxième appel s'est-il terminé ?

— Vers minuit moins dix.

Il esquissa un sourire las.

— Inutile de dire que j'étais épuisé le lendemain,

d'autant plus que je devais rencontrer un nouveau client basé à Singapour à sept heures du matin.

— Pourquoi avez-vous appelé Thorngrove lundi dernier ?

— Pardon ?

— Le téléphone portable et le portefeuille de Dale Thorngrove ont été retrouvés plus tôt aujourd'hui dans la ruelle entre le pub White Hart et votre maison, dit Kay. Votre numéro était dans sa liste d'appels récents, et correspond à une dispute que ses collègues ont entendue lundi matin dernier. À propos de quoi vous êtes-vous disputés ?

— Mon Dieu, je ne m'en souviens pas.

— Vous pouvez faire mieux que ça, monsieur Redding. Vous êtes actuellement notre seul suspect.

Il pâlit.

— Je contestais la facture de l'entretien de la voiture, c'est tout.

— N'était-ce pas le genre de conversation que vous auriez dû avoir avec Gerry Harlington ?

— Dale a fait le travail. Je voulais en discuter avec lui.

— Quel était le problème ?

— Il a remplacé le collecteur d'échappement sans demander la permission.

Redding renifla.

— Je me serais bien passé de la mauvaise surprise sur la facture, c'est tout. Il s'est mis en colère, pour être honnête, j'aurais préféré parler à Gerry. Il aurait été beaucoup plus compréhensif.

— Nous analysons actuellement le portefeuille de Thorngrove pour y relever des empreintes digitales. Ce serait le bon moment de nous dire si les vôtres vont être présentes quand nous le ferons.

— Pourquoi diable mes empreintes se trouveraient-elles sur son portefeuille ? Je vous l'ai dit, je n'ai rien à voir avec le meurtre de cet homme.

Il se tourna vers son avocat.

— Cela devient absurde.

Gillow soupira, reboucha son stylo-plume et ferma son carnet.

— Je pense que nous en avons terminé ici, détective Hunter. Mon client a réitéré sa déclaration précédente, vous a fourni une explication claire concernant son appel téléphonique avec monsieur Thorngrove, et vous a de plus donné les noms de deux collègues qui peuvent attester de l'invitation de monsieur Thorngrove à utiliser des armes à feu sous leur supervision. Je crois que nous avons terminé.

Barnes arrêta l'enregistrement et ouvrit la voie hors de la salle d'interrogatoire, les yeux baissés, tandis que Redding et son avocat se dirigeaient vers la sortie.

Kay alluma son téléphone portable, son cœur se serrant à la lecture du nouveau message qui apparut sur l'écran.

— Merde.

— Qu'est-ce qui se passe ? demanda Barnes.

Elle lui montra le téléphone en réponse.

— Laura a appelé la femme de Redding pendant que nous lui parlions. Elle a confirmé ce qu'il a dit à propos du fait qu'elle lui a apporté son diner ce soir-là pendant qu'il était en réunion, et l'heure à laquelle il est venu se coucher. Elle n'arrivait pas à dormir alors elle regardait un film.

Barnes grogna entre ses dents.

— Putain, on est revenus à la case départ.

CHAPITRE 32

— Que quelqu'un me donne *quelque chose* pour faire avancer cette enquête.

Kay traversa la salle des opérations à grands pas devant Barnes, jeta le dossier sur une pile qui s'accumulait dans le coin de son bureau et mit ses mains sur ses hanches.

Elle ignora les regards choqués de certains membres juniors du personnel administratif, se dirigeant plutôt vers le tableau blanc.

— Allez. Ça fait une semaine, et tout ce qu'on a, c'est Mark Redding qui nous dit que sa dispute avec Thorngrove n'était rien de plus qu'une plainte concernant une facture, et deux alibis pour sa possession d'une arme à feu sans certificat valide. Aidez-moi un peu.

Phillip se précipita vers elle, un stylo coincé derrière l'oreille et un rapport à la main.

— Chef, nous avons relevé les empreintes sur le portefeuille, nous avons fait correspondre celles de

Thorngrove avec celles dans le fichier, mais jusqu'à présent rien ne suggère que Redding l'ait manipulé, le téléphone non plus.

— Bon sang, Phillip, ce n'est pas ce que j'entendais par aider.

Kay passa sa main dans ses cheveux tandis que le visage de l'agent s'affaissait.

— Qu'en est-il de ces deux noms, Barnes ?

L'inspecteur leva la main, son téléphone à l'oreille, puis pointa de l'autre côté de la pièce où Laura parlait également à quelqu'un au téléphone, sa voix à peine plus qu'un murmure.

Kay observa le ciel assombri au-delà des fenêtres, vérifia sa montre et retint un reniflement surpris.

Pas étonnant que son équipe ait l'air épuisée.

Il était déjà dix-neuf heures.

— Phillip, rends-moi service, va voir si Daniel est encore là, et demande-lui de vérifier les alibis de Redding pour la chasse au faisan dans sa base de données, tu veux bien ?

— J'y vais, chef.

L'agent s'éclipsa, le soulagement évident sur son visage d'avoir une raison d'échapper à la salle des opérations.

— Qu'est-ce qui nous échappe ? murmura Kay en reportant son attention sur le tableau blanc et en contemplant les photographies du corps inerte de Thorngrove étalé sur le parking du White Hart. Qu'est-ce que tu manigançais ?

— Les alibis de Redding se vérifient, chef.

Barnes la rejoignit, scrutant par-dessus ses lunettes de lecture.

— J'ai parlé à Royce Maxton, il possède des terres à l'ouest de Staplehurst, et il a confirmé qu'il invite Redding et l'autre type, Ambrose Weatherley, à aller tirer de temps en temps. Laura a parlé à Ambrose pour recouper les faits, et il a confirmé ce que Royce a dit, et que Mark avait amené Thorngrove l'autre semaine pour lui donner un avant-goût.

— Merde.

Elle regarda au-delà de lui alors que Phillip réapparaissait.

L'agent secoua la tête.

— Donc Redding est hors de l'équation, dit-elle.

— Tu veux que j'appelle Andy pour savoir s'il a réussi à obtenir autre chose du téléphone de Thorngrove ?

— Non, ça ira pour aujourd'hui, Ian. Renvoyons tout le monde à la maison pour la soirée. Une longue journée nous attend demain.

Son téléphone bipa alors qu'elle retournait à son bureau, et quand elle vit le message d'Adam, elle sourit malgré l'heure tardive.

Je te retrouve au pub X.

— Ça me semble une sacrée bonne idée, Turner, marmonna-t-elle.

Elle lui envoya une réponse rapide, et quelques minutes plus tard, elle filait dans la circulation légère vers Bearsted, ses pensées alternant entre l'enquête et l'idée d'un verre relaxant avec lui.

Elle savait que son équipe faisait tout son possible avec les informations disponibles, mais c'était l'absence de pistes via les appels aux médias et les enquêtes de porte-à-porte qui la frustrait.

Elle se gara devant sa maison et remonta la ruelle sur quelques centaines de mètres jusqu'à leur pub local pour trouver Adam au bar, en train de discuter avec le patron.

L'endroit offrait un contraste accueillant avec le White Hart, avec un bar public séparé à l'avant du bâtiment qui abritait autrefois les fumeurs avant que l'interdiction nationale ne les envoie dans le kiosque près de la porte d'entrée, et une zone de bar principal plus grande qui s'étendait jusqu'à une salle à manger.

Une musique douce jouait en fond, et elle fit un signe de tête aux habitués rassemblés près des pompes à bière, leurs bavardages amicaux entrecoupés de rires bruyants.

— La voilà, sourit le patron, lui servant déjà une pinte de bière.

— Merci.

Elle soupira alors qu'une partie du stress quittait ses épaules, et embrassa Adam, goûtant la bière sur ses lèvres.

— Ça fait longtemps que tu es là ?

Il leva son verre.

— C'est ma première. Honnêtement.

Attendant qu'elle ait pris une gorgée de bière, il désigna une table dans un coin.

— Viens, on va s'asseoir là-bas, à l'écart.

Kay s'enfonça dans un des vieux bancs d'église ornés de coussins moelleux, et prit une autre gorgée de sa bière pour essayer de repousser sa frustration concernant l'enquête.

Comme s'il sentait la tension qu'elle subissait, Adam se rapprocha et lui prit la main.

— Si terrible que ça ?

— On n'avance pas.

Elle le regarda un moment, puis posa son verre.

— Ce n'était pas aujourd'hui que tu devais interviewer un nouveau vétérinaire ?

Ses lèvres s'étirèrent.

— Tu te souviens quand tu interviewais des candidats potentiels pour le poste d'inspecteur il y a quelques années ?

— Oui...

— C'était comme ça, mais en pire.

— Continue.

Elle écouta pendant qu'il lui racontait les trois candidats que Scott et lui avaient rencontrés ce jour-là, chacun progressivement pire que le précédent, et elle se couvrit la bouche pour étouffer ses rires alors que quelques habitués se retournaient pour les regarder.

— Si ce n'était pas assez, poursuivit Adam, le dernier candidat a commencé l'entretien en me disant qu'il avait lu mon dernier article de journal, puis il a procédé à me dire tout ce qui n'allait pas dedans. Scott et moi n'avons pas pu placer un mot, encore moins poser une question.

Il attendit qu'elle prenne une autre gorgée de bière.

— À mi-chemin de l'entretien, Theresa a frappé à la porte en disant qu'elle avait reçu un appel urgent d'un fermier de Lenham avec une autre vache en gestation qui avait des difficultés. J'ai laissé Scott s'en occuper. Je ne pouvais pas sortir de là assez vite. Je me suis dit qu'être à nouveau plongé jusqu'aux coudes dans une vache était préférable à écouter ce type plus longtemps.

Malgré son irritation concernant l'enquête, et malgré la lassitude qui imprégnait son corps, Kay éclata de rire.

La bière lui remonta dans le nez et elle se mit à tousser, puis frappa Adam sur le bras.

— Espèce de bâtard, haleta-t-elle. Tu as attendu que je prenne une gorgée exprès.

CHAPITRE 33

Kay renifla, une sonnerie forte et insistante la tirant de ses rêves avant qu'Adam ne lui donne un coup de coude dans les côtes.

— Ton téléphone sonne.

— Merde.

Elle rejeta la couette, se frotta les yeux pour chasser le sommeil et regarda l'écran.

— Ian ? Il est cinq heures et demie, qu'est-ce qui se passe ?

— Chef, nous avons un problème.

— Qu'est-ce qu'il y a ?

— Je suis en route vers chez Porter MacFarlane, la centrale vient de recevoir un appel concernant une possible effraction, et vu les circonstances, j'ai dit que nous nous en occuperions. Dans combien de temps tu peux être là-bas ?

Vingt minutes plus tard, regrettant de ne même pas avoir eu le temps de remplir un gobelet de café avant de partir, Kay fonçait dans sa voiture le long de l'étroite route et serrait les dents.

Des branches trop longues frappaient la carrosserie et les roues s'enfonçaient dans des nids-de-poule qu'elle aurait normalement pris soin d'éviter.

Pas aujourd'hui.

Elle écrasa le frein lorsqu'elle aperçut l'entrée de la propriété des MacFarlane, la colère et la frustration face au tournant des événements se mêlant à une peur sous-jacente que la situation se détériorait rapidement.

Presque une semaine plus tard, ils n'avaient toujours aucune idée de qui avait assassiné Dale Thorngrove de sang-froid.

Et maintenant ça.

Le soleil étincelait sur la rosée fraîche dans les paddocks de part et d'autre de l'allée, et une paire de cerfs en train de brouter levèrent la tête avec curiosité lorsque sa voiture passa en trombe devant eux, soulevant un nuage de poussière et de pierres qui cliquetaient et crépitaient sous les passages de roues.

Elle pouvait voir une voiture de patrouille garée devant la maison des MacFarlane, et un agent en uniforme en sortit à son approche, indiquant le chemin qui menait derrière la propriété.

Elle ralentit et baissa sa vitre.

— Ils ont trouvé quelque chose ?

— Non, chef. L'inspecteur Barnes est en bas au hangar avec les propriétaires.

Passant une vitesse, elle s'engagea prudemment sur le chemin sinueux derrière la maison.

Un petit camion avec une remorque noire en forme de boîte était garé devant le hangar où les MacFarlane gardaient leurs accessoires. Le logo d'une société de production télévisuelle s'étalait sur le côté et deux hommes s'agitaient près des portes arrière ouvertes, l'air inquiet tandis qu'ils la regardaient se garer à côté d'eux.

Le plus âgé des deux s'avança lorsqu'elle sortit de sa voiture.

— Savez-vous quand nous pourrons prendre la route ? Nous devons être dans le Northumberland pour quinze heures.

— Vous feriez mieux de prévenir votre patron que vous serez en retard, dit-elle avant de se diriger vers l'endroit où Barnes se tenait à côté de Porter MacFarlane et de les suivre dans le hangar.

Des frissons parcoururent ses bras dans la fraîcheur de l'intérieur, et elle boutonna sa veste. Une fois ses yeux habitués à la pénombre, elle vit Roman finir de parler avec Kyle Walker au fond et leur fit signe d'approcher.

— Bon, que se passe-t-il ? Barnes a parlé d'une effraction.

L'agent en uniforme jeta un coup d'œil aux MacFarlane, puis se tourna vers elle.

— Il n'y a aucun signe d'effraction, chef. Apparemment, les portes étaient verrouillées quand ils sont descendus ici avec l'équipe de production juste après cinq heures.

— Alors quel est le problème ?

Porter rougit davantage et s'approcha.

— Il semble y avoir une erreur dans notre système d'inventaire, détective Hunter. C'est très inhabituel.

— Quelle erreur ?

— Il nous manque deux fusils .308, dit Roman.

— Deux ?

— Des modèles plus anciens, que j'avais l'intention de vendre, ajouta Porter. Ils sont rarement loués ces jours-ci, alors je me suis dit que je pourrais encore en tirer quelques centaines de livres—

— Qui d'autre a accès à ce hangar ?

— À part nous, personne sauf ceux qui viennent chercher du matériel, comme ces deux messieurs. Ils attendent pour emporter des répliques d'épées du XVIe siècle pour une série télé tournée dans le nord.

Kay se protégea les yeux de l'éblouissement du soleil levant et regarda par les portes du hangar vers l'équipe de production qui s'appuyait contre le camion, tous deux en train de fumer tandis que le plus âgé regardait sa montre.

— Vous accompagnez vos clients en permanence lorsque du matériel est retiré ?

— Oui, la plupart du temps, répondit Roman.

— La plupart du temps ?

Elle se retourna vers lui.

— Pourquoi pas tout le temps ?

Porter s'éclaircit la gorge.

— Si l'un de nos clients réguliers arrive et qu'il y a beaucoup à charger, nous donnons tous un coup de main pour les faire partir le plus vite possible...

— Il se pourrait que l'un d'eux ait pris les fusils, ajouta Roman.

— Comment auraient-ils pu entrer dans la pièce intérieure ? Elle est toujours fermée à clé, non ?

— Quelqu'un aurait pu se faufiler pendant que nous étions distraits, marmonna Porter.

— Je croyais que vous utilisiez un système basé sur le cloud pour tenir un registre de tout votre inventaire ?

— C'est le cas, oui.

Kay s'écarta du chemin d'un des agents en uniforme qui portait un kit pour relever les empreintes.

— Alors pourquoi n'est-il pas mis à jour chaque fois qu'une arme à feu est retirée ?

— Il l'est, mais par rapport au bon de commande pour que nous sachions ce que nous devons facturer à la fin du mois.

— Le système nous aide aussi à voir ce que nous avons prêté et ce qui est en stock quand nous négocions de nouveaux contrats, expliqua Porter. Je veux dire, la plupart du temps je sais ce qu'il y a ici de mémoire. C'est Roman qui a tout organisé dans une sorte de base de données pour faciliter la consultation.

— Quand avez-vous fait le dernier inventaire du stock ?

— Fin juin.

Porter jeta un regard penaud à son fils.

— C'est ma faute. Il y a quelques semaines, Roman a suggéré qu'on devrait tout vérifier pour s'assurer que nos licences étaient à jour et voir si on devait vendre certaines armes à feu qui n'étaient pas demandées. Le problème, c'est que ça prend tellement de temps dans la journée alors que je pourrais chercher de nouveaux contrats à la place... Je ne m'y suis attelé qu'aujourd'hui parce que votre dernière visite m'a rappelé à quel point c'était important.

— Donc, ce que vous dites, c'est que malgré un système d'inventaire, vous n'avez aucune idée de quand les deux fusils ont été volés.

Les deux hommes se dandinèrent d'un pied sur l'autre.

— Non, en effet, finit par dire Porter. Désolé.

Kay retint le juron qui faillit lui échapper.

— Pendant que j'y pense, Roman, où étiez-vous mercredi soir dernier entre vingt heures et minuit ?

— Ici, en train de nettoyer le carrosse qu'on vient d'expédier en Nouvelle-Angleterre pour le tournage.

Kay regarda dans la direction qu'il indiquait et vit un grand espace vide là où le carrosse avait été garé vendredi après-midi.

Elle prit les devants pour sortir.

— Il nous faudra les coordonnées de tous ceux qui sont entrés dans ce hangar depuis la date du dernier inventaire. Pas seulement les noms des entreprises, attention, je veux les noms, adresses et numéros de téléphone de chaque personne. Et ça inclut toutes les visites privées que vous avez pu faire, Porter.

— Je comprends.

— Qui d'autre aurait pu avoir accès à la propriété ?

Elle désigna les grands marronniers et chênes qui bordaient la limite du terrain.

— Tout ça est clôturé côté route ?

— C'est difficile à dire, il y a un sentier public qui traverse notre propriété en diagonale à environ huit cents mètres derrière ces arbres. Il y a une clôture en fil de fer qui le longe, mais je suppose que n'importe qui aurait pu passer en dessous s'il savait ce qu'il y avait ici.

— Ils auraient pu surveiller le hangar pendant des jours, dit Roman en plissant les yeux face au soleil qui perçait à travers les arbres. Et puis prendre les fusils quand on était occupés avec des clients, je suppose.

— Nom de Dieu, dit Kay avant de se tourner vers

Kyle. Boucle ce bois et travaille avec Phillip pour lancer les recherches.

— Que pouvons-nous faire pour aider ? demanda Porter en se tordant les mains tandis qu'il regardait l'agent en uniforme s'éloigner en hâte.

— Vous pouvez revenir chez vous avec nous et nous donner cette liste de noms, dit Kay. Et vous pouvez me faire un foutu café.

CHAPITRE 34

Laura tapait du talon sur la moquette au rythme de la musique pulsante qui passait dans ses écouteurs, les yeux rivés sur l'image satellite affichée sur son écran d'ordinateur.

Après avoir reçu un message de Barnes à six heures, elle s'était précipitée au travail et avait appelé Kyle pour coordonner la fouille des bois autour de la propriété des MacFarlane. Elle essayait maintenant de comprendre comment quelqu'un aurait pu accéder aux hangars de stockage depuis la route la plus proche.

Une notification apparut en bas de l'écran pour l'informer qu'elle avait reçu un nouvel e-mail, et elle mit sa musique en pause.

L'expéditeur était Roman MacFarlane et le message était bref et concis, indiquant simplement que la liste des noms et adresses que Kay voulait était en pièce jointe.

— Parfait.

Laura arracha ses écouteurs et courut vers l'imprimante qui se mettait en marche, arrachant les pages au fur et à mesure qu'elles sortaient et parcourant le texte des yeux.

Il y avait quatorze entreprises au total, et elle soupira avant de se diriger vers le bureau de Debbie.

— Combien de personnes peux-tu me donner pour m'aider à passer tout ça en revue ?

L'agente regarda derrière elle pour observer le personnel dispersé dans la salle des opérations, bondée malgré l'heure matinale.

— Je ne peux pas, Laura. Désolée. Le quartier général a décidé ce week-end d'abaisser le niveau de menace, et nous avons déjà perdu six personnes pour d'autres affaires ce matin. Où sont Kyle et Phillip ? D'habitude, ils t'aident pour ce genre de choses, non ?

— Ils sont toujours chez les MacFarlane, à arpenter les bois.

— Quelle chance.

Debbie lui adressa un sourire compatissant.

— Écoute, je te propose un truc : donne-moi une partie de ces documents et je te donnerai un coup de main jusqu'au retour de Kay.

— Tu es une star, merci.

Laura lui tendit une copie de la liste, lui transmit les instructions de Kay et retourna à son bureau. Elle souffla, prit son téléphone et composa le premier numéro.

Cinq minutes plus tard, sermonnée par un troisième assistant réalisateur stressé, elle reposa le combiné et raya le nom, les oreilles encore bourdonnantes.

De l'autre côté de la pièce, elle entendait la voix élevée de Debbie et se demanda si tous les membres des équipes de production étaient aussi grincheux de bon matin.

Elle composa le deuxième numéro et retint son souffle.

— Sophie Grannard.

— Madame Grannard ? Je suis désolée d'appeler si tôt. Je suis l'enquêteuse Laura Hanway. Je travaille pour la police du Kent.

— Un instant.

Elle attendit pendant que la femme parlait à voix basse, puis elle entendit le cri d'un enfant avant que la voix ne revienne.

— Désolée, j'essayais juste de faire sortir les enfants pour l'école.

— Je peux rappeler plus tard si ce n'est pas le bon moment ?

— Non, ça va. Mon mari les emmène ce matin.

Il y eut un petit rire.

— On était juste en train de passer par la routine habituelle avec ma petite dernière sur les raisons pour lesquelles elle doit aller à l'école. Vous avez dit que vous étiez d'où ?

— De la police du Kent. Nous avons obtenu vos coordonnées auprès de Porter MacFarlane.

— Porter... ?

— Lui et son fils dirigent une entreprise d'accessoires et d'armurerie dans notre région.

— Ah, Porter. Je vois qui c'est maintenant. Il va bien ?

— Il va bien, madame Grannard. Nous faisons juste quelques enquêtes de routine auprès de ses clients des trois derniers mois. Je crois comprendre que votre équipe de production a loué des fusils chez lui en août ?

— Oui, nous avons tourné quelques scènes pour une

série dans le West Sussex. L'entreprise de Porter nous avait été fortement recommandée.

— Qui s'est chargé d'aller voir les armes que vous vouliez louer ?

— Deux de mes assistants de production. Il faudra vérifier avec eux pour ce qui a été commandé cependant.

Grannard eut un petit rire.

— C'est pour ça que je les paie. Vous voulez leurs coordonnées ?

— C'est bon, je les ai ici. Avez-vous eu des problèmes avec les armes ou avec Roman ou Porter pendant le tournage ?

— Non.

Il y eut une pause à l'autre bout du fil.

— Écoutez, tout va bien ? Que se passe-t-il ?

Laura afficha un sourire, espérant qu'il transparaîtrait dans sa voix.

— Rien d'inquiétant, madame Grannard. Merci pour votre temps.

Elle mit fin à l'appel au moment où la porte de la salle des opérations s'ouvrait et que Kay et Barnes entraient, l'air sombre.

— Du nouveau ? demanda l'inspectrice principale. Où est-ce que tu en es avec ces noms ?

— C'est le début, chef, et rien d'anormal pour l'instant.

Laura désigna Debbie.

— Mais nous ne sommes que deux à travailler sur la liste pour le moment, donc ça va prendre un peu de temps.

— Donnes-en une partie à Ian, et j'en prendrai quelques-uns une fois que j'aurai fait le point avec Sharp.

Kay jeta un coup d'œil à l'horloge au-dessus de l'imprimante.

— Je suis censée faire un rapport au quartier général dans dix minutes. Kyle et Phillip sont en route aussi, on vient de les voir se garer sur le parking.

— Merci, chef. Comment se passe la fouille de la maison ?

— L'équipe sur place n'a encore rien trouvé.

Kay remercia un assistant administratif qui passait pour la tasse de café qu'on lui mettait dans la main et en prit une gorgée.

— Il y a six officiers qui terminent la fouille mais je ne pense pas qu'ils trouveront quoi que ce soit. Dieu sait combien d'animaux ont traversé cet endroit. Essayer de trouver des empreintes va être un cauchemar—

— Surtout que les MacFarlane n'ont aucune idée de quand les fusils ont été volés, grogna Barnes.

Laura lança un regard à Kay.

— C'est vrai ?

— Oui. Malgré le fait qu'ils nous aient dit avoir un système pour enregistrer la localisation de chaque arme à feu.

Kay prit une autre gorgée de café, puis redressa les épaules.

— Je ferais mieux de passer cet appel téléphonique.

CHAPITRE 35

— Inspectrice principale Hunter, j'ai cru comprendre qu'il y avait eu du nouveau.

La directrice de police adjointe Tess Bainbridge se pencha vers la caméra de son ordinateur portable, ses yeux verts perçants.

— Voulez-vous bien nous faire un point sur la situation ?

Kay jeta un coup d'œil aux notes à côté de son ordinateur, puis s'assura que la porte de l'ancien bureau de Sharp était fermée avant de reporter son attention sur les trois visages qui la fixaient depuis son écran.

Sharp et la commissaire Susan Greensmith semblaient tous deux détendus malgré la vidéoconférence organisée à la hâte, et elle aurait aimé posséder ne serait-ce qu'une once de leur calme face à l'un des plus hauts commandants de la police.

Puis elle réalisa que leur résilience s'était forgée au fil des années d'expérience.

Une expérience acquise sur le terrain, dans des situations comme celle-ci.

Elle prit une profonde inspiration.

— Plus tôt ce matin, le centre de contrôle a reçu un appel d'urgence de la résidence MacFarlane. Les MacFarlane ont été interrogés plus tôt dans cette enquête car ils possèdent l'une des plus grandes collections d'armes à feu de notre division. À ce moment-là, nous avons effectué un contrôle ponctuel des armes par rapport à leur inventaire informatisé, interrogé Porter MacFarlane et son fils Roman, et conclu qu'ils n'étaient pas impliqués dans le meurtre de Dale Thorngrove la semaine dernière.

— Je sens qu'il y a un « mais » qui se profile, dit Bainbridge.

— Lorsque nous nous sommes rendus sur place ce matin, les MacFarlane nous ont informés qu'ils avaient découvert que deux fusils de calibre .308 manquaient à l'appel. Ils ne s'en sont aperçus que parce qu'une équipe de production de télévision est arrivée pour prendre livraison de certains stocks. Porter a décidé de faire un inventaire des armes à feu pendant qu'il était debout tôt. Apparemment, son fils le harcelait pour qu'il le fasse depuis des semaines.

Sharp siffla entre ses dents tandis que les deux femmes fixaient leur écran avec une horreur stupéfaite.

— Savent-ils quand les fusils ont été pris ? demanda Greensmith.

— Non, ils ne le savent pas.

Kay se mordit la lèvre avant de poursuivre.

— Il s'avère qu'ils se sont fiés aux bons de commande

pour noter les entrées et sorties de stock dans la base de données d'inventaire et Porter n'avait pas effectué d'audit complet depuis juin. J'ai actuellement l'équipe de Daniel qui examine leurs certificats d'armes à feu, et nous allons évidemment mener d'autres enquêtes avant de décider de les révoquer ou non, en gardant à l'esprit qu'une partie importante de leur activité repose sur les armes à feu.

— Savent-ils qui les a pris ? demanda Bainbridge.

— Aucun des deux hommes n'a pu suggérer qui aurait pu prendre les fusils. Ils autorisent les équipes de production à entrer et sortir du bâtiment pendant le chargement des stocks sous leur supervision. Mon équipe ici travaille sur une liste des sociétés de production qui se sont rendues chez les MacFarlane depuis le dernier audit. J'ai également une équipe sur place qui termine une fouille de la propriété à la recherche d'indices sur la façon dont quelqu'un d'autre aurait pu accéder au hangar. Il est fermé à clé en permanence et il n'y avait aucun signe d'effraction, mais le bâtiment est entouré de bois et n'est pas visible depuis la maison.

— Compte tenu du temps écoulé depuis leur dernier audit, ce vol aurait pu avoir lieu à n'importe quel moment au cours des trois derniers mois, dit Sharp.

— Exactement, chef. Nous avons également un problème supplémentaire qui n'est apparu que depuis mon retour à Maidstone. Roman MacFarlane nous a informés qu'une quantité de munitions a également été prise. Plus de deux mille cartouches, pour être exacte.

Un silence stupéfait accueillit ses paroles.

Kay fit une pause pour vérifier qu'elle avait tout

couvert dans ses notes, puis elle leva à nouveau les yeux vers l'écran.

— Nous manquons de personnel ici, et j'aurais besoin d'une paire de mains expérimentée pour m'aider à traiter toutes les informations dont nous disposons, et pour m'aider à coordonner avec Paul Disher une fois que nous aurons localisé les armes.

Bainbridge réussit à esquisser un sourire ironique.

— J'en déduis que vous voulez que Piper revienne là-bas ?

— Oui, s'il vous plaît. Dès que possible.

Kay essaya de ne pas laisser transparaître son désespoir dans sa voix.

— C'est l'un des enquêteurs les plus expérimentés de mon équipe, et j'ai besoin de lui pour travailler avec certains des agents en uniforme afin de se concentrer sur la recherche de ces fusils. J'ai aussi besoin de quelqu'un en qui je peux avoir confiance pour enquêter sur le passé et les activités de Porter MacFarlane, sans attirer l'attention sur lui-même.

Bainbridge tourna son attention vers Greensmith et Sharp.

— Je suis encline à être d'accord. L'un de vous a-t-il des affaires urgentes pour lesquelles vous avez besoin de Piper ?

— Maintenant que l'attention se concentre sur la région de Maidstone, je suis d'accord pour le libérer, dit Greensmith. Nous pouvons maintenir une surveillance depuis ici en utilisant l'équipe dont nous disposons pour toute activité suspecte qui pourrait nous mener au tireur.

— D'accord, dit Sharp. À moins que le tueur ne sorte le nez, nous avons les mains liées.

— Très bien. Je vais libérer Gavin Piper de l'équipe ici avec effet immédiat, dit Bainbridge.

Elle fit un clin d'œil.

— Prenez soin de lui, détective Hunter. Je veux qu'il revienne un jour à Northfleet.

CHAPITRE 36

Kay étira ses bras au-dessus de sa tête et se pencha en arrière sur sa chaise en gémissant.

Un muscle craqua à la base de son crâne, et elle tendit la main vers sa tasse de café avant de réaliser qu'elle était vide et soupira.

La repoussant, elle reporta son attention sur son écran d'ordinateur et les centaines d'e-mails arrivés au cours des dernières vingt-quatre heures, parcourant les lignes d'objet pour repérer ceux qui pouvaient être supprimés et ceux qui pouvaient être délégués immédiatement.

Cela fait, ses yeux se posèrent sur l'horloge dans le coin de l'écran.

Dix-neuf heures, et une demi-heure s'était écoulée depuis qu'elle avait renvoyé les membres de son équipe chez eux.

L'atmosphère avait été morose tandis qu'ils s'éclipsaient, des au revoir sans enthousiasme et des tentatives d'humour tombant à plat dans leur sillage.

Quelques-uns avaient résisté à ses ordres, évoquant

l'opportunité de rattraper leur travail et d'essayer de prendre de l'avance pour le lendemain, le murmure calme des conversations parvenant jusqu'à l'endroit où elle était assise.

Un air vicié s'accrochait à la pièce, étouffante maintenant que le système de chauffage central du bâtiment avait été allumé pour l'automne, berçant Kay dans un brouillard de manque de sommeil tandis qu'elle faisait défiler les messages d'avant en arrière.

Même si elle ne l'admettrait à personne d'autre, les paroles de l'avocat de Mark Redding l'avaient ébranlée.

Malgré elle, elle savait qu'Andrew Gillow avait raison.

Ils n'avaient pas suffisamment de preuves pour inculper qui que ce soit, ni aucune idée du motif derrière le meurtre brutal de Thorngrove.

Ils n'avaient rien.

Et plus le temps passait, plus il serait facile pour le tueur de se distancer de la scène du crime et de sa victime.

Un e-mail d'un certain Elliott Windlesham envoyé quinze minutes plus tôt attira son attention, la ligne d'objet faisant référence à une nouvelle liste de noms, et elle cliqua dessus pour voir qu'il avait été adressé à Laura et qu'elle en avait reçu une copie automatiquement par le système.

— Veuillez trouver ci-joint la liste des noms des membres passés et présents, avec mes excuses pour le retard, lut-elle.

Puis elle repéra la ligne de signature.

— Ah, le groupe de reconstitution, murmura-t-elle, et elle envoya la pièce jointe à l'imprimante.

En se dirigeant vers celle-ci, elle hocha la tête pour

dire au revoir à une paire d'agents en uniforme, et parcourut la liste des yeux tout en se demandant si elle devait prendre un plat à emporter sur le chemin du retour.

Son estomac gargouilla alors qu'elle retournait à son bureau, toujours en train de scanner la liste.

Puis elle s'arrêta net entre la chaise vide de Gavin et la sienne.

— Je connais ce nom.

Fouillant dans sa mémoire, elle essaya de se rappeler où elle l'avait entendu auparavant, puis elle se précipita vers son ordinateur et ouvrit l'entrée de la base de données HOLMES2 pour l'enquête.

Elle fit défiler tous les documents que Debbie et son équipe d'assistants administratifs avaient classés par ordre chronologique, et elle remonta à travers toutes les dépositions de témoins et les registres d'enquêtes de porte-à-porte jusqu'à ce que ses yeux tombent sur le nom familier.

— Qu'est-ce que c'est que ce bordel ? marmonna-t-elle.

Elle trouva le numéro de portable de Windlesham à la fin de son e-mail.

L'homme décrocha après deux sonneries.

— Allô ?

— Monsieur Windlesham, c'est l'inspectrice principale Kay Hunter de la police du Kent. J'espère qu'il n'est pas trop tard pour appeler ?

— C'est à propos de mon e-mail ?

— En effet. Je me demandais si je pouvais vous poser quelques questions.

Elle ne lui laissa pas le temps de répondre.

— Vous avez un homme du nom de Clive Workman sur la liste des anciens membres. Quand est-il parti ?

— Euh, de mémoire, je dirais il y a environ quatre ans. Il y a un bon moment, en tout cas.

— Pourquoi cela ?

— Il a perdu son permis d'armes à feu. Il n'a pas dit pourquoi. Je suppose que sans pouvoir participer aux reconstitutions, il a perdu l'intérêt. Il n'a jamais renouvelé son adhésion chez nous de toute façon.

— Quand avez-vous vu monsieur Workman pour la dernière fois ?

— À peu près à la même époque, je pense.

Il y eut une pause, puis :

— Ce n'est pas vraiment le genre de type avec qui j'aimais passer du temps.

— Dans quel sens ?

— Il avait toujours un sale caractère, de ce dont je me souviens. Facilement offensé. Pas vraiment le genre de personne qu'on veut avoir autour quand on interagit avec le public. On ne l'a jamais fait s'occuper des expositions statiques ou de la tente des adhésions, il se disputait toujours avec tout le monde pour la moindre chose.

— Je vois. D'accord, merci pour votre temps.

Kay mit fin à l'appel avant d'ouvrir un autre onglet sur son écran d'ordinateur et de trouver le rapport de Laura sur son entretien avec Workman.

Parcourant le texte, elle examina les questions que la jeune enquêteuse avait posées et fronça les sourcils.

L'homme n'avait jamais répondu à la question de sa collègue sur le fait de connaître quelqu'un qui possédait une arme à feu. Au lieu de cela, il avait changé de sujet, demandant des informations sur l'attaque au White Hart avant de fournir un alibi pour son emploi du temps.

L'alibi, Matty Oakland, avait confirmé ce que Workman avait dit, mais cela laissait toujours la question ouverte concernant qui d'autre l'homme pourrait connaître – et quelles informations il pourrait dissimuler.

Sinon, pourquoi ne pas répondre à la question ?

Essayait-il de protéger quelqu'un ?

Kay balaya l'écran de son téléphone et appuya sur la numérotation rapide pour un numéro familier.

— Ian ? Tu peux me rejoindre à la maison de Clive Workman ? Je vais t'envoyer l'adresse par texto.

— Pas de problème, chef. Quand ?

— Maintenant.

CHAPITRE 37

Kay tambourinait des doigts sur le volant et vérifia ses rétroviseurs lorsqu'une autre voiture se gara derrière la sienne, éteignant ses phares avant que le bruit d'une portière qui claque ne lui parvienne.

Quelques secondes plus tard, la portière côté passager s'ouvrit et Barnes s'installa sur le siège, son regard fixé sur la maison plus loin dans la rue.

— J'en déduis qu'il est là, alors ?

— Il semblerait. Je suis passée devant tout à l'heure et j'ai pu voir de la lumière derrière les rideaux de devant.

— Comment est-ce que tu veux procéder ?

— Avec précaution. Tant que nous n'aurons pas compris ce que Clive Workman essayait de cacher en évitant la question de Laura, nous devons le considérer comme suspect.

— Tu veux que j'appelle des renforts, au cas où ?

Elle secoua la tête et fit un geste vers les maisons de chaque côté de la rue.

— Je ne pense pas qu'il tentera quoi que ce soit. Pas avec autant de témoins potentiels.

— Ça n'a pas dérangé le type qui a tiré sur Thorngrove la semaine dernière.

Kay frissonna.

— C'est vrai.

— Prête ?

— Oui.

D'un pas vif, Kay s'avança jusqu'à la porte de Workman et sonna avant de frapper du poing contre la surface en PVC, puis elle recula d'un pas.

Vingt heures trente un mardi soir, et étant donné qu'il n'y avait pas de lumière allumée ailleurs dans la maison qu'elle pouvait voir, elle ne pensait pas que l'homme attendait de la visite.

La lumière se répandit à travers le carreau dépoli de la porte depuis une pièce sur la droite, et une chaîne cliqueta avant que Workman ne jette un coup d'œil à l'extérieur.

Une légère barbe de quelques jours couvrait sa mâchoire, et il portait une chemise bleu pâle par-dessus un t-shirt gris, avec des taches de graisse sur le devant.

— Qui—

Kay brandit sa carte de police et fit les présentations.

— Un mot rapide, si vous le permettez, monsieur Workman.

Elle fit un pas en avant, mais il maintint fermement la porte et lui lança un regard noir.

— Je viens juste de m'asseoir pour dîner—

— Comme je l'ai dit—

— Alors, faites vite.

La porte s'ouvrit un peu plus mais il resta sur ses positions, croisant les bras sur sa poitrine.

— Nous avons quelques questions complémentaires. Plus précisément, qui connaissez-vous qui possède une arme à feu illégale ?

Kay vit sa pomme d'Adam faire un bond.

— Personne, balbutia-t-il, ses yeux passant de l'un à l'autre. Qui vous a dit que je connaissais quelqu'un ?

— Vous avez évité la question la dernière fois que ma collègue vous l'a posée. Cela éveille mes soupçons. Alors, voulez-vous y réfléchir rapidement, étant donné que votre dîner refroidit, et essayer à nouveau ?

Kay haussa un sourcil et attendit.

Sa mâchoire travailla un moment.

— Écoutez, c'était il y a longtemps, dit-il finalement. J'avais encore mon propre permis à l'époque. Un type que je connaissais vaguement avait un vieux Ruger qu'il tenait de son grand-père. Apparemment, il l'avait récupéré pendant la guerre et le lui avait donné. Il m'avait demandé s'il devait le rendre ou le vendre.

— Où est ce revolver maintenant ?

— J'en sais rien.

Il fronça les sourcils.

— Je ne l'ai jamais vu. Il m'en a juste parlé, c'est tout.

— J'aurai besoin d'un nom.

Workman le lui donna, puis eut un rire amer.

— Pas que ça vous serve à grand-chose, il est mort dans un accident de bateau au large de Sheerness il y a environ un an. C'était dans tous les journaux.

— Pourquoi n'avez-vous pas dit cela à mes officiers lorsqu'ils vous ont parlé la première fois ?

— Ça m'est sorti de l'esprit.

— Vous avez évité la question à ce moment-là.

— Écoutez, dit-il en écartant les mains. Ils me bombardaient de questions de tous côtés. J'ai fait de mon mieux. Je n'ai rien à cacher.

— Où étiez-vous entre vingt heures et minuit mercredi ?

Son regard devint froid.

— Exactement là où je l'ai dit aux deux derniers à qui j'ai parlé. Au pub, mon local, en train de jouer au billard avec un pote. Cette nana qui était là la dernière fois a noté son nom, Matty Oakland. Il a déjà parlé à l'un des vôtres et l'a confirmé. Maintenant, si ça ne vous dérange pas, je vais aller finir mon dîner.

La porte claqua et Kay s'éloigna, bouillonnant silencieusement.

— Je vérifierai quand même le nom dans le système, ainsi que l'accident, dit Barnes tandis qu'ils regagnaient leurs voitures. J'essaierai aussi de savoir ce qu'il est advenu de la vieille arme pour boucler la boucle.

— Merci, Ian.

Kay déverrouilla sa voiture et tenta de contenir sa déception.

— Malheureusement, je ne pense pas que cela nous aidera à trouver le meurtrier de Dale Thorngrove.

— Demain est un autre jour, chef, dit-il en se retournant. On se voit demain matin.

— Désolée de t'avoir fait sortir pour rien.

— Ce n'est jamais pour rien.

Il s'arrêta et jeta un coup d'œil par-dessus son épaule.

— C'est comme tu le dis au reste de l'équipe, si on ne pose pas de questions, on ne découvre rien.

Elle parvint à sourire.

— Je devrais écouter mes propres conseils plus souvent.

CHAPITRE 38

Gavin hissa son sac à dos sur son épaule et verrouilla sa voiture avant de traverser d'un pas vif le parking devant le palais de l'archevêque.

Il observa les caméras de vidéosurveillance pointées vers la peinture délavée des places de stationnement, leur position à côté des lampadaires qui baignaient la surface inégale offrant une vue dégagée sur tous les passants.

Un frisson involontaire parcourut ses épaules au souvenir de s'être fait agresser sous ces mêmes caméras quelques années auparavant, et il secoua la tête pour chasser cette pensée.

Ses pas résonnèrent sur les pavés centenaires sous une arche de pierre, puis une brise glaciale le frappa lorsqu'il traversa l'ancienne voie pavée entre le palais et l'église All Saints. Relevant le col de son manteau, il contourna un tas d'excréments de chien puis se hâta devant les pierres tombales inclinées qui encombraient le chemin quand il vit les feux passer au vert au passage piéton.

Il rejoignit une demi-douzaine de travailleurs qui se

pressaient sur un îlot en béton de l'autre côté, et attendit que la circulation s'arrête complètement tout en observant la façade en briques rouges du commissariat de Maidstone au tournant de la route à quelques mètres de là.

Jusqu'à ce matin, il n'avait pas réalisé à quel point la structure cubique était compacte comparée au quartier général moderne de Northfleet.

Les vitres teintées qui parsemaient les étages supérieurs fixaient d'un regard vide l'horizon encombré, maculées par la crasse de la circulation incessante qui encombrait Palace Avenue. Contrairement à l'extérieur lisse du quartier général, la maçonnerie extérieure rugueuse semblait terne comparée aux bâtiments voisins.

Traversant en courant dès que les feux changèrent, Gavin ralentit le pas en s'approchant, et regarda ses pieds tout en se demandant ce que Sharp disait à son équipe lors de son briefing matinal, et si son absence serait remarquée.

Il n'avait pas eu le temps d'expliquer son départ soudain à Paul Solomon, ni aux deux agents en uniforme avec qui il avait partagé un coin de la salle des opérations, leurs bureaux encombrés de dossiers et de paperasse.

— Salut, Gav.

Une voix familière le tira de ses pensées, et il leva la tête pour voir Laura debout sur les marches du commissariat, souriante.

— Salut, répondit-il en souriant.

Il lui tint la porte et passa sa carte de sécurité sur le panneau à côté de l'accueil.

— Alors, comment c'était là-bas ? demanda-t-elle une fois qu'ils montaient les escaliers vers le premier étage. Content d'être de retour ?

— Oui, je le suis.

Elle s'arrêta sur le palier et se tourna vers lui avec un froncement de sourcils.

— Tu n'as pas l'air très sûr de ça.

— C'est différent là-bas.

— En quoi ?

— C'est difficile à expliquer.

Il fit une pause.

— C'est bon d'être de nouveau entouré de visages familiers, cela dit.

Laura tendit le bras et lui donna un léger coup de poing.

— Tu nous as manqué aussi. Viens, sinon on va être en retard.

Kay se tenait déjà à côté du tableau blanc quand ils entrèrent dans la salle des opérations, et après avoir rangé son sac à dos sous son bureau, Gavin s'approcha pour la rejoindre.

— Bonjour, chef.

— Contente de te voir.

Elle sourit, et il vit alors à quel point son mentor avait l'air fatiguée.

— Sharp m'a dit que tu avais quelque chose pour moi.

— Oui.

Elle leva la main et tapota l'une des photos épinglées au tableau.

— Voici Porter MacFarlane.

— L'armurier à qui il manque deux fusils ? Du nouveau ?

— Non, et l'équipe de recherche n'a rien trouvé non plus.

— Ok. Qu'est-ce que tu veux que je fasse ?

Elle croisa les bras et baissa la voix.

— Je veux que tu enquêtes sur les antécédents de Porter. Une analyse approfondie. Nous avons tous les dossiers évidents sous la main, les choses qui ont dû être couvertes pour ses permis d'armes à feu...

— Mais tu penses qu'il y a autre chose.

— Je ne sais pas.

Elle soupira.

— Je pourrais me tromper complètement, mais le fait qu'ils aient autant d'armes à feu et ne contrôlent pas leur stock me fout une trouille bleue, Gav. Je veux dire, qu'est-ce qui pourrait manquer d'autre ?

— Sans vouloir être désagréable, chef, Laura est plus que capable de faire ça.

— Elle l'est, tu as raison, mais j'ai besoin de quelqu'un en qui je peux avoir confiance.

Elle s'arrêta, attendant qu'un groupe d'agents en uniforme passe, puis regarda à nouveau la photo.

— Adam connaît Porter.

— Ah.

— Ils ne sont pas amis ou quoi que ce soit, mais il s'occupe du troupeau de cerfs, et Porter amenait son vieil épagneul à la clinique. J'aimerais garder cette connexion secrète jusqu'à ce qu'on en sache plus parce que sinon—

— Tu devras déclarer un intérêt dans l'enquête et la confier à quelqu'un d'autre.

— Exactement. Et je ne suis pas prête à faire ça. Pas encore.

Gavin expira, son regard se posant sur Laura et Barnes

assis à leurs bureaux, la tête baissée pendant qu'ils traitaient les premiers e-mails de la matinée.

— D'accord. Je m'en occupe. Tu veux me donner quelque chose d'autre à faire pendant le briefing d'aujourd'hui que je peux utiliser comme couverture ? Sinon Laura voudra savoir ce que je fais.

Kay sourit.

— Oh, ne t'inquiète pas. Je suis sûre que je peux trouver quelque chose.

— J'en suis certain.

Il se retourna pour partir.

— Gav ?

— Oui, chef ?

Quand il jeta un coup d'œil par-dessus son épaule, Kay l'observait, un regard méfiant dans les yeux.

— Bainbridge t'a proposé un poste là-bas ?

— Non.

— Fais-moi savoir si elle le fait. J'aimerais avoir la chance de te convaincre du contraire.

CHAPITRE 39

Kay ouvrit la porte du café d'un coup de coude et émergea sur un Jubilee Square bondé, des pigeons errants faisant de leur mieux pour se faufiler entre les passants tout en cherchant des miettes de nourriture.

Elle tenait un grand gobelet de café à emporter dans chaque main, regrettant que le café ait épuisé ses supports en carton tandis que les boissons chaudes lui brûlaient les doigts, et elle se promit de rapporter la pile vacillante que l'équipe avait accumulée à côté de la poubelle de recyclage dans la salle des opérations avant la fin de la semaine.

Frissonnant alors que son corps s'adaptait à la température extérieure plus fraîche, elle passa devant la mairie et le long d'une étroite ruelle piétonne surplombée de tous côtés par de petites entreprises qui avaient élu domicile dans les vieux bâtiments de la ville.

Les portes basses affichaient des enseignes peintes et des plaques en laiton annonçaient des avocats, des agents immobiliers et bien d'autres, mais aucune de ces inscriptions colorées n'attira son attention.

Au lieu de cela, ses pensées revinrent à sa conversation avec Gavin et aux regards furtifs que ses collègues lui avaient lancés pendant le briefing du matin.

Elle percevait maintenant une certaine méfiance à son égard dans la salle des opérations, mais elle réalisa qu'une partie de celle-ci était due au fait qu'il venait tout juste de rejoindre l'équipe d'enquête et qu'il essayait désespérément de rattraper toutes les nouvelles informations qui avaient été générées.

Traversant la rue, elle longea le trottoir en béton le long de la Medway, le vent faisant claquer son manteau et créant des ondulations à la surface de l'eau.

Un groupe de canards dansait sur les vaguelettes, créant un zigzag paresseux tandis qu'ils nageaient d'avant en arrière à la recherche de morceaux de nourriture, pendant que les drisses claquaient et tintaient contre le mât d'un petit voilier sur la rive opposée, que le propriétaire était en train d'abaisser avant de naviguer sous le pont bas de la rocade.

Elle contourna l'arrière de l'église et aperçut une silhouette familière affalée sur un banc, les yeux baissés.

— Allez, souris un peu, j'ai apporté du café.

— Merci.

Barnes se blottit dans le col en laine de son manteau et fixa l'eau d'un regard noir.

— Pourquoi est-ce qu'on vient toujours ici quand il y a un vent à décorner les bœufs ?

— Parce que personne d'autre n'est assez bête pour s'asseoir ici, voilà pourquoi.

Kay sourit.

— Et on sait qu'on ne sera pas entendus.

Il se décala sur le banc pour lui faire de la place.

— Bon, qu'est-ce qui te tracasse ?

— Gavin.

— Je m'en doutais.

— Merde, j'espérais que ce n'était pas si évident.

— Probablement pas pour les autres. Je te connais depuis plus longtemps.

— C'est vrai.

Elle prit une gorgée prudente de café, le liquide chaud lui brûlant les lèvres.

— Tu crois qu'il va bien se réadapter ici après avoir été au quartier général ?

— Je l'espère. Je pense que le truc, c'est de s'assurer qu'il sache qu'on a besoin de lui, et qu'on ne le prend pas pour acquis.

— Ça ne le rendra heureux que pendant un moment, Ian. Ce n'est qu'une question de temps avant qu'il n'en veuille plus.

— Ouais, mais plus de quoi ?

Barnes se tourna vers elle.

— Je ne le vois pas vouloir la paperasserie qui va avec un poste d'inspecteur comme le mien, il aime trop être au cœur de l'action. Gavin est le genre de personne qui s'épanouit dans une enquête active comme celle-ci.

— Il y a plein d'enquêtes plus importantes en cours à Northfleet, rétorqua Kay, puis elle soupira. Il suffira de quelque chose comme une grosse affaire à long terme pour piquer son intérêt.

Barnes but une autre gorgée de café et fronça les

sourcils en voyant une mouette plonger au-dessus de leurs têtes.

— Tu crois qu'il ferait quelque chose comme travailler sous couverture ?

— Non.

— Tu as l'air plutôt sûre de toi.

— Je pense que lui et Leanne deviennent assez sérieux. Elle sourit.

— Je ne la vois pas être heureuse s'il prenait ce genre de risques. Non, je pense que Gavin sera toujours un joueur d'équipe mais il brille vraiment quand il est sous pression. Je crains que si on ne lui fait enquêter que sur des crimes mineurs ici la plupart du temps, on va finir par le perdre.

Barnes sourit.

— Peut-être qu'on pourrait devenir des génies du crime, juste pour s'assurer que ça n'arrive pas.

— Oui, j'imagine bien cette conversation lors de ta prochaine évaluation avec Sharp.

Kay finit les dernières gouttes de son café et se leva en gémissant.

— On devrait y retourner.

Elle tendit son gobelet vide à son collègue et attendit qu'il jette les deux dans la poubelle la plus proche, puis elle refoula son inquiétude et reporta son attention sur l'enquête.

— J'espère que Laura a eu du succès en parlant aux sociétés de production ce matin, dit-elle alors qu'ils remontaient le chemin vers la route principale. Même si on pouvait juste—

Elle baissa les yeux lorsque le portable de Barnes se

mit à sonner et qu'il fouilla dans la poche de son manteau, jurant à voix basse alors que le tissu s'accrochait au téléphone.

— Debbie ? Qu'est-ce qui se passe ?

Kay regarda sa mâchoire tomber, puis il commença à se frayer un chemin entre les voitures qui faisaient la queue au feu, l'entraînant avec lui.

— Ian ? Qu'est-ce qui se passe ? dit-elle alors qu'il terminait l'appel et se mettait à courir vers le poste de police.

— On doit aller au centre de traitement des déchets et de recyclage, cria-t-il par-dessus son épaule. Ils ont trouvé quelque chose dans l'une des bennes industrielles qui ont été livrées ce matin.

CHAPITRE 40

Kay s'arrêta à la porte, les yeux écarquillés devant l'agencement expansif de l'espace semblable à un hangar.

À l'extrémité de l'installation, de larges portes en aluminium ouvertes menaient à une barrière rouge et blanche à côté de ce qui ressemblait à une guérite. Un camion-benne s'approcha de la barrière, et elle vit le conducteur se pencher par la fenêtre pour parler à un homme en gilet haute visibilité qui sortait du petit bâtiment.

En contrebas de la jetée en béton où elle se tenait, surplombant les quais de livraison, un camion déversait son chargement sur une montagne de déchets. Une odeur persistante de nourriture pourrie, de graisse et d'ordures diverses flottait dans le bâtiment jusqu'à l'endroit où elle observait, et elle plissa le nez tout en remuant les pieds dans les chaussures de sécurité empruntées qu'elle portait maintenant.

— Vous avez de la chance que nous gardions quelques paires de rechange pour les visiteurs, dit Cliff Exley.

Le responsable du site jeta un coup d'œil à ses pieds.

— Désolé que nous n'ayons pas eu votre pointure, par contre.

— Ça fera l'affaire.

Kay grimaça en recroquevillant ses orteils pour les empêcher de glisser dans les pointures 47, et elle ignora le regard suffisant que Barnes lui lança.

— Bien, pour conclure les vérifications d'hygiène et de sécurité, si vous pouviez tous les deux signer ici, dit Exley en tendant un bloc-notes et un stylo, ensuite je vous montrerai ce que nous avons trouvé ce matin.

Kay griffonna son nom au bas de la page et passa les documents à Barnes.

— Je n'avais jamais réalisé tout ce qui se passait en coulisses ici, dit-elle.

— Nous traitons plus de 1 500 tonnes de déchets industriels et 800 tonnes de déchets ménagers chaque mois, dit Exley en souriant avec indulgence. Et puis nous avons tous les déchets recyclables qui sont triés et redirigés vers d'autres installations également.

— Impressionnant.

Elle s'arrêta et prit le gilet haute visibilité qu'il lui tendait, l'enfilant par-dessus ses épaules.

— Où avez-vous trouvé les pièces du fusil ?

— Par ici. Faites attention où vous mettez les pieds, et assurez-vous de bien vous tenir à la rambarde. Ça peut être glissant.

Il les guida le long d'un escalier en acier jusqu'au sol en béton de l'installation.

— Nous avons interrompu le traitement des déchets, ce

camion était le dernier que nous déchargerons jusqu'à ce que vous nous disiez le contraire.

Kay peinait à entendre le responsable du site par-dessus le bruit des machines et des voix fortes, et elle haussa la voix.

— Qui a trouvé les pièces ?

— Natasha Perrott, l'une de nos employées permanentes. Elle est avec nous depuis plus de six mois maintenant, et elle a vu toutes sortes de choses, alors elle n'a pas hésité quand elle a repéré ce qui ressemblait à une lunette de visée. Son service devait se terminer il y a vingt minutes, mais elle a proposé de rester jusqu'à ce que vous puissiez lui parler.

— Combien de travailleurs sont présents sur le sol à tout moment ?

— Très peu.

Exley pointa du doigt une structure en forme de boîte qui dépassait du niveau de la mezzanine.

— C'est la salle de contrôle, donc nous pouvons observer ce qui se passe depuis une position sûre. Il y a des caméras dans toute l'installation, y compris dans les silos de stockage et sur le tapis roulant. L'équipe de supervision là-haut peut tout voir depuis ces fenêtres et ne descend ici que s'il y a un problème. Comme ce matin.

Ils passèrent devant un tas d'ordures précairement incliné, et Kay examina les boîtes de conserve, les emballages de plats à emporter et les déchets ménagers divers avant de réaliser qu'il y avait quatre autres montagnes identiques au-delà.

Une énorme griffe d'acier pendait d'un câble au

plafond au-dessus des silos de stockage, ses dents ouvertes dans l'expectative.

— Savez-vous d'où proviennent chacun de ces tas dans la région ?

— Approximativement.

Exley fit une pause pendant qu'un chariot élévateur négociait une pile de boîtes en carton aplaties, puis il leur fit signe d'avancer.

— Mon frère est policier dans le Hampshire, et dès que Natasha a signalé par radio ce qu'elle avait trouvé, j'ai fait le rapprochement. J'ai pensé que les pièces devaient avoir un rapport avec votre meurtre. Sinon, pourquoi quelqu'un les aurait-il jetées ?

— Ont-elles été trouvées dans des déchets ménagers comme ceux-ci, ou—

— Non, dans les déchets industriels non dangereux. Les poubelles sont vidées des locaux commerciaux, des restaurants, ce genre de choses. Nous trions ce qui peut être recyclé et incinérons le reste pour fournir de l'énergie à la population locale.

Il sourit.

— C'est bien mieux que de contribuer à davantage de décharges.

— À quelle vitesse ces silos sont-ils vidés ? demanda Barnes en désignant le plus proche qui semblait presque déborder.

— Toutes les quelques heures. Ce four est une bête affamée.

— Cela signifie-t-il que tout ce qui a été livré hier a déjà été brûlé ?

— C'est exact.

— Dans ce cas, monsieur Exley, nous allons avoir besoin des détails de chaque membre du personnel qui a eu accès à cet endroit ce matin.

— Bien sûr. Pas de problème. Maintenant, si vous voulez bien me suivre dans ces escaliers, Natasha vous attend dans la salle de contrôle.

Lorsque Kay suivit Exley à travers une porte dans l'étroite pièce, elle fut d'abord frappée par la propreté de la salle, puis s'éloigna de la fenêtre alors qu'un bref sentiment de vertige la surprit.

— On a une belle vue d'ici.

Elle se retourna pour voir une femme vêtue de la tête aux pieds d'une combinaison orange vif, des bandes réfléchissantes argentées sur les bras brillant sous les lumières du plafond et ses cheveux tirés en un chignon efficace.

Kay sortit sa carte de police.

— Inspectrice principale Hunter.

— Natasha Perrott.

La femme hocha la tête en guise de salutation, puis désigna le grand fauteuil à l'air confortable qui surplombait l'installation en contrebas, occupé par un homme dans la trentaine qui remarqua à peine leur présence.

Ses mains tenaient un bloc-notes tandis que de chaque côté du siège, un ensemble de panneaux clignotaient et brillaient, avec une manette au bord de chacun.

— Josh ici présent a habituellement le prochain quart, même si je pense qu'il va avoir un après-midi tranquille, n'est-ce pas ?

— Merci d'être restée. Vous voulez bien nous montrer ce que vous avez trouvé ?

— Bien sûr. Par ici.

Natasha recula de quelques pas et pointa du doigt une collection d'objets sur le dessus d'un meuble bas à l'extrémité de la salle de contrôle.

— Nous les avons gardés ici à l'écart. Nous avons pensé que vous ne voudriez pas que tout le monde en parle.

Kay et Barnes se faufilèrent devant l'énorme fauteuil tandis que la femme et Exley attendaient près de la porte ouverte, la petite pièce déjà exiguë.

Sortant une paire de gants jetables de la poche de son pantalon, Kay tendit la main et saisit un objet métallique luisant de graisse.

— Qu'est-ce que c'est ?

— Une partie du mécanisme de détente d'un fusil. Assez propre, d'ailleurs. Pas beaucoup utilisé. Je n'ai pas vu la tige de guidage cependant.

Kay fronça les sourcils en faisant tourner le long ressort métallique entre ses mains gantées, puis elle regarda en direction de Natasha qui se tenait dans l'encadrement de la porte, les mains croisées dans le dos.

— Il faut s'y connaître en armes pour repérer ça au milieu de tous ces déchets. Que faisiez-vous avant de commencer ici ?

— Trois missions avec l'armée britannique. Aucune dont je sois autorisée à vous parler.

Les lèvres de la femme s'incurvèrent légèrement, puis elle s'approcha du meuble et désigna les autres objets.

— Quelqu'un savait ce qu'il faisait. Le mécanisme de

culasse a aussi été démonté, je n'ai trouvé que le porte-culasse, mais je parie que la culasse et le piston à gaz sont quelque part là-dedans.

— Je suppose que vous ne portiez pas de gants quand vous avez manipulé tout ça ?

En guise de réponse, Natasha brandit une paire d'épais gants de travail.

— Santé et sécurité au travail avant tout. En plus, je ne pense pas que vous m'auriez remerciée si j'avais ajouté mes empreintes à celles qui s'y trouvent déjà.

— Merci. Monsieur Exley, vous avez raison, nous allons devoir vous demander d'arrêter le traitement de ces déchets jusqu'à ce que nos experts en criminalistique les aient examinés, dit Kay.

Le visage du responsable du site s'assombrit, mais il haussa les épaules avec stoïcisme.

— Je m'y attendais.

Barnes leva le menton et regarda par la fenêtre pour voir un autre camion s'arrêter à la barrière au-delà des portes ouvertes de l'usine de traitement des déchets, le moteur tournant au ralenti, puis il observa l'énorme pince métallique qui pendait au-dessus du tas nauséabond de détritus en attente de traitement, avant de se tourner à nouveau vers Kay.

Il sourit.

— J'ai hâte de voir la tête de Harriet quand elle arrivera.

CHAPITRE 41

Kay entra dans la salle des opérations, assaillie par un mélange discordant de voix fortes et de sonneries de téléphone tandis qu'elle se dirigeait vers son ordinateur.

Après avoir quitté Harriet et son équipe au centre de gestion des déchets, elle avait informé Sharp de la découverte de Natasha et devait maintenant rallier ses collègues et s'assurer qu'ils restaient concentrés à une heure aussi tardive.

L'obscurité avait enveloppé la ville depuis plus de deux heures, mais il restait encore beaucoup à faire.

Bien que le personnel administratif employé aux horaires normaux soit parti à l'heure, un groupe hétéroclite composé de ses détectives et de divers agents en uniforme était resté, et elle avait l'intention de tirer le meilleur parti de leur présence.

— Briefing, maintenant, dit-elle en leur faisant signe de s'approcher du tableau blanc. Allez, on doit s'y mettre pendant que notre tueur pense s'en être tiré.

— À moins qu'il n'ait été au centre, dit Barnes, le

visage s'assombrissant alors qu'il traînait une chaise et s'y laissait tomber en gémissant. Auquel cas...

— On n'en est pas sûrs pour l'instant, répondit Kay.

Les derniers retardataires se précipitèrent pour s'appuyer contre les bureaux ou tirer des chaises abandonnées, formant rapidement un demi-cercle approximatif à côté du tableau, et la conversation s'éteignit.

Après avoir expliqué les événements survenus au centre de déchets, Kay jeta un coup d'œil aux notes qu'elle avait griffonnées pendant que Barnes les ramenait à Maidstone.

— Vu les circonstances, ça ne peut pas attendre, commença-t-elle, donc je m'excuse si vous aviez des projets pour ce soir. Tout d'abord, Laura, tu peux travailler avec Phillip pour parler aux huit membres du personnel qui avaient accès aux bunkers de stockage des déchets plus tôt aujourd'hui ? Leurs quarts se sont terminés entre sept heures et dix heures ce matin, donc avec un peu de chance, ils se sont reposés depuis et ne seront pas trop agacés si vous les appelez après ça. Nous devons déterminer si les pièces du fusil ont été jetées dans l'une des bennes industrielles collectées dans la région de Maidstone, ou par l'un des entrepreneurs employés par le centre.

— Il ne serait pas préférable de leur parler en face à face ? demanda Laura.

— Nous n'avons pas le temps. Je vous laisse, à toi et Phillip, le soin d'utiliser votre meilleur jugement dans ces circonstances. Si vous parlez à quelqu'un au téléphone et qu'il a l'air méfiant, n'hésitez pas à organiser un entretien formel, mais rapidement. Une fois que les gens apprendront que nous enquêtons sur les pièces de fusil abandonnées en lien avec le meurtre de Thorngrove, notre tueur aura le temps de réagir, et nous sommes déjà en train de gérer les conséquences de ce que cela pourrait être.

— Compris, chef.

— Merci. Daniel, où êtes-vous ?

Une main se leva du fond de la petite foule.

— Est-ce que vous pouvez, avec votre équipe, prendre une copie de la liste des noms que nous avons obtenue du centre et les vérifier dans la base de données des permis d'armes à feu ? Prévenez Laura immédiatement si quelqu'un est signalé pour qu'elle puisse ajuster sa stratégie d'entretien si nécessaire.

— Je m'en occupe, chef.

— Gavin, je vais avoir besoin de ton aide pour diriger une équipe qui va examiner les images de vidéosurveillance que nous avons acquises du centre. Nous avons évidemment deux pistes d'enquête ici ; soit les pièces du fusil ont été jetées ailleurs et récupérées lors d'une collecte standard, soit quelqu'un là-bas a essayé de les cacher. J'aimerais que tu surveilles les activités à partir du début du premier quart à six heures ce matin et que tu me préviennes dès que tu repères quelque chose de suspect.

Elle retint un soupir.

— Si tu ne trouves rien, alors nous devrons essayer de découvrir d'où provient le contenu de ce bunker de stockage et—

Kay s'interrompit lorsque la porte de la salle des opérations s'ouvrit et que Harriet Baker s'avança vers elle, une expression déterminée sur le visage de la responsable de la police scientifique.

Elle ne portait pas de maquillage, et ses joues portaient encore l'empreinte du masque de protection qu'elle avait porté en assistant son équipe de techniciens dans leurs recherches.

— Excusez l'interruption, mais j'ai pensé que tu préférerais avoir une mise à jour de ma part dès que possible, dit-elle, légèrement essoufflée. Et donne-moi un instant, ce foutu ascenseur est hors service et je n'ai pas l'habitude de monter les escaliers en courant.

Un murmure de rire sympathique parcourut l'équipe de Kay, et elle leva la main pour demander le silence.

— J'en déduis que vous avez trouvé autre chose ?

— En effet.

Maintenant remise, Harriet lissa sa longue frange et prit une profonde inspiration.

— Donc, en plus de la partie du mécanisme de détente que Natasha Perrott a trouvée, nous avons localisé la tige de protection métallique. Nous avons également découvert le piston à gaz et deux chargeurs jetés, l'un avec deux cartouches manquantes. Je viens de les déposer au laboratoire pour analyse, et nous avons également prélevé des échantillons à comparer à nos bases de données.

Kay essaya d'ignorer les battements rapides de son cœur, sa gorge sèche d'anticipation.

— Des empreintes digitales ?

— Patrick les vérifie en ce moment. Je vais retourner les aider, mais comme je l'ai dit, j'ai pensé que tu voudrais les dernières nouvelles le plus vite possible.

— Vous avez trouvé autre chose ?

— Non, c'est tout, nous avons fouillé les deux bunkers de chaque côté de celui où les pièces ont été trouvées, mais nous n'avons rien trouvé.

— C'est super, Harriet. Merci, tu m'appelleras quand tu auras plus à rapporter ?

— Je le ferai, et tu auras mon rapport complet sur les recherches de cet après-midi demain.

Alors que Harriet quittait la pièce, Kay attendit un moment pour laisser à l'équipe le temps de digérer l'information, puis elle les congédia et se tourna vers Gavin.

— Donc, ils n'ont trouvé que suffisamment de pièces pour un seul fusil, et jusqu'à ce que celles-ci aient été testées, nous ne pouvons pas supposer qu'il s'agit de l'un de ceux volés chez les MacFarlane. Même si c'est le cas, il nous en manque encore un, donc j'ai besoin que tu suives de près le laboratoire et que tu fasses jouer quelques faveurs pour obtenir plus d'informations ce soir si tu le peux.

— Un membre de l'équipe de Harriet me doit un service, alors je vais l'appeler maintenant.

— Merci.

Kay jeta un coup d'œil à sa montre alors qu'il retournait à son bureau, puis envoya un court message à Adam pour lui faire savoir qu'elle rentrerait tard.

La nuit allait être longue.

CHAPITRE 42

Ian Barnes laissa échapper un juron étouffé, avala la dernière bouchée de son sandwich au bacon et jeta un regard noir à la tache de graisse qui s'étalait maintenant au milieu de sa cravate en polyester bordeaux.

Levé tôt, ne voulant pas attendre d'avoir pris son petit-déjeuner à la maison avec sa compagne Pia, il s'était précipité au travail et était assis à son bureau dès six heures trente.

Kyle leva les yeux de l'arrangement de bureau qu'il partageait actuellement avec Debbie West et sourit.

— Ta bouche n'est pas assez grande, chef ?

— Va te faire voir, répliqua Barnes.

Il ouvrit le tiroir de son bureau, poussant un soupir de soulagement lorsqu'il aperçut la cravate de rechange enroulée à côté d'une agrafeuse. Il l'échangea contre celle tachée, qu'il plaça dans la poche avant de son sac à dos.

Sans doute s'en souviendrait-il le mois prochain.

Il reporta son attention sur le compte rendu du briefing de la veille qui avait été laissé sur son bureau, l'écriture désordonnée de Kay encombrant les marges où elle avait ajouté ses réflexions sur la direction que l'enquête devrait prendre ensuite.

— À quelle heure est-elle partie hier soir ? demanda Debbie en s'approchant pour lui remettre le dernier rapport issu de HOLMES2.

Il plissa les yeux vers son écran.

— Le dernier e-mail que j'ai d'elle est horodaté à minuit quatre. Je crois qu'elle a renvoyé tout le monde vers onze heures.

L'agente en uniforme renifla.

— Je ferais mieux de m'assurer qu'il y ait du café frais quand elle arrivera.

— En parlant de ça.

Barnes leva sa tasse vide et sourit.

— Tu sais où le trouver.

— Ça valait le coup d'essayer.

Après s'être resservi et avoir pris une gorgée appréciative, Barnes se laissa retomber dans son siège et chercha dans le système de gestion des affaires jusqu'à ce qu'il trouve la dernière entrée de Laura de la veille.

Selon ses notes, elle et Phillip avaient passé la majeure partie de la soirée à parler aux sous-traitants employés par l'installation pour déterminer si l'un d'entre eux aurait pu être responsable du dépôt des pièces dans les bunkers de stockage.

Leurs conversations avaient été frustrantes de brièveté et aucun suspect n'avait émergé, surtout une fois que Daniel avait confirmé qu'aucun de ces noms n'apparaissait non plus dans le système national de gestion des permis d'armes à feu.

Le rapport de Gavin était tout aussi décevant, le brigadier résumant qu'après avoir passé plusieurs heures à examiner les images de vidéosurveillance de l'installation, on ne voyait aucun des ouvriers jeter quoi que ce soit dans les bunkers de stockage.

En fait, aucun des ouvriers ne s'approchait des bunkers lorsque l'installation était pleinement opérationnelle – tous les déchets étaient triés et gérés par Natasha Perrott et ses collègues depuis la salle de contrôle supervisant la trémie à déchets pendant ses va-et-vient.

Se remémorant sa conversation avec Kay la veille au matin, Barnes espérait que le jeune enquêteur ne regrettait pas son retour à Maidstone et les tâches pénibles qu'impliquait désormais l'affaire, d'autant plus que le résultat des efforts de la nuit dernière signifiait qu'ils passeraient tous la matinée à téléphoner aux sociétés locales de collecte des déchets commerciaux.

— Inspecteur ?

Il leva les yeux de son écran pour voir Kyle s'approcher de lui, le front de l'agent plissé d'inquiétude.

— Qu'est-ce que tu as ?

— Je viens d'avoir Hughes au téléphone. Il dit qu'il y a une certaine madame Yvonne Maxton en bas qui veut parler à quelqu'un. Apparemment, elle est très nerveuse et ne veut parler qu'à quelqu'un de l'enquête Thorngrove.

Barnes retira ses lunettes de lecture et se pinça l'arête du nez.

— Où est-ce que j'ai déjà entendu ce nom ?

— Elle est mariée à Royce Maxton, le type que Mark Redding a mentionné parce qu'il va parfois tirer avec lui.

— C'est ça.

Pointant Kyle du doigt, Barnes enfila sa veste puis ajusta sa cravate.

— Allons voir ce dont elle veut nous parler alors.

———————

Yvonne Maxton était perchée sur le bord d'une des chaises dans la salle d'interrogatoire numéro deux lorsque Barnes et Kyle entrèrent, son parfum musqué répandant une senteur persistante dans l'intérieur autrement étouffant, et atténuant un peu l'odeur corporelle qui s'attardait toujours des précédents occupants.

Elle portait un tailleur bleu marine élégant, de grands anneaux dorés qui dépassaient d'un carré plongeant noir, et elle observait les deux hommes de ses yeux verts larmoyants tandis qu'ils prenaient place en face d'elle.

— Cela vous dérange-t-il si nous enregistrons cette conversation, madame Maxton ? commença Barnes d'une voix douce. C'est la procédure standard.

— Je... non, bien sûr. Mon mari n'entendra pas ça, n'est-ce pas ?

— C'est un entretien formel, et il ne sera partagé avec personne en dehors de notre enquête, sauf si et jusqu'à ce que l'affaire soit portée devant les tribunaux.

Elle se mordit la lèvre un instant, puis hocha la tête.

— D'accord. Je suppose que oui.

— Merci. Nous devons commencer par une mise en garde formelle, mais ce n'est rien d'inquiétant.

Barnes récita les mots par cœur après que Kyle avait mis en marche l'équipement d'enregistrement, puis il se pencha en arrière dans sa chaise, adoptant une pose décontractée.

— Mon collègue à l'accueil a dit que vous vouliez nous parler de l'affaire Thorngrove, madame Maxton. Que vouliez-vous nous dire ?

— S'il vous plaît. Appelez-moi Yvonne.

Elle tira sur un bracelet en argent et en tordit les gros maillons entre ses doigts, gardant les yeux baissés vers la table.

— Je... euh...

— Prenez votre temps. Peut-être une grande inspiration aussi.

La femme força un sourire nerveux.

— J'avais tout préparé dans ma tête en venant au travail ce matin.

— Où travaillez-vous ?

— Euh, dans un cabinet d'experts comptables. Près de la place.

— Vous commencez habituellement si tôt le matin ?

— Oh, mon Dieu, non. Je ne commence généralement pas avant huit heures et demie. Je voulais juste voir si je pouvais parler à quelqu'un avant.

— Et nous voilà.

— Oui.

Quelques secondes de plus s'écoulèrent sur l'horloge au-dessus de la porte, puis Yvonne expira.

— Écoutez, je ne veux pas avoir l'air de rapporter ou quoi que ce soit. C'est juste que je suis inquiète depuis que Royce a reçu un appel téléphonique de l'un d'entre vous plus tôt cette semaine. Il est de mauvaise humeur depuis.

— Votre mari ?

Elle croisa son regard et hocha la tête.

Barnes prit un moment pour parcourir des yeux le rapport que Kyle avait imprimé avant de descendre en courant après lui, et il suivit les lignes de texte avec son index.

— Bien, je vois. L'enquêteuse Laura Hanway l'a appelé lundi pour lui poser des questions sur les chasses au faisan qu'il organise de temps en temps.

— Elles sont rares, peut-être une ou deux par saison.

Yvonne rougit.

— Connaissant Royce, il a probablement fait croire que nous avions des centaines d'hectares. Ce n'est vraiment qu'une petite exploitation avec quelques poulets, mais nous avons bien six acres de bois à côté du paddock. Et ce n'est même pas comme s'il invitait beaucoup de monde. Peut-être trois ou quatre personnes au maximum.

— Et il suit toutes les procédures de santé et de sécurité pour les invités ?

— Oui, bien sûr.

Barnes croisa les mains sur le rapport.

— Mais il y a quand même un problème, j'imagine ?

— Un des hommes qui s'est présenté à la dernière séance a apporté son propre fusil.

Yvonne se tortilla sur son siège en baissant les yeux.

Un silence suivit ses paroles, et il le laissa se prolonger, espérant que la femme révèlerait ce qui semblait tant la troubler au point qu'elle s'était faufilée au commissariat avant le travail.

Finalement, elle soupira.

— Écoutez, c'est juste que... et je pourrais me tromper, peut-être que je le confonds avec quelqu'un d'autre dont

Royce a parlé... je pensais qu'il avait perdu son permis il y a quelque temps. Je ne comprenais pas comment il avait pu obtenir cette arme.

— En avez-vous parlé à votre mari ?

— Non. Je... il aime organiser ces parties de chasse, ce sont ses mots, notez bien. Il dit que ça lui permet de jauger les investissements potentiels avant le reste du marché. J'avoue que je décroche généralement quand ils arrivent, tout ce dont ils parlent, c'est de tel ou tel accord, et ça peut être ennuyeux.

Elle esquissa un rare sourire.

— Tant que je m'assure que la bouilloire est prête et que le brandy est servi quand ils reviennent à la maison, je ne pense même pas qu'ils sachent que je suis là.

— Quand cela s'est-il passé ?

— Il y a quatre semaines.

— Connaissez-vous le nom de cet homme ?

— Je suis désolée, je ne le connais pas. Je ne pense pas que cet homme ait été impliqué dans cette attaque, mais ça... ça m'inquiète que quelqu'un puisse se promener avec une arme illégale. Je pensais juste que vous deviez le savoir. Je veux dire, après ce qui s'est passé. C'est sur ma conscience, c'est tout.

— Votre mari est-il à la maison aujourd'hui ? demanda Kyle en levant les yeux de son carnet.

— Oui, il est trader. Actions et obligations, ce genre de choses. Nous avons transformé la salle à manger en bureau pour lui il y a six ans.

Yvonne se redressa légèrement.

— Il s'en sort vraiment bien.

— Très bien, madame Maxton... Yvonne. Merci.

Barnes se leva.

— Oh.

Elle ramassa son sac à main posé par terre à côté d'elle et le rejoignit près de la porte, jetant un coup d'œil à Kyle par-dessus son épaule.

— C'est tout ?

— C'est tout, et merci d'être venue. Nous vous contacterons si nous avons d'autres questions.

Il attendit que Hughes l'ait raccompagnée à travers la réception jusqu'à la porte d'entrée, puis il se retourna pour voir Kyle qui le regardait, une lueur d'excitation dans les yeux.

— Tu penses que l'ami de son mari est notre tueur ?

— Je ne sais pas, mais je suis sûr que la chef voudra lui poser des questions.

CHAPITRE 43

Kay balaya du regard le cercle de pierres devant la ferme en briques rouges des Maxton, se demandant combien d'argent Royce gagnait régulièrement grâce au trading.

Un tout nouveau 4x4 étincelait sur le côté de l'allée, sa peinture mouchetée par une récente averse qui avait poussé Barnes à actionner les essuie-glaces sur le chemin depuis Maidstone.

— Quand a-t-elle vu ce type pour la dernière fois ? demanda-t-elle à Barnes alors qu'ils s'approchaient de la porte d'entrée.

— Le mois dernier, ce qui correspond à peu près au moment où les gars du garage ont dit que Dale Thorngrove avait essayé le tir pour la première fois. C'est une coïncidence qui ne me plaît pas.

— Mais elle n'a pas pu te donner le nom de cet homme ?

— Non. Apparemment, son mari ne les a jamais présentés.

Il sonna à la porte, puis haussa les épaules.

— J'ai pensé que ça valait le coup d'essayer quand même.

— Qui ne tente rien—

Elle sursauta lorsqu'un panneau de sécurité derrière elle se mit à grésiller et qu'une voix beugla dans le haut-parleur.

— Qui est-ce ?

Barnes pointa du doigt une petite caméra au-dessus de la porte, et elle brandit sa carte de police.

— Inspectrice principale Kay Hunter, police du Kent. J'aimerais vous parler, monsieur Maxton.

— À quel sujet ?

— Il serait plus simple d'en parler face à face, monsieur Max—

— Je suis au milieu de quelque chose.

— Ou nous pouvons faire ça au commissariat. C'est vous qui voyez.

Elle l'entendit jurer à voix basse, puis il y eut un bruit de cliquetis à l'autre bout avant qu'il ne revienne.

— Faites le tour de la maison. Le bureau a sa propre entrée.

Un claquement mit fin à l'appel, et elle se dépêcha de passer devant les fenêtres de la façade pour emprunter un chemin de gravier qui longeait le côté de la maison.

— Ces cailloux sont un bon moyen de dissuader les cambrioleurs, murmura Barnes avec appréciation.

— Tout comme celles-ci.

Elle désigna les caméras de sécurité à chaque extrémité de la maison, puis frappa à une épaisse porte en bois sous une arche en pierre saillante.

— Chic endroit.

— Il s'en sort bien avec le trading d'actions, alors.

La porte s'ouvrit brusquement un instant plus tard, et Royce Maxton apparut.

Une touffe de cheveux gris encadrait des sourcils broussailleux, sous lesquels des yeux bleus perçants les fusillaient du regard.

— C'est vraiment mal tombé, lança-t-il. Le marché américain est sur le point d'ouvrir, et il y a une introduction en bourse à saisir. Si je ne—

— Plus vite vous répondrez à nos questions, plus vite nous pourrons vous laisser retourner à votre ordinateur, dit Kay.

— Très bien. Venez par ici. Au moins, je pourrai garder un œil sur les choses pendant qu'on parle.

Ils franchirent le seuil et entrèrent dans la buanderie de la maison, où un lave-linge et un sèche-linge étaient côte à côte à côté d'un évier et d'une sélection de gamelles pour chiens et de litière pour chats éparpillée sur le carrelage dans un coin, à côté d'un bac qui empestait l'urine.

— Désolé, la femme de ménage est en retard.

Une porte sur la gauche menait à ce qui s'avéra être le bureau de Maxton, où deux grands écrans d'ordinateur occupaient un bureau, l'un affichant un tableau complexe qui faisait mal aux yeux de Kay rien qu'à le regarder, et l'autre montrant un site de trading d'actions.

Maxton jeta un regard désolé aux écrans, puis croisa les bras et se tourna vers eux.

— D'accord, faisons ça le plus rapidement possible.

— Nous avons cru comprendre que vous organisez régulièrement une partie de chasse privée dans les bois adjacents à votre terrain, dit Kay, après avoir récité la mise en garde formelle.

— Le bois nous appartient, détective. Nous pouvons y faire ce que bon nous semble.

Il fronça les sourcils.

— Cet idiot de Tapper s'est encore plaint ? Vous savez que ses plaintes sont infondées, n'est-ce pas ? La limite de sa propriété n'est même pas proche de notre clôture.

— Il ne s'agit pas de ça. Quand avez-vous organisé votre dernière partie de chasse ici ?

— Il y a environ quatre semaines, je crois.

— Pouvez-vous vérifier ?

Il sortit un téléphone portable de sa poche et tapota sur l'écran.

— Oui. Il y a quatre semaines. Un dimanche.

— Combien étiez-vous ?

— Les trois habituels. Moi-même, Ambrose Weatherley et Mark Redding. Plus un invité de Mark, Dale quelque chose.

Il baissa son téléphone.

— Attendez une minute. Vous savez déjà tout ça. J'ai parlé à quelqu'un il y a seulement quelques jours.

— En effet, oui. Merci pour ça.

Kay attendit qu'il range son téléphone.

— Lequel d'entre vous possède une arme à feu illégale ?

— Je vous demande pardon ?

Ses sourcils broussailleux disparurent sous sa frange hirsute tandis que sa mâchoire s'ouvrait en grand.

— L'un des hommes que vous avez invités ce jour-là

n'a pas de permis de port d'arme, et pourtant nous avons des raisons de croire qu'il a apporté son propre fusil. Qui était-ce ?

— Je...

— Attention, monsieur Maxton.

Kay s'approcha, tirant une certaine satisfaction du malaise de l'homme.

— Je vous rappelle que vous êtes sous le coup d'une mise en garde et que mon collègue ici présent a tendance à prendre des notes extrêmement précises. Tout manquement de votre part à dire la vérité maintenant pourrait vous faire perdre votre propre permis de port d'arme, au minimum.

Maxton déglutit, puis rougit.

— Je me suis posé la question sur le moment... Je ne voulais pas embarrasser Ambrose, c'est tout, et j'ai bien voulu lui en parler mais je n'en ai jamais eu l'occasion. Ma femme est sortie au moment où nous nous apprêtions à partir, et j'avais peur qu'elle nous ait entendus.

— Et vous n'avez jamais pensé à lui en parler après ce jour-là ?

— Non.

Son regard glissa vers les écrans d'ordinateur, puis revint.

— Écoutez, je suis vraiment désolé.

— Cet Ambrose Weatherley, depuis combien de temps le connaissez-vous ?

— Des années. Nous étions à l'université ensemble, et nous sommes restés en contact. Il a pris sa retraite de son cabinet d'architecture l'année dernière et s'est mis au tir peu après. D'ailleurs, j'étais heureux de me porter garant pour lui quand il a fait sa demande de permis. Pas de problèmes de ce côté-là.

— Attendez. Lequel de vos invités ce jour-là n'a pas de permis ? demanda Kay, confuse. Vous dites que Weatherley a perdu son permis moins d'un an après son approbation, ou—

— Bon sang, non. Je parlais de Mark Redding, bien sûr. Je ne sais pas... je suppose que je pensais qu'il était digne de confiance, et c'était *seulement* la première fois que je le voyais avec sa propre arme. Les autres fois, il était toujours content d'utiliser la mienne. Il disait qu'il avait perdu son permis mais qu'il espérait le récupérer. C'est en quelque sorte pour ça que je ne m'en suis pas trop inquiété. Il n'avait pas l'air du tout gêné par ça, alors à la fin de la journée, j'ai supposé qu'il avait récupéré son permis et que tout allait bien...

Kay expira en entendant Barnes refermer son carnet et elle se dirigea vers la porte.

— Nous resterons en contact, monsieur Maxton. Nous pouvons trouver la sortie nous-mêmes.

Ils laissèrent le trader debout au milieu de son bureau, stupéfait.

— Qu'est-ce que tu en penses ? demanda Barnes alors qu'ils couraient vers la voiture. Redding est-il notre tueur ?

— Je ne sais pas, répondit Kay en fixant le pare-brise alors que le rideau de devant retombait en place. Je n'arrive toujours pas à comprendre quel pourrait être son motif.

Elle passa une vitesse, regardant par-dessus son épaule en faisant marche arrière pour faire face à la sortie, puis écrasa l'accélérateur.

— Où est-ce qu'on va ? demanda Barnes en ajustant sa ceinture de sécurité après la manœuvre rapide.

— Chercher Mark Redding pour un interrogatoire formel. S'il y a une chose dont je suis *sûre*, c'est qu'il nous a menti depuis le début.

CHAPITRE 44

De retour au poste de police de Maidstone, Kay trouva Gavin qui l'attendait en haut des escaliers, le visage empreint d'inquiétude.

— Ian, tu peux t'assurer que les agents en uniforme amènent Mark Redding ? dit-elle pour envoyer l'inspecteur devant elle.

Attendant qu'il ait disparu dans la salle des opérations, elle se tourna vers son jeune collègue.

— Quoi de neuf ?

— Nous avons terminé les appels aux entreprises de collecte des déchets commerciaux de la région pendant votre absence, commença-t-il en s'approchant d'un mur en plâtre qui avait désespérément besoin d'être repeint pour s'y adosser. Nous avions conclu tous les entretiens quand j'ai reçu un rappel de l'une des plus petites entreprises. Non seulement ils ont effectué des collectes hier matin qui ont ensuite été déposées à la déchetterie, mais ils collectent aussi au pub White Hart.

— Ils quoi ?

Kay cligna des yeux.

— Vraiment ?

Gavin sourit.

— Vraiment.

— Intéressant. Tu as obtenu autre chose ?

— Oui. J'ai parlé au chauffeur-livreur qui travaillait hier. Il a dit qu'il ne voyait généralement pas Len Simpson, probablement parce que son heure de passage est vers huit heures du matin et j'imagine que Simpson serait encore au lit, mais hier, il rôdait près de la porte de service à côté des poubelles, en train de surveiller. Le chauffeur a dit qu'il pensait que Simpson voulait peut-être lui parler, alors il allait s'approcher pour voir ce qu'il voulait après avoir vidé la poubelle, mais à ce moment-là, Simpson avait disparu à l'intérieur. Il en a parlé à sa responsable de service quand il est revenu au dépôt, qui a confirmé à son tour avoir appelé Simpson pour lui demander s'il avait des questions ou des préoccupations concernant son service de collecte. Simpson, ce sont ses mots, note bien, a été grossier, sexiste et a raccroché avant qu'elle n'ait eu la chance de finir de parler.

— Ça ressemble bien à Simpson.

Kay croisa les bras, réfléchissant à ces nouvelles informations pendant un moment avant de parler.

— Je pense que nous devrions l'interroger formellement avant de parler à Mark Redding. Ça ne te dérange pas d'aller le chercher, Gav ?

Elle vit une partie de l'inquiétude quitter ses yeux en réponse à la demande.

— Pas du tout, chef.

Il se décolla du mur et la suivit vers la salle des opérations.

— À propos de cette autre affaire...

— Porter MacFarlane ?

Elle s'arrêta, la main sur un panneau de porte en métal maculé d'empreintes digitales.

— Comment ça s'est passé ?

— Il me reste une piste que je veux suivre en personne, un type du nom de Douglas Chilton. Il a raccroché quand je l'ai appelé plus tôt et ne répond à aucun de mes messages.

— C'est étrange.

— J'ai obtenu son adresse auprès du registre des permis de conduire. J'allais passer chez lui pour essayer de lui parler en personne.

— D'accord, tu peux faire ça après être allé chercher Len Simpson pour moi ?

— Pas de problème.

— Et pour Porter ?

— Rien à signaler, chef. Rien dans aucun de nos systèmes, du moins. J'ai seulement découvert une contravention de stationnement impayée grâce à un ami au conseil municipal, mais MacFarlane vient tout juste de recevoir le rappel alors...

La porte céda sous sa pression et elle baissa la main alors que Barnes émergeait, une paire de dossiers sous le bras qu'il lui tendit.

— Chef ? Je suis prêt à passer en revue ceux-ci et à préparer l'interrogatoire de Redding si tu es prête.

— Je serai à toi dans une minute.

Elle s'écarta pour le laisser passer, puis se retourna vers Gavin.

— Je te verrai plus tard. Emmène Laura avec toi quand tu iras au White Hart chercher Len Simpson, d'accord ? Pas d'héroïsme non plus.

— Compris. Bonne chance, chef.

— Toi aussi.

CHAPITRE 45

Laura s'agrippa à la poignée au-dessus de la fenêtre côté passager tandis que Gavin tournait brusquement le volant à gauche et freinait pour contourner une poubelle noire à roulettes au bord du parking du White Hart.

Il s'arrêta avant de reculer jusqu'à ce que le véhicule bloque l'entrée, et il lui lança un sourire.

— Au cas où il déciderait d'essayer de s'enfuir.

— Je savais que Simpson cachait quelque chose, dit-elle en sortant et en s'appuyant sur le toit de la voiture pour regarder le pub. Mais il ne peut pas être le tireur, si ? Je veux dire, il était à l'intérieur du pub quand Thorngrove a été tué.

— Oui, mais il est évidemment impliqué d'une manière ou d'une autre, sinon pourquoi les pièces du fusil ont-elles été trouvées dans un chargement collecté de ces poubelles commerciales là-bas ?

Elle haussa les épaules, puis baissa les yeux quand son téléphone sonna.

— J'ai un message de la chef.

— Qu'est-ce qu'elle dit ?

— « Découvrez aussi où il était pendant les trente minutes avant d'appeler le numéro d'urgence. »

Laura rangea le téléphone dans son sac et le passa par-dessus son épaule.

— Bonne question.

— Tu n'as pas cru son histoire sur le fait de rester caché alors ?

Gavin regarda par-dessus la voiture et sourit.

— Je ne sais pas.

Elle fronça les sourcils, puis leva la main.

— Tu entends ça ?

Ils se tournèrent tous les deux vers le pub, le son de voix élevées leur parvenant à travers la porte ouverte.

Laura jeta son sac dans la voiture et saisit une matraque télescopique.

— Tu crois que ça pourrait être utile ?

— Kay a dit pas d'héroïsme, tu te souviens ?

— C'est vrai.

Ils se précipitèrent en avant, s'arrêtant net sur la surface de gravier alors que d'abord Len Simpson puis Lydia Terry émergeaient du bâtiment.

Elle avait l'air furieuse, le visage rouge tandis qu'elle poursuivait le patron corpulent.

— N'ose même pas, hurla-t-elle. Pas après toutes ces foutues heures que j'ai travaillées pour toi et que je t'ai aidé. Tu ne peux pas gérer cet endroit sans moi.

— Je te l'ai dit, tu es virée, lança Len en pivotant sur ses talons, dominant la femme de petite taille. Je ne tolérerai pas les commérages.

— Ça ne te dérange pas d'habitude, cracha Lydia. Tu

me demandes toujours des choses sur les gens. Ce qu'ils font, qui couche avec qui, qui...

— Euh, excusez-moi ? appela Laura. Tout va bien ici ?

Le patron se retourna, les yeux écarquillés.

Derrière lui, Lydia se mit à rire.

— Eh bien, ça va être intéressant.

— Que se passe-t-il ? demanda Gavin en s'approchant, gardant sa matraque baissée. Vous allez bien, madame Terry ?

— Oh, maintenant oui, dit-elle, toujours souriante. C'était moi ou Len que vous cherchiez ?

— Monsieur Simpson, un mot s'il vous plaît, dit Laura.

Elle lui fit signe d'approcher et baissa la voix.

— Que se passe-t-il ?

— Je l'ai virée, et ça ne lui plaît pas, répondit-il. Qu'est-ce que vous voulez ?

— Des pièces de fusil ont été découvertes dans votre collecte de déchets commerciaux. Nous aimerions savoir pourquoi.

Len pâlit.

— Pardon ?

— Vous m'avez bien entendue. Des pièces de fusil. Nous les testons actuellement pour savoir si elles correspondent à l'arme utilisée pour tuer Dale Thorngrove ici la semaine dernière. Quelque chose que vous aimeriez nous dire ?

— Comme par exemple où vous étiez vraiment pendant les trente minutes qu'il vous a fallu pour appeler le numéro d'urgence, dit Gavin en se rapprochant. Vous voulez bien nous expliquer ?

— J'ai rien à vous dire.

— Allons, monsieur Simpson, je pense que vous savez aussi bien que nous que ce n'est pas vrai, dit Laura en lui adressant son sourire le plus doux. Est-ce qu'on peut réessayer ? Que faisaient les pièces de fusil dans votre poubelle ?

— J'en ai aucune idée. Je ne possède pas d'arme. Jamais eu, pas depuis que j'ai quitté l'armée et même là, elles étaient gardées sous clé quand on ne s'en servait pas pour s'entraîner. Je n'ai porté une arme que quand j'étais basé à l'étranger, en patrouille et ce genre de choses.

— Alors, qu'est-ce que vous avez fait pendant ces trente minutes ?

— Je sais ce qu'il a fait, répondit Lydia, élevant la voix pour être entendue de l'endroit où elle se tenait encore près de la porte.

Len se retourna et se précipita vers elle avant que Gavin ne l'attrape et lui tire les bras derrière le dos.

— Doucement, monsieur Simpson, dit-il. Pas besoin de ça.

— Saloperie de menteuse, siffla Len.

Laura l'ignora et s'approcha de Lydia.

— Vous savez, ou vous essayez juste de causer des problèmes ?

— Oh, je sais. C'est à propos de ça qu'on était en train de se disputer.

Elle lui adressa un sourire malicieux.

— J'imagine que ça n'a plus d'importance maintenant. Il ne peut pas me virer deux fois, n'est-ce pas ?

— Qu'est-ce qu'il a fait ?

— Il distillait son propre gin.

Laura cligna des yeux.

— Il quoi ?

Len se débattit dans l'étreinte de Gavin, puis jura dans sa barbe quand le détective lui passa les menottes aux poignets.

— Ouais, je sais.

Lydia essaya, puis échoua à contenir son amusement face à l'inconfort de son ex-patron, son sourire s'élargissant.

— Apparemment, il s'est énervé quand le grossiste a augmenté ses prix il y a six mois et il a décidé de commencer à faire le sien. Il avait tout installé dans la pièce du fond au-dessus de la cuisine.

Elle pointa du doigt Simpson qui se tenait à côté de Gavin, en le fusillant du regard.

— Il a décidé d'aller démonter l'alambic avant d'appeler la police la semaine dernière au cas où vous auriez découvert qu'il ne payait pas les taxes dessus. Il l'a fourré dans le grenier pendant qu'on était terrifiés par terre au lieu d'appeler à l'aide. Salopard.

— Est-ce vrai, monsieur Simpson ? demanda Gavin. Vous voulez bien nous faire la visite guidée ?

Len ricana.

— C'est sa parole contre la mienne, et elle est en colère parce que je l'ai virée. Vous pouvez tous aller vous faire voir. Vous n'avez rien contre moi.

— En fait, monsieur Simpson, d'après ce qui a été collecté dans vos poubelles ce matin, nous avons quelque chose.

Gavin mit la main dans sa poche, incapable de cacher son sourire.

— Et nous avons un mandat de perquisition.

— Vous n'en aurez pas besoin, dit Lydia. Tout est dans le pick-up là-bas.

Laura jeta un coup d'œil à Gavin, puis se précipita vers un véhicule gris clair à côté des tables de pique-nique en bois vides.

Une bâche recouvrait le contenu de la benne, la forme cylindrique et volumineuse.

Elle souleva la bâche et cligna des yeux.

Un alambic en cuivre sale était couché sur le côté, les tuyaux et les raccords encombrant le sol en dessous.

Elle se retourna vers Gavin et sourit.

— Je pense que le bureau des poids et mesures voudra avoir un mot avec monsieur Simpson après nous. Probablement le fisc aussi.

Len lui lança un regard noir.

— Je ne dirai rien tant que je n'aurai pas un avocat.

— Nous pouvons en trouver un pour vous au poste, dit Gavin en conduisant le patron vers leur voiture. En attendant, vous n'êtes pas obligé de dire quoi que ce soit...

CHAPITRE 46

— Donc Redding est amené ici parce qu'il dissimulait des informations sur sa relation avec Dale Thorngrove et un fusil détenu illégalement, et j'ai l'intention de parler aussi à sa femme.

Kay s'appuya contre le mur du couloir à l'extérieur des salles d'interrogatoire pendant qu'elle regardait le propriétaire du White Hart être conduit aux cellules par Hughes, puis elle passa son téléphone portable à son autre oreille.

— Et nous sommes sur le point de parler à Len Simpson.

— Que pensez-vous de celui-là ?

Sharp parla à quelqu'un en arrière-plan avant de reporter son attention sur elle.

— Désolé, qu'est-ce que tu as dit ?

— J'ai dit que je pense que Len doit être impliqué d'une manière ou d'une autre, répéta-t-elle. Tout d'abord, il n'a pas appelé le numéro d'urgence immédiatement ce soir-là parce qu'il était trop occupé à essayer de dissimuler une opération de distillerie illégale et deuxièmement, nous avons des preuves suggérant que les parties de fusil jetées trouvées à la déchetterie provenaient de la poubelle à l'extérieur du White Hart.

— Il n'a pas de condamnations antérieures, n'est-ce pas ?

— Rien dans son dossier. Remarque, ça ne veut pas dire qu'il est innocent, chef. Surtout après ce que Laura et Gavin l'ont surpris à essayer de cacher.

Sharp laissa échapper un rire sans joie.

— Quelles sont les prochaines étapes ?

— Barnes et moi allons l'interroger pour voir ce qu'il a à dire pour sa défense.

Elle leva les yeux alors que son collègue marchait vers elle avec une nouvelle pile de dossiers dans les mains et un air déterminé sur le visage.

— Peut-être que le fait d'être interrogé ici plutôt qu'au pub nous permettra d'obtenir quelques réponses de sa part. Il a été un peu trop confiant à mon goût jusqu'à présent.

— Tu penses qu'il fournissait des armes au marché noir ?

— Il saurait ce qu'il fait, ancien militaire et tout ça. Ce serait mieux payé que ce qu'il gagne avec ce taudis qu'il appelle un pub, c'est certain, même s'il vend illégalement de l'alcool et évite les taxes.

— C'est vrai. Très bien, merci pour la mise à jour. Je te laisse continuer.

Mettant fin à l'appel, Kay prit les documents de Barnes avec un sourire reconnaissant et commença à lire.

— Quels sont les points saillants là-dedans ?

— J'ai demandé à Laura de creuser un peu plus dans le

passé de Simpson pendant que nous attendions un avocat commis d'office. Elle a contacté la dernière brasserie qui employait Simpson comme locataire. Selon elle, le type à qui elle a parlé a dit qu'ils ne pouvaient pas attendre de se débarrasser de lui, il causait plus de problèmes qu'il n'en valait la peine, et apparemment quand il a quitté le dernier endroit où ils l'avaient, il fallait une rénovation complète. Ça a aussi pris plus d'un an pour restaurer la réputation de l'endroit.

Kay fronça les sourcils en parcourant les rapports.

— Comment diable a-t-il mis la main sur le White Hart alors ?

— Il l'a acheté à bas prix il y a quelques années quand le commerce s'est effondré.

Il sortit un autre document du dossier et le retourna pour elle.

— Voici une copie de la demande de licence originale qu'il a soumise. Il n'y avait rien de suspect dessus, et il avait l'argent, donc tout s'est bien passé. D'après ce que je peux comprendre, la société de pubs qui le possédait auparavant était désireuse de s'en débarrasser, donc ce n'est pas comme s'ils avaient examiné en détail les références.

Elle ferma le dossier et le lui rendit.

— Merci, Ian. Tu sais quoi, tu vas mener celui-ci. Étant donné la conversation précédente de Simpson avec nous, j'aimerais voir comment il gère un interrogatoire mené par un homme.

Quelques minutes plus tard, les lumières de l'équipement d'enregistrement clignotaient et Kay leva les yeux de son carnet pour voir Simpson la fixer, un rictus familier sur les lèvres tandis que Barnes lisait la mise en garde formelle.

Son menton trembla pendant qu'il confirmait son nom et l'adresse du White Hart, et une odeur écrasante de sueur et d'effluves de bière flottait à travers la table jusqu'à l'endroit où elle était assise.

Barnes se lança directement dans les questions après avoir établi les détails de l'avocat commis d'office, souffrant évidemment de la même surcharge sensorielle et voulant commencer l'entretien le plus rapidement possible.

— Pouvez-vous nous dire pourquoi des pièces d'une arme à feu illégale ont été trouvées dans une collecte de déchets provenant de vos locaux ?

— Aucune idée.

Len secoua la tête.

— Je n'ai jamais eu de permis d'armes à feu, encore moins une arme illégale. Je n'ai peut-être pas l'air de grand-chose pour vous, mais croyez-moi, être dans l'armée vous donne une toute nouvelle appréciation des armes à feu et des dégâts qu'elles peuvent causer.

— Et pourtant un homme a été abattu devant votre pub, avec un fusil correspondant aux pièces trouvées dans vos déchets de cuisine.

— Inspecteur, j'ai du mal à croire que vous ayez des preuves pour étayer une allégation aussi fallacieuse, dit l'avocat. À moins que la déchetterie ne puisse prouver catégoriquement que ce chargement provenait de la poubelle de monsieur Simpson, vous nous faites perdre notre temps.

Barnes garda son regard fixé sur Simpson.

— Vous êtes un ancien militaire. Renvoyé sans les

honneurs. Cela signifie pas de pension, n'est-ce pas ? Ça doit être tentant d'écrémer un peu les bénéfices de temps en temps, sans parler de distiller votre propre alcool illégal.

Kay observa le visage de Simpson prendre une teinte plus foncée.

— Nous avons trouvé l'alambic, Len. Et nous savons qu'il venait de la chambre d'ami du pub parce que nous avons une déclaration de témoin à cet effet, et nos officiers ont trouvé des bouteilles et des tuyaux restants lors d'une perquisition là-bas après votre arrestation. Dale Thorngrove l'a-t-il découvert ? Avez-vous organisé son meurtre ?

— Je ne sais pas qui lui a tiré dessus.

— Mais vous saviez que son tueur n'entrerait pas dans le pub, n'est-ce pas ? Sinon, pourquoi prendre le risque de prendre le temps de cacher l'alambic avant d'appeler le numéro d'urgence ?

— Je ne voulais pas que quelqu'un le trouve, dit Len. C'est la faute de cette foutue Lydia si vous l'avez trouvé de toute façon. C'est une vraie commère.

— Il me semble que vous avez vos priorités mal placées, monsieur Simpson, dit Kay. Thorngrove vous a-t-il contrarié ? Vous êtes-vous disputé avec lui comme on vous a vu vous disputer avec Lydia cet après-midi ?

— Depuis combien de temps avez-vous commencé à trafiquer des armes au marché noir ? demanda Barnes. D'où les obtenez-vous ? Ou est-ce que vous les volez—

— Inspecteur, je dois insister—

— Je ne fais pas dans les putains de flingues, et je ne

suis pas un foutu voleur, cracha Simpson, ignorant la main de son avocat posée sur son bras en guise d'avertissement.

Au contraire, son ventre pressait contre la table tandis qu'il se penchait vers Barnes, une lueur dangereuse dans les yeux.

— Je n'ai pas non plus tué ce type devant mon pub.

— Savez-vous qui l'a fait ?

— Non. Je vous l'ai déjà dit.

Barnes enfila ses lunettes de lecture et ouvrit l'un des dossiers pour en sortir une photographie.

— Reconnaissez-vous cet homme ?

Il la fit pivoter face à Simpson, l'image montrant une photo recadrée de Mark Redding copiée depuis son profil sur les réseaux sociaux.

Simpson se pencha en avant, mais ne toucha pas la photographie.

Il fronça les sourcils.

— Est-ce l'un des types qui étaient là mercredi dernier ?

— C'est à vous de me le dire, Len. Vous étiez là.

— Non. Je ne le connais pas.

— C'est drôle, parce qu'il dit être venu au White Hart la semaine d'avant. Lundi midi pour être précis.

Barnes retira ses lunettes et fixa le propriétaire du pub.

— Vu l'état de votre établissement, j'imagine que ce n'était pas bondé de clients ce jour-là. Vous le reconnaissez maintenant ?

Un sourire sournois se dessina sur le visage de Simpson, puis il se tourna et sourit à son avocat.

— Je ne travaille pas les lundis midi. C'est quand je

vais au supermarché pour acheter ce dont on a besoin pour la cuisine et tout ça.

— Qui s'occupait de l'endroit pendant que vous y étiez ?

— Le cuisinier, Tom. Un grand gaillard. Vous l'avez sûrement vu quand vous êtes venus samedi.

Il haussa les épaules.

— Comme vous l'avez dit, ce n'est pas bondé les lundis, donc c'est le seul moment où je peux sortir et faire des courses.

— Quel est son nom complet ? demanda Kay, puis elle nota la réponse de Len et se précipita vers la porte, tendant le bout de papier à Hughes, qui attendait dehors.

Il le prit avec un léger hochement de tête, et elle retourna s'asseoir, satisfaite que Tom recevrait un appel de sa part dans les secondes suivantes.

Après cinq minutes supplémentaires d'interrogatoire, Barnes avait épuisé leur stratégie et renvoya Simpson en lui rappelant qu'il restait une personne d'intérêt dans l'enquête.

Alors que le propriétaire du pub quittait la pièce suivi de son avocat, l'inspecteur se tourna vers Kay avec un soupir exaspéré.

— Ce n'est pas lui, n'est-ce pas ? dit-il alors que Hughes passait la tête par la porte.

— Et ce n'est pas le cuisinier non plus, chef, répondit l'agent en uniforme. Ce Tom dit qu'il ne se souvient pas non plus de Redding après que je lui ai envoyé la photo par texto. Je sais que Simpson a dit que l'endroit est généralement calme le lundi, mais Tom a affirmé qu'un groupe de randonneurs est entré et qu'il était débordé à servir de la nourriture tout en gérant le bar.

Il pointa son pouce par-dessus son épaule.

— L'avocat de Redding vient d'arriver aussi, chef.

Kay ferma son carnet, s'assura que l'équipement d'enregistrement était éteint, et repoussa sa chaise.

— Alors qui a jeté les pièces du fusil dans la poubelle de Simpson ? dit-elle. Je veux dire, d'accord, cette poubelle aurait été ramassée avec quelques autres ce jour-là, mais celles-ci n'étaient pas du tout près du lieu de l'attaque.

— Je me demande *pourquoi*.

Barnes rassembla les photographies et les remit dans le dossier en se levant.

— Simpson n'est pas un personnage agréable, mais s'il n'a pas tiré sur Thorngrove, qui l'a fait, et pourquoi ont-ils essayé de le piéger pour se débarrasser de l'arme du crime ?

— Dieu seul le sait, Ian. Viens, allons voir ce que Mark Redding a à dire.

CHAPITRE 47

Kyle Walker se tenait devant la salle d'interrogatoire lorsque Kay et Barnes arrivèrent en bas, le jeune agent fixant la porte du regard avant de tourner son attention vers eux.

— Tout va bien ? demanda Kay à voix basse.

Il fronça les sourcils et désigna d'un mouvement du menton le panneau « Occupé » affiché sur la plaque argentée aux trois quarts de la porte.

— Redding était en train de partir de chez lui en voiture quand nous l'avons trouvé, répondit-il. Nous l'avons arrêté dans la ruelle juste après son allée et nous avons trouvé une valise à l'arrière. Il prétend qu'il partait pour un voyage d'affaires de dernière minute aux Pays-Bas.

— Vraiment ?

— Cependant, il n'a pas pu nous dire quel vol il prenait, ni quel ferry il avait réservé.

Une lueur espiègle brilla dans les yeux de Kyle, sa bouche esquissant un sourire.

— Et il était plutôt énervé quand je lui ai confisqué son passeport.

— Où est-il maintenant ?

— Là-dedans.

Barnes désigna l'un des dossiers dans sa main et attendit que Kay en feuillette le maigre contenu.

— Sa femme était-elle au courant du voyage ? demanda Kay.

— Elle n'était pas là quand nous sommes arrivés. Nous avons essayé de frapper à la porte au cas où il mentait, mais personne n'a répondu. Elle était sortie faire des courses, selon lui.

Kyle consulta sa montre.

— On l'a probablement ratée d'une demi-heure, mais j'ai pensé qu'il valait mieux le ramener directement, vu vos instructions.

— Est-ce qu'il a dit qui il devait rencontrer aux Pays-Bas ?

— Seulement que c'était une affaire privée. J'ai pensé que vous préfériez attendre de l'avoir ici pour le pousser.

— Merci.

Kay ferma le dossier.

— Tu as réussi à localiser la femme de Redding ?

— Pas de réponse, chef, ça bascule directement sur la messagerie.

— D'accord. Continue d'essayer. Donne-toi encore quinze minutes. Si ça ne marche pas, prends Phillip avec toi et allez voir où diable elle se trouve.

— Compris, chef.

Kyle partit en courant, puis Barnes ouvrit la porte de la salle d'interrogatoire numéro trois pour elle.

Elle fronça les sourcils en apercevant l'avocat de Redding, l'homme s'éloignant de son client avec un hochement de tête confiant.

Andrew Gillow s'éclaircit la gorge en déboutonnant sa veste.

— J'espère que vous avez une bonne raison pour avoir ramené mon client ici.

Elle l'ignora et s'installa dans sa chaise, puis attendit que Barnes ait mis en marche l'équipement d'enregistrement et lu la mise en garde formelle.

— Dites-moi pourquoi vous possédez une arme à feu illégale, monsieur Redding, commença-t-elle.

— Je... tenta-t-il, puis il pinça les lèvres. Je ne suis pas sûr de comprendre ce que vous voulez dire.

— Très bien, si c'est comme ça que ça va se passer.

Elle sortit du dossier préparé par Barnes la déclaration photocopiée à la hâte donnée par Royce Maxton, et la fit glisser sur la table.

— Selon monsieur Maxton, la dernière fois qu'il a organisé une partie de chasse sur sa propriété, vous êtes arrivé avec votre propre fusil au lieu d'en emprunter un comme vous le faisiez d'habitude.

Redding pâlit.

— C'était un événement privé. Il m'avait assuré qu'il ne—

— Les gens peuvent changer d'avis sur le fait de garder des secrets une fois qu'ils réalisent que quelqu'un a été assassiné, dit Barnes. Donc nous vous suggérons de commencer à nous révéler quelques-uns des vôtres.

— Je ne l'ai utilisé que ce jour-là, dit Redding en regardant désespérément d'abord Barnes puis Kay.

— Pourquoi ? demanda-t-elle.

— Parce que j'avais amené un invité avec moi. Je ne savais pas si Royce avait un autre fusil à prêter.

— Très prévenant de votre part.

Kay observa l'homme en face d'elle alors qu'il baissait les yeux, l'attitude indignée qu'il avait affichée lors de son précédent interrogatoire disparaissant rapidement.

— Pourquoi avez-vous tué Dale Thorngrove ?

Redding releva brusquement la tête.

— Je ne l'ai pas tué !

— Pourquoi avez-vous emmené Thorngrove à cette partie de chasse privée ?

— Parce qu'on a discuté pendant qu'il changeait les pneus de ma voiture il y a quelque temps. Il voulait essayer, mais ne pouvait pas parce qu'il ne connaissait personne qui pouvait le laisser essayer.

Redding renifla.

— Sa stupide garce d'ex-femme s'est assurée qu'il n'obtiendrait jamais de permis non plus. Elle a menti effrontément en disant qu'il la battait.

— Alors vous avez eu pitié de lui ?

— Oui.

Il haussa les épaules.

— Il semblait être un type correct.

— Où avez-vous obtenu le fusil illégal ? demanda Barnes.

— Je ne peux pas le dire.

Redding secoua la tête.

— Monsieur Redding... Mark. Pourquoi avez-vous obtenu un fusil illégal pour l'emmener à cette partie de chasse ? insista Kay.

— Je... Je suppose que je voulais frimer. Lui montrer que j'avais des relations.

Les épaules de Redding s'affaissèrent.

— L'ego, je suppose. J'ai réalisé mon erreur dès que j'ai ouvert ma fichue bouche pour l'inviter. J'utilisais habituellement le fusil de rechange de Royce quand j'allais chez lui, et je savais qu'il n'en avait pas d'autre. J'aurais eu l'air sacrément stupide si j'avais amené un invité à une partie de chasse où il n'y avait pas de fusil pour lui, n'est-ce pas ?

Kay attendit un moment pendant que Redding se mordillait la lèvre, son visage exprimant la misère.

— Mark, Thorngrove savait-il que le fusil que vous utilisiez avait été obtenu illégalement ?

— Il a fini par le savoir, oui. Pas le jour de la partie de chasse, cependant.

Il leva les yeux.

— Royce non plus, alors ne le blâmez pas. Je lui ai dit que je l'avais emprunté pour la journée.

Kay écrivit l'information sur une page vierge de son carnet, sans répondre.

En tant que détenteur d'un permis d'armes à feu, Royce était toujours dans l'obligation de s'assurer que tous ses invités étaient en conformité avec la loi, quelles que soient leurs circonstances. Il aurait dû dénoncer Redding il y a des semaines.

— Parlez-moi de mercredi soir dernier, dit-elle finalement. Pourquoi le White Hart ?

Redding tenait sa tête dans ses mains et fixait la table.

— J'ai paniqué.

— Continuez.

— Dale a apprécié la journée, il n'arrêtait pas de m'appeler, pour me demander quand nous pourrions y retourner, qui d'autre je connaissais qui avait des terres où il pourrait tirer sans permis.

Il agita la main devant son visage, ses yeux rougissant.

— Il n'arrêtait pas d'en parler, et j'avais peur que quelqu'un découvre l'existence du fusil.

— Le fusil illégal.

— Oui.

— Que s'est-il passé ?

— J'ai été stupide, voilà ce qui s'est passé. Après la partie de chasse ce jour-là, j'ai peut-être bu une plus grande gorgée de brandy que je ne le pensais...

Kay griffonna une autre note.

— Conduite en état d'ivresse et possession d'une arme à feu illégale, monsieur Redding. Quelle belle journée vous avez passée.

Redding soupira.

— J'ai dû laisser échapper que je connaissais quelqu'un qui faisait du trafic d'armes au marché noir.

— Les langues se délient... murmura Barnes.

— Il m'a menacé, détective. Il m'a téléphoné il y a trois semaines et m'a dit que si je ne lui révélais pas où je me l'étais procurée, il préviendrait vos collègues. Bien sûr, j'ai refusé. Je ne pouvais pas risquer qu'il le dise à quelqu'un d'autre s'il l'apprenait. Je veux dire, on ne sait jamais entre les mains de qui une arme comme celle-là pourrait tomber, n'est-ce pas ?

— Que s'est-il passé ? demanda Kay.

— Il n'a pas arrêté de me harceler, et j'ai fini par ignorer ses appels. C'est là que les choses ont mal tourné, marmonna-t-il. Il a commencé à me faire chanter. De l'argent, pas seulement la menace de prévenir la police.

— Combien ?

— Cinq mille. Le salaud a adressé la lettre à ma femme et moi. J'ai eu de la chance qu'elle soit sortie ce matin-là quand le courrier est arrivé.

— Vous avez payé ?

— La première fois, oui. Et puis il en a demandé plus.

— Combien de temps cela a-t-il duré ?

— J'ai reçu une autre demande lundi dernier. Alors je l'ai appelé et je lui ai dit que je devais le voir. Je lui ai proposé qu'on se retrouve au White Hart. Personne ne nous connaissait là-bas.

— Parlez-nous de ça, dit Barnes en tirant doucement le dossier de sous le bras de Kay pour l'ouvrir. Lors de notre premier entretien, vous avez dit que la seule fois où vous étiez allé au White Hart, c'était à l'heure du déjeuner et que vous n'y étiez pas mercredi dernier. Vous avez menti, monsieur Redding. Vous y *étiez*.

Andrew Gillow regarda son client, puis se tourna vers le détective plus âgé.

— À moins que vous n'ayez des preuves pour—

En réponse, Barnes sortit une photo agrandie d'un 4x4 cabossé, avec un arrière-plan était clairement l'allée des Redding.

— Vous saviez que votre voiture de sport serait trop facilement reconnaissable, alors vous avez conduit le véhicule de votre femme jusqu'au pub, n'est-ce pas ? Nous allons lui parler aussi, monsieur Redding. Mentir sous caution ne sera pas bien vu, ni pour l'un ni pour l'autre.

Kay retint son souffle, se reprochant de ne pas avoir pris le temps de lire correctement les notes d'information dans sa hâte de commencer l'entretien, puis elle fit un signe de tête approbateur à son collègue.

— Trish ne vous a pas menti, dit Redding. Elle m'a apporté le dîner à neuf heures comme je vous l'ai dit. Elle savait que j'avais une réunion tardive prévue. Elle ne savait pas que je l'avais annulée à la dernière minute. J'ai... j'ai réussi à la reporter à cette semaine. Elle a dit qu'elle allait regarder un film à l'étage et peut-être lire son livre jusqu'à ce que je vienne me coucher. Benji est monté avec elle, alors j'ai pensé qu'avec le bruit de la télé, il n'aboierait pas quand je sortirais.

Il prit une profonde inspiration avant de continuer.

— Je devais parler à Dale. J'étais désespéré. J'ai quitté la maison par les portes-fenêtres de mon bureau et... Mon Dieu, j'ai failli prendre la voiture de sport. Puis j'ai vu le 4x4 de Patricia, et je me suis dit pourquoi pas ? Il était de couleur sombre, il y en a plein par ici... il ne serait pas reconnu.

— Que s'est-il passé quand vous êtes arrivé au White Hart ? demanda Barnes.

Redding s'essuya les yeux avec la manche de sa veste.

— Je voulais le rencontrer dans un endroit public au cas où il deviendrait déraisonnable. Je sais que les gens diront que Dale était la personne la plus décontractée qu'ils connaissaient, mais croyez-moi, il avait un tempérament. Il était juste doué pour le cacher. C'était évident une fois que nous sommes ressortis ce soir-là.

— Que s'est-il passé ? dit Kay.

— Je lui avais dit que je le mettrais en contact avec le vendeur. Je lui avais dit que nous serions au Hart. Dale est devenu de plus en plus agité à mesure que nous attendions que le contact soit établi, et j'ai su alors que j'avais fait une erreur. Ce n'était pas le genre de personne à qui on devrait donner une arme, quelle qu'elle soit. Je lui ai dit en partant que l'affaire était annulée et que j'allais téléphoner au vendeur pour le lui dire. Je savais que c'était un risque, mais je pensais pouvoir bluffer Dale. À ce moment-là, je ne croyais plus qu'il me dénoncerait un jour à la police au cas où cela se retournerait contre lui. Je pourrais le faire chanter pour chantage après tout, n'est-ce pas ?

Kay retint son souffle, dans l'attente.

— Nous sommes sortis, le dernier service avait été annoncé à ce moment-là, et je voulais juste éloigner Dale suffisamment de la porte pour qu'on ne nous entende pas. Il a commencé à dire qu'il découvrirait le nom du vendeur et qu'il lui dirait que j'avais tout raconté à la police sur son trafic au marché noir, et que j'étais un homme mort. Nous sommes arrivés à ma voiture... j'ai vu le fusil sur la banquette arrière.

— Vous l'avez mis dans la voiture de votre femme avant de conduire jusqu'au pub ? demanda Kay.

Elle se tourna vers Barnes, qui arborait une expression tout aussi choquée.

— Mais à quoi est-ce que vous pensiez ?

— Je ne pensais pas. Je... je ne sais pas. J'ai paniqué, je suppose.

— Vous aviez prévu de tuer Thorngrove.

— Non, je le jure.

Redding écarta les mains.

— J'ai essayé de raisonner avec lui, inspectrice Hunter, vraiment. Mais il ne voulait pas écouter.

— Alors vous lui avez tiré dessus.

— Non !

Des postillons jaillirent des lèvres de Redding, aspergeant la table, et Kay se pencha en arrière avec dégoût.

— Je ne l'ai même pas pris. J'ai fermé la portière et j'allais lui dire que je prendrais mes chances avec vous quand... quand... Oh, mon Dieu. Une minute nous étions seuls, et la suivante il est apparu de nulle part avec un fusil. Il devait être caché dans l'ombre, à nous attendre.

— Qui ?

Redding secoua misérablement la tête en guise de réponse.

— Mark, si vous n'avez pas tiré sur Dale Thorngrove, alors qui l'a fait ?

Il expira, son visage devenant gris.

— C'est un psychopathe. Il me tuera si je vous le dis.

Le regard de Kay passa de Redding à son avocat.

— Monsieur Gillow, pour l'instant, votre client est notre seul suspect et son alibi est, au mieux, fragile. Je ne demanderai pas au ministère public une accusation d'homicide involontaire. C'était une exécution. Nous demanderons au ministère public de requérir la peine maximale lorsque cette affaire sera jugée.

— Monsieur Redding, si vous permettez ?

L'avocat se pencha et murmura à l'oreille de son client.

Kay observa le visage de Redding passer du gris au

pourpre pendant qu'il écoutait, et quand Gillow eut fini, elle put voir les mains de l'homme trembler.

Elle n'éprouvait aucune pitié pour lui.

— Eh bien ? Qu'allez-vous faire ?

— Je... Je vais vous le dire. Mais pas avant que vous ne puissiez garantir ma sécurité. Comme je vous l'ai dit, s'il découvre que je vous ai parlé, il me tuera aussi...

CHAPITRE 48

Gavin fixait à travers le pare-brise l'ancienne écurie reconvertie et il essayait de lire les petits panneaux à côté de chaque porte.

On accédait aux bâtiments en forme de U par une allée étroite qui serpentait derrière une ferme, dont l'entrée portait le nom du centre artisanal et une liste des entreprises qui prospéraient maintenant là où l'on gardait autrefois des chevaux.

Il fit avancer la voiture doucement, certain que celle qu'il cherchait était le plus grand local au bout, et il trouva une place de parking entre un pick-up cabossé et une voiture de ville qui semblait avoir connu des jours meilleurs.

Quelques personnes flânaient dans les environs, un petit café plus proche de la ferme faisant de bonnes affaires en boissons chaudes et pâtisseries, et il grogna intérieurement quand son estomac gargouilla.

Vérifiant une dernière fois les détails sur son téléphone, il se dirigea vers le bâtiment et jeta un coup d'œil aux auges en pierre de récupération remplies de lavande et de fleurs vives placées devant la porte ouverte.

Divers objets ornaient un présentoir en bois, certains avec des étiquettes de prix qui reflétaient la réputation de l'artisan en tant que menuisier, et l'odeur rassurante de sciure fraîche rappela à Gavin ses cours de travail du bois à l'école.

Le bruit du papier de verre en train de frotter contre le bois s'échappait par la porte ouverte, et il cligna des yeux pour s'adapter à la pénombre avant de frapper sur le panneau de verre au-dessus de la poignée.

— Bonjour ? Monsieur Chilton ?

En entrant, il entendit le ponçage s'arrêter, puis une silhouette apparut du fond de l'atelier dans un nuage de particules de sciure.

— C'est moi.

L'homme s'approcha et posa un bloc de papier de verre sur un meuble derrière le comptoir avant de se tourner vers lui, ses yeux bleus interrogateurs.

— Je peux vous aider ?

En réponse, Gavin montra sa carte de police.

— Enquêteur Piper, police du Kent. J'essaie de vous joindre.

La curiosité se transforma en peur, et Chilton se précipita autour du comptoir avant de fermer la porte. Il lança un regard noir à Gavin.

— Qu'est-ce que vous croyez faire, bon sang ?

— J'essaie de faire avancer une enquête pour meurtre. Vous n'avez répondu à aucun de mes messages vocaux.

— Je ne peux pas vous parler.

Chilton retourna vers le meuble, puis reprit le papier de

verre, le tournant entre ses mains en reculant vers le fond de l'atelier.

— Je n'ai que quelques questions.

Gavin fit un signe de tête vers un tour et d'autres machines qui attendaient silencieusement que l'artisan reprenne son travail.

— Depuis combien de temps êtes-vous menuisier ?

— Depuis que j'ai quitté l'école.

— Je crois comprendre que vous avez travaillé dans l'industrie du cinéma pendant un moment.

Chilton traîna des pieds, traçant un chemin dans la sciure qui saupoudrait le sol en béton.

— C'était il y a longtemps.

— Que faisiez-vous ?

— J'étais décorateur. Puis j'ai créé une société de production indépendante avec un ami.

Gavin regarda autour de lui les divers objets accrochés aux murs – planches à fromage, enseignes de maison, blocs à couteaux.

— Pourquoi avez-vous arrêté ?

— Je préfère ne pas en parler.

Chilton se détourna et s'affaira sur ce que Gavin reconnut comme un berceau, ponçant doucement la surface.

Le travail était incroyable, avec des sculptures complexes détaillant l'extérieur des barreaux et des silhouettes d'animaux sur les planches.

— Quand avez-vous commencé cette entreprise ?

— Il y a environ deux mois.

— On dirait que ça marche bien.

Un haussement d'épaules.

— Ça va. Ça me tient à l'écart des ennuis.

— Quel genre d'ennuis ?

En réponse, Chilton se retourna et jeta le bloc de papier de verre sur un établi, puis croisa les bras sur sa poitrine.

— Je vous l'ai dit. Je ne suis pas prêt à en parler.

— Laissez-moi mettre les choses en perspective pour vous, dit Gavin en passant ses doigts sur la surface lisse du cadre en bois. Nous avons déjà interrogé Porter MacFarlane et son fils concernant un meurtre au nord de Bearsted la semaine dernière...

— Je l'ai vu aux informations.

— Ce que vous n'aurez pas vu, c'est que deux fusils ont été volés chez les MacFarlane quelque temps après la fin juin. Nous pensons que l'un de ces fusils a été utilisé lors de l'attaque. Parmi toutes les sociétés de production que nous avons interrogées et qui avaient accès à leur stock, vous êtes le seul qui reste. Et vous avez évité nos appels. Pourquoi ?

Il le vit alors – le léger tremblement des mains de Chilton, les lèvres tremblantes tandis qu'il levait les yeux au plafond comme s'il cherchait une guidance divine.

— Monsieur Chilton ?

— Vous ne pouvez pas lui dire que vous m'avez parlé, finit par dire l'artisan. Il me tuera s'il l'apprend.

Gavin fit un pas en avant, le cœur battant.

— Qui ? Porter MacFarlane ?

— Non.

Chilton aboya.

— Son fils. Roman.

CHAPITRE 49

— Comment se fait-il que le menuisier se soit fâché avec Roman MacFarlane alors ?

Barnes s'accrochait à la poignée au-dessus de la fenêtre du passager, les fesses serrées tandis que Kay prenait un virage serré sans lever le pied de l'accélérateur.

— Gavin dit que Chilton a été engagé par l'une des sociétés de streaming pour réaliser une série documentaire sur les crimes réels, et ils avaient besoin de louer des répliques d'armes pour quelques scènes dans l'un des épisodes. Ils avaient un budget serré et ne voulaient pas en louer de vraies.

Kay ralentit à l'approche d'un carrefour, puis repartit de plus belle, évitant de justesse un faisan.

— Pendant qu'il était dans la remise avec Roman, il a remarqué que l'un des pistolets qu'il avait pris sur l'établi n'avait pas de marques de contrôle valides...

— Donc il a été importé au Royaume-Uni, puis vendu illégalement.

— Exactement. Et Roman s'est rendu compte qu'il

l'avait compris. Chilton n'a pas insisté, il a dit que Roman avait un drôle de regard, comme s'il le mettait au défi de dire quelque chose. Il s'est inquiété, d'autant plus qu'il était seul ce jour-là, alors il a simplement pris les armes qu'il avait louées pour la production et il est parti aussi vite que possible. Il a demandé à l'un de ses assistants de rapporter les armes le lendemain et lui a dit de ne pas s'attarder, il dit qu'il avait trop peur pour y retourner lui-même.

Barnes fronça les sourcils.

— Qu'est-ce qui l'a effrayé ?

Les lèvres de Kay se pincèrent.

— Le fait que Roman l'ait appelé à une heure du matin en le menaçant de ce qu'il ferait s'il en parlait à quelqu'un. Chilton a fermé la société de production dès qu'ils ont terminé le documentaire.

— Merde.

Il attendit que la voiture passe sur la grille à bétail à la fin de l'allée des MacFarlane, ses pensées s'entrechoquant.

— Tu penses que Porter est aussi impliqué dans cette histoire ?

— Je ne sais pas, Ian. Ils vivent au milieu de nulle part et aucun d'eux n'a jamais été signalé pour un délit ou quoi que ce soit d'autre qui aurait pu inquiéter l'équipe de Daniel. Mais qui sait ce que ces deux-là ont manigancé ?

Il relâcha sa prise sur la poignée tandis qu'elle ralentissait pour s'arrêter devant la maison, puis il leva la main.

— Attends ici. Je vais d'abord voir si quelqu'un est là.

Il ferma la portière de la voiture pour faire taire ses

protestations, et il traversa le gravier à grandes enjambées, son regard parcourant les fenêtres qui donnaient sur l'allée.

Personne ne regardait dehors, et pas un seul rideau ne bougeait.

La gorge sèche, il se força à détendre ses épaules et gravit les marches jusqu'à la porte d'un bond au cas où l'un des MacFarlane les observerait de loin, ne voulant pas les alerter sur la raison de sa présence.

Juste une visite de routine, pensa-t-il avec un sourire sinistre.

Il sonna et fit un pas en arrière.

Pas de réponse.

Il appuya à nouveau sur la sonnette, les carillons résonnant jusqu'à l'endroit où il se tenait.

Il se retourna et secoua la tête avant de revenir rapidement à la voiture tandis que Kay baissait sa vitre.

— Il n'y a personne.

Elle sortit et pointa un chemin qui longeait le côté de la propriété.

— Allons voir si la porte de derrière est ouverte. Si Porter est dans le jardin ou ailleurs...

— Attends.

Barnes alla à l'arrière de la voiture, ouvrit le coffre et en sortit deux matraques télescopiques avant d'en tendre une à Kay.

— Merci, dit-elle, le visage grave.

Aucun d'eux n'exprima la crainte que les matraques seraient inutiles face à une arme à feu, mais lorsque Barnes déplia la sienne, il se sentit légèrement mieux d'être armé de quelque chose.

Il s'arrêta en entendant des sirènes au loin.

— Il y a deux patrouilles en route, dit Kay. J'ai demandé des renforts pour nous rejoindre ici avant qu'on ne quitte Maidstone.

— Mais tu ne veux pas attendre.

Elle expira, et il vit la tension qu'elle subissait.

— On pourrait juste jeter un coup d'œil, hasarda-t-il. Ils seront là d'une minute à l'autre.

— Allez, viens alors.

Il se faufila le long de la maison, essayant de poser ses pieds aussi lentement que possible pour éviter que le bruit du gravier ne prévienne Porter ou Roman, puis il leva la main et jeta un coup d'œil au coin.

— La porte de derrière est ouverte, chuchota-t-il par-dessus son épaule.

— Quelqu'un dans le jardin ?

Il regarda l'étendue de pelouse ondulante qui s'éloignait d'une jolie terrasse, et plissa les yeux en essayant de repérer des silhouettes sombres cachées parmi les arbres au fond du jardin qui formaient une frontière entre la maison et les dépendances, puis il secoua la tête.

— La voie est libre.

— Doucement, alors.

Il regarda par-dessus son épaule alors que la première voiture de patrouille freinait à côté de la leur, puis il s'accroupit et se faufila le long de l'arrière de la maison.

Passant sous une fenêtre qui donnait sur le jardin, il s'arrêta et leva suffisamment la tête pour pouvoir voir par-dessus le rebord.

Une salle à manger vide se trouvait derrière les vitres, avec une grande table allongée au milieu dressée pour douze, mais il n'y avait personne.

Personne ne le visait avec une arme.

Il se baissa et se précipita vers la porte ouverte, puis s'arrêta et jeta un coup d'œil autour du cadre.

— Vide, murmura-t-il. C'est la cuisine.

— Peut-être qu'ils sont sortis, dit Kay.

— Huhmmph.

— C'était quoi ça ?

Kay attrapa la manche de sa veste.

— Tu as entendu ça ?

— Reste ici.

Après avoir pris quelques inspirations profondes pour essayer de calmer les battements frénétiques de son cœur, Barnes entra dans la cuisine, la matraque levée.

— Aidez-moi... dit une voix faible.

Elle venait d'une porte ouverte sur le côté de la cuisine principale, et en s'approchant, il vit des étagères chargées de sacs de farine, de pommes de terre et de sucre tandis que des bouquets d'herbes fraîches se dressaient dans des bocaux sur un comptoir en dessous.

Il entendit des voix dehors et réalisa que la patrouille en uniforme avait rejoint Kay.

Puis il vit deux pieds dépasser de derrière une machine à laver et un sèche-linge à côté d'une autre porte extérieure.

Laissant tomber la matraque sur le comptoir, il se précipita en avant.

Porter MacFarlane gisait étalé sur les dalles, le front ensanglanté et les yeux fermés.

— Kay ? Par ici ! cria Barnes par-dessus son épaule en s'agenouillant au sol.

Des pas précipités suivirent ses paroles, puis :

— Tu es où ?

— Ici, dans la réserve.

Il tendit la main et tapota doucement la joue de l'homme.

— Porter ? C'est Ian Barnes, de la police du Kent. Vous m'entendez ?

MacFarlane ouvrit les yeux avec difficulté.

— Il m'a frappé. Mon propre fils...

— Où est Roman, Porter ? Où est votre fils ?

L'homme marmonna dans sa barbe alors que ses yeux se refermaient.

— Il s'est pris un coup à la tête, chef.

Barnes se redressa et fit signe au jeune agent qui regardait par-dessus l'épaule de Kay, son talkie-walkie déjà aux lèvres.

— Appelez une ambulance.

Kay s'agenouilla à côté de lui et se pencha vers MacFarlane.

— Porter, restez avec moi. Nous pensons que Roman pourrait blesser quelqu'un. Où est-il allé ?

— Il a dit... Il a dit qu'il devait aller chercher l'autre fusil. Il a dit qu'il allait faire payer Redding...

MacFarlane fronça les sourcils, puis passa sa langue sur ses lèvres.

— Je ne sais pas qui est Redding. Je ne savais pas qu'il nous devait de l'argent.

— Ce n'est pas ce genre de paiement qui m'inquiète, marmonna Kay, puis elle fit signe à l'un des agents en uniforme qui attendaient à la porte. Restez avec lui.

Barnes la suivit hors de la cuisine et le long du couloir,

ouvrant la porte d'entrée pour préparer l'arrivée de l'équipe d'ambulanciers.

— Roman sera armé, chef. Nous avons besoin que l'équipe de Disher nous rejoigne là-bas, sinon quelqu'un pourrait être blessé.

— Bon sang.

Kay trébucha sur le seuil, son visage devenant pâle.

— J'ai dit à Kyle d'aller chez Redding et de récupérer Patricia s'il n'arrivait pas à la joindre au téléphone.

Il sortit son téléphone et composa le numéro de portable de l'agent.

— Merde, il ne répond pas, dit-il entre ses dents serrées. Qui est avec lui ?

— Phillip.

Il secoua la tête.

— Pas de réponse de son téléphone non plus.

Apercevant un autre agent sur le chemin à côté de la maison qui faisait les cent pas en écoutant sa radio, il éleva la voix.

— Dites au contrôle que nous allons avoir besoin d'une équipe tactique pour nous rejoindre chez Mark Redding. Je veux que vous et une autre voiture nous suiviez là-bas, compris ? Dites-leur que c'est urgent, il y a deux agents sur place et ils doivent établir un contact radio avec eux. Ils sont peut-être en danger.

Le jeune agent se figea, trop stupéfait pour bouger pendant une fraction de seconde, puis il partit en sprint vers son véhicule, relayant les instructions de Barnes tout en courant.

— Allons-y.

Kay se tourna vers leur voiture.

— Attends, nous devons contrôler le hangar pour voir s'il manque autre chose, dit Barnes. Au moins, nous pourrons donner à Disher une longueur d'avance sur les informations concernant ce que lui et son équipe pourraient affronter.

— Monte. Je conduis.

CHAPITRE 50

— Bon sang. Il doit gagner une fortune.

Kyle sortit de la voiture de patrouille, et étira ses longues jambes engourdies tout en levant les yeux vers la maison de Mark Redding, puis il fixa du regard la voiture de sport garée sur le côté de l'allée en pente, élégamment positionnée pour que sa carrosserie étincelante puisse être admirée de tous.

Un 4x4 cabossé avait été garé à côté, en contraste frappant avec la voiture de Redding. Ses flancs étaient couverts de boue séchée qui s'accrochait à la peinture, et diverses éraflures étaient visibles sur le pare-chocs et l'aile avant.

— Ça doit être celle qu'il a conduite jusqu'au pub, alors, dit Phillip. Des nouvelles de Hunter concernant la visite chez les MacFarlane ?

— Il n'y a pas de signal téléphonique ici.

Kyle jeta le téléphone portable dans le vide-poche, dégoûté.

— Comment diable peut-il gérer une entreprise sans signal téléphonique ?

Phillip pointa du doigt une boîte en plastique qui dépassait du côté de la propriété, à côté d'une porte-fenêtre.

— Hunter a dit qu'il dépendait de la ligne fixe.

— On dirait que le XXIe siècle n'est pas encore arrivé ici, marmonna Kyle en glissant sa radio dans son gilet et en claquant la portière de la voiture. Bon, allons voir où est madame Redding.

— C'est son 4x4, n'est-ce pas ?

— Alors pourquoi n'a-t-elle pas répondu au téléphone ? Elle aurait au moins pu me rappeler quand elle est revenue des courses.

Il inclina le menton vers les rideaux tirés des fenêtres du rez-de-chaussée, d'où s'échappaient des filets de lumière.

— Elle est à l'intérieur.

— Ou elle est sortie promener le chien.

Kyle souffla, maudissant la faible lumière qui enveloppait maintenant la maison et les arbres environnants, plongeant la sortie de l'allée dans l'ombre.

Son estomac se nouait, mais il ne pouvait pas raisonner avec le malaise qui lui parcourait les épaules.

Sa main se dirigea vers la radio accrochée à son gilet et il en tapota le dessus avec son index, se demandant s'il devait appeler le central, ou—

Un aboiement furieux explosa de l'intérieur de la maison.

Il se précipita vers la porte d'entrée en traversant

l'allée, et ralentit alors que son cerveau luttait pour comprendre ce qu'il voyait.

Phillip s'éloigna lourdement de la voiture et le suivit, puis prononça les mots qui faisaient lentement leur chemin du cerveau de Kyle à ses lèvres tandis qu'il fixait le cadre en bois fendu et la chaîne de sécurité qui y pendait.

— Merde.

Une trace de boue était visible au bas de la porte.

Les deux agents se regardèrent un instant, puis automatiquement, ils attrapèrent leurs matraques télescopiques dans leurs gilets.

— Spray au poivre ? chuchota Phillip.

— Ok, mais pour l'amour du ciel, ne touche pas le chien avec. On n'entendra jamais la fin des reproches de Hunter.

Son collègue acquiesça d'un signe de tête, et Kyle poussa doucement la porte.

Il expira quand elle s'ouvrit sans grincer et il se glissa lentement dans le couloir, le son des aboiements émanant d'une porte fermée à sa gauche.

Des griffures frénétiques s'acharnaient dessus, puis les aboiements cessèrent et le chien gémit en reniflant le long de la fente en dessous.

Kyle tendit la main vers la poignée.

— Laisse, dit Phillip à voix basse. Nous devons d'abord fouiller le reste de la maison.

Il hocha la tête, laissant l'agent plus expérimenté prendre les devants.

Ils se faufilèrent vers ce que le père de Kyle appellerait une cuisine bien équipée, un ensemble de spots au plafond illuminant le plan de travail central.

Une planche à découper était couverte de rondelles de carottes et de fleurettes de brocoli, et Kyle pouvait sentir l'odeur d'oignons brûlés qui émanait de la grande cuisinière adossée au mur du fond.

Il s'en approcha, constata que la nourriture était déjà gâchée et brûlée, et coupa le gaz avant de jeter un coup d'œil à son collègue.

— On va où maintenant ?

Le bruit d'un objet lourd tombant sur le sol résonna à travers le mur, et en tendant l'oreille, il crut entendre une voix étouffée.

Phillip fit un signe de tête vers la porte.

— Viens.

Le chien continuait à gratter ce que Kyle supposait être la porte du salon, et en passant devant le bas de l'escalier, il remarqua qu'elle n'avait pas été complètement fermée.

Chaque fois que l'animal grattait le cadre, la porte s'entrouvrait légèrement avant de se refermer.

— Hé.

Il reporta son attention sur Phillip, qui attendait à côté d'une autre porte fermée, et il se dépêcha de le rejoindre.

— Je crois que le bureau de Redding est par là, chuchota-t-il.

— C'est juste à côté de la cuisine. C'est de là que venait le bruit.

L'autre agent repartit, sa matraque levée.

Après un rapide coup d'œil par-dessus son épaule pour s'assurer qu'ils n'allaient pas être pris en embuscade par derrière, Kyle le suivit, le cœur battant.

Au-delà d'une antichambre, la porte du bureau de Redding était ouverte, une douce lueur s'échappant par l'entrebâillement pour éclairer la silhouette trapue de Phillip qui avançait à pas feutrés.

— Madame Redding ? C'est la police. Tout va bien ? appela-t-il.

Kyle entendit un gémissement étouffé, puis son collègue jeta un coup d'œil par-dessus son épaule et hocha la tête une fois avant de faire irruption dans la pièce.

Il se précipita à sa suite avant même d'avoir eu le temps de réfléchir.

Quelque chose de dur et métallique frappa le bras de Phillip, le cri de douleur de l'homme couvrant le craquement de l'os alors qu'il s'effondrait au sol, sa matraque rebondissant sur l'épaisse moquette moelleuse.

Kyle pivota, prêt à se battre.

— Je ne crois pas, dit une voix calme. Lâchez ça.

Roman MacFarlane se tenait à côté de la porte, un pistolet appuyé contre le front de Patricia Redding.

Il laissa tomber le tisonnier à côté de la cheminée dans un bruit métallique, puis traîna Patricia vers le bureau de son mari.

Elle saignait, une vilaine coupure au-dessus de son œil droit d'un rouge vif contrastant avec son visage pâle.

— Vous allez bien, madame Redding ? réussit à dire Kyle, son regard oscillant vers l'endroit où Phillip était agenouillé sur la moquette, en train de tenir son poignet cassé.

— La porte m'a frappée quand il l'a enfoncée d'un coup de pied.

Patricia tremblait alors que Roman la poussait dans le fauteuil en cuir et appuyait plus fort le pistolet contre sa tempe.

— Je l'ai seulement ouverte parce qu'il a dit qu'il était avec la police. S'il vous plaît, faites ce qu'il dit.

Kyle leva la main, puis s'accroupit et posa la matraque sur le sol, gardant les yeux fixés sur Roman.

— On peut en parler, Roman. Il n'y a aucune raison de lui faire du mal.

— Donnez-moi votre radio.

Le pistolet pivota pour le viser, puis Phillip.

— Et la sienne aussi. Le spray au poivre et vos matraques également. Doucement.

Se dirigeant vers son collègue, Kyle prit la radio qu'il lui tendait, et il vit la colère dans ses yeux face à la situation dans laquelle ils se trouvaient maintenant.

Il secoua légèrement la tête, arracha la radio et marcha vers le bureau.

— Posez-les. À côté du clavier, dit Roman.

Il n'y avait pas une trace de peur dans la voix de l'homme.

Au contraire, un calme glacial émanait de lui tandis qu'il examinait l'équipement.

Un flot de codes et d'instructions étaient échangés par les répartiteurs au centre de contrôle, et en écoutant les bavardages de début de soirée entre ses collègues inconscients, Kyle réprima la panique montante dans sa poitrine.

— Vous deux, asseyez-vous sur les chaises là-bas où je peux vous voir.

Kyle traversa la moquette et aida Phillip à se relever. Il aperçut alors le tisonnier en laiton avec lequel il avait été frappé, désormais posé sur un tapis orné où Roman l'avait laissé tomber, et il s'arrêta pour examiner le poignet de son collègue.

Un minuscule os dépassait de la peau, et l'autre homme jura à voix basse lorsque la manche de sa chemise le frôla.

— J'ai dit asseyez-vous !

Kyle regarda par-dessus son épaule.

— Je pense qu'il a besoin d'un médecin. Madame Redding aussi.

— Je me fiche de ce que vous pensez. Asseyez-vous. Maintenant.

Roman fit un pas en s'éloignant de Patricia, la mâchoire serrée tandis que le pistolet oscillait dangereusement entre les deux hommes.

Prenant le fauteuil le plus proche du bureau, Kyle garda les yeux fixés sur l'homme pendant que Phillip s'asseyait dans l'un des autres fauteuils, sa respiration saccadée.

Puis la radio grésilla et son cœur fit un bond lorsque la voix de Kay retentit.

— Kyle, Phillip ? Le centre de contrôle essaie de vous joindre. Écoutez-moi, n'entrez pas dans la maison des Redding. Vous m'entendez ? Nous pensons que Roman MacFarlane est armé et—

Roman tendit la main et éteignit les radios l'une après l'autre.

Il arborait un sourire mauvais quand il se retourna vers eux.

— C'est un peu tard pour vous dire ça, n'est-ce pas, messieurs ?

CHAPITRE 51

Kay se tenait sur le bord de l'étroite ruelle au-delà de l'allée des Redding, la bouche sèche tandis qu'elle observait deux ambulances avancer lentement jusqu'à s'immobiliser à côté d'un véhicule d'intervention tactique.

Des ordres criés provenaient du cordon extérieur alors que des agents de la division de la circulation coupaient l'accès le long de la ruelle et redirigeaient les habitants, leurs visages impassibles pendant qu'ils travaillaient.

Une légère bruine embrumait l'air, trempant lentement ses cheveux et ses vêtements et laissant une odeur d'ozone âcre sur les accotements et les haies. Elle repoussa sa frange de ses yeux alors qu'un frisson lui parcourait l'échine.

Ce n'est pas possible que cela arrive, pensa-t-elle.

L'équipe de Paul Disher était silhouettée par les phares des voitures assemblées, leurs véhicules d'intervention formant des ombres massives au-delà des hommes vêtus de sombre, et leurs voix basses pendant qu'ils écoutaient son briefing.

Ils étaient déjà en route quand les radios de Kyle et Phillip s'étaient tues, et malgré la manière brusque avec laquelle l'essaim d'officiers en uniforme travaillait à l'intérieur du cordon, elle savait que chacun d'entre eux pensait la même chose qu'elle.

Faites qu'ils soient en vie, s'il vous plaît.

— Jusqu'où peut-on s'approcher ? demanda l'un des membres de l'équipe tactique, sa voix portant par-dessus les têtes de ses collègues. Est-ce que quelqu'un a réussi à avoir un visuel sur eux ?

— Kay, que pouvez-vous nous dire sur la maison ? demanda Disher en lui faisant signe de s'approcher. Vous y êtes déjà entrée. Nous avons besoin de savoir tout ce dont vous pouvez vous souvenir.

— La pièce que Redding utilise comme bureau est ici, sur le côté droit de la maison quand on lui fait face, dit-elle en passant son doigt sur le diagramme grossièrement dessiné. Il y a des portes-fenêtres qui mènent à l'allée, c'est comme ça que Redding dit avoir réussi à se faufiler jusqu'au White Hart pour rencontrer Thorngrove sans que sa femme le sache. Le salon est de l'autre côté de la maison, et il y a une antichambre entre le bureau et le couloir.

Disher fronça les sourcils.

— Je me demande pourquoi Roman n'a pas accédé à la maison par là plutôt, je veux dire, s'il cherchait Redding...

— Peut-être qu'il ne savait pas, suggéra Kay. S'il n'était jamais venu dans la maison auparavant, il n'aurait pas connu cet accès latéral.

— Avez-vous réussi à obtenir plus d'informations de Redding sur ce qui s'est passé entre lui et Roman ?

— Eh bien, il a confirmé qu'il avait caché le fusil qu'il a obtenu de Roman, qui est identique à celui utilisé pour tuer Thorngrove. Il a réalisé après coup à quel point Roman était dangereux, et a dit à Gavin et Laura qu'il voulait s'assurer d'avoir une sorte de protection autour de la maison pour lui et sa femme s'il se présentait à l'improviste...

Disher souffla en gonflant ses joues.

— Dommage qu'il ne nous ait pas dit tout ça plus tôt...

— Je ne peux pas vous contredire là-dessus. Nous pensons aussi que Roman a jeté les pièces du fusil dans la poubelle derrière le pub pour impliquer Len Simpson et détourner l'attention de lui, surtout après que Porter a découvert qu'une partie de son stock d'armes à feu avait disparu.

— Et donc Roman est allé après Redding ensuite, sans réaliser que nous l'avions déjà en garde à vue et il a pris sa femme en otage à la place. Bon sang.

Disher passa une main sur ses cheveux très courts, puis tendit le diagramme à l'un de ses subordonnés et enfila son casque de protection.

— Ok, merci, détective. Nous prenons le relais à partir d'ici.

— Mais—

— Chef !

Elle se retourna pour voir Barnes se précipiter vers eux, les bras chargés de gilets pare-balles.

Il fit un signe de tête à Disher avant de lui fourrer un des gilets et de donner le reste à Harry Davis.

— Chef, nous avons Porter MacFarlane en garde à vue,

et Gavin et Laura lui parlent en ce moment, dit-il, à bout de souffle. Quelles sont les dernières nouvelles ici ?

— Pas bonnes.

Elle l'emmena loin du véhicule de Disher jusqu'à ce qu'ils se tiennent au bord le plus éloigné de l'aire de stationnement, puis elle libéra une expiration brusque.

— Kyle et Phillip sont à l'intérieur, ainsi que Patricia Redding. Roman a le contrôle des radios des deux hommes et il n'y a pas de signal mobile près de la maison.

Ses mains tremblaient tandis qu'elle boutonnait le gilet pare-balles encombrant.

— Je n'ai pas pu les atteindre à temps, Ian. J'ai essayé de les prévenir—

— Chef... Kay...

Barnes tendit la main et saisit les siennes, sa peau chaude et rugueuse.

— Disher et son équipe vont faire tout ce qu'ils peuvent pour les faire sortir vivants. Ce n'est pas de ta faute s'ils sont dans cette situation. Roman—

— Ce type est fou, il vend des armes au marché noir, et son fichu père aurait dû s'en rendre compte et nous le dire, et—

— Je sais. Mais nous sommes là maintenant, et nous allons travailler avec Disher pour les secourir. D'accord ?

— D'accord.

Elle lui adressa un faible sourire.

— Bon discours d'encouragement. Merci.

Ses mains se déplacèrent vers ses épaules, et il lui donna une légère pression.

— Tu peux le faire.

Kay hocha la tête en se mordant la lèvre.

— Hunter ?

Elle se retourna en entendant l'appel, pour voir Sharp marcher à grands pas vers elle, le visage sombre.

— Je suis venu aussi vite que j'ai pu. Tu as entendu quelque chose depuis que les radios se sont tues ?

— Non.

Il baissa la voix.

— En tant que commandant en charge de cette enquête, je vais prendre le relais une fois que Disher aura cédé le contrôle.

Elle hocha la tête, acceptant que la chaîne de commandement soit fluide dans de telles situations, et soulagée que quelqu'un avec l'expérience de Sharp soit à ses côtés.

— Tout ce dont tu as besoin, chef, dit-elle. Mark Redding est toujours en garde à vue à Maidstone, et j'ai donné à Paul autant d'informations que possible sur la disposition de la maison.

— Et Roman ? demanda Sharp en regardant Barnes retourner au cordon. Quelqu'un a-t-il réussi à découvrir ce qui aurait pu déclencher le trafic d'armes illégales ?

— Pas encore. Porter est sous le choc, je pense. Laura m'a envoyé un message juste avant que tu n'arrives pour me dire qu'il n'arrive pas à comprendre ce que son fils a fait. Elle a découvert qu'il a eu des ennuis adolescent, mais il n'y a pas de casier juvénile et Porter l'assure que ce n'était rien de violent. Il s'est fait prendre à faire les poches.

Elle secoua la tête.

— Leur entreprise vaut des millions de livres, Devon. Pourquoi diable Roman risquerait-il de trafiquer des armes illégales ? Je veux dire, quelle comme d'argent une seule personne peut-elle vouloir ?

— Je pense—

La réponse de Sharp fut interrompue par un cri de Disher.

— Attendez.

Kay courut vers l'endroit où l'officier d'armes tactiques menait son équipe vers l'entrée de l'allée des Redding.

— J'ai besoin d'y aller avec vous. J'ai deux officiers là-dedans.

Disher fit signe à ses hommes d'avancer avant de se tourner vers elle, ses yeux froids comme la pierre.

— Avec tout le respect que je vous dois, détective, vous n'irez nulle part jusqu'à ce que mon équipe ait évalué la situation et neutralisé la menace.

Il grimaça.

— Et si vous avez raison à propos de ce type, nous n'avons pas le temps de nous prendre la tête à discuter.

CHAPITRE 52

Kyle leva lentement la main et essuya la sueur qui lui piquait les yeux.

Une demi-heure s'était écoulée depuis le message désespéré de Kay, et depuis lors, Roman MacFarlane avait passé son temps à marmonner et à arpenter la moquette devant le bureau où Patricia Redding était assise, de la terreur dans les yeux.

À côté de lui, Phillip s'était tu, berçant son poignet cassé tout en fusillant du regard leur ravisseur.

Le chien avait cessé d'aboyer depuis l'explosion initiale de Roman, mais on entendait encore de temps en temps des grattements en provenance de l'endroit où il était assis, accompagnés de gémissements qui faisaient s'approfondir le froncement de sourcils de Patricia à chaque fois.

— Il a besoin d'eau, chuchota-t-elle. S'il vous plaît... il doit avoir soif.

— Il sera mort si vous ne la fermez pas.

Roman s'arrêta dans sa marche et pointa l'arme sur elle.

— Je pourrais lui mettre une de ces balles dans le crâne. Ça le ferait taire, vous ne croyez pas ?

La femme gémit, secoua la tête et baissa les yeux vers les papiers éparpillés sur le bureau.

Une armoire encastrée était ouverte, son contenu recouvrant la moquette autour de ses pieds et s'étalant jusqu'aux bords du tapis ornemental devant la cheminée. Des livres avaient été arrachés de leurs étagères, et tandis que Kyle regardait Roman mettre la pièce sens dessus dessous, il retint son souffle.

L'homme était comme en transe dans ses mouvements, mais le jeune agent n'était pas prêt à prendre le moindre risque.

Il ne doutait pas que Roman puisse utiliser l'arme qu'il tenait à la main, et qu'il le ferait si l'un des deux officiers commettait une erreur.

— Pourquoi êtes-vous venu ici ? demanda-t-il en essayant de garder une voix calme.

Roman pivota sur ses talons.

— Pour parler à Mark.

— À quel sujet ?

La lèvre supérieure de l'autre homme se retroussa.

— Il a quelque chose qui m'appartient. Je veux le récupérer.

Kyle fit un signe du menton vers les objets jetés pêle-mêle dans la pièce.

— D'où les recherches.

Il reçut un grognement en guise de réponse.

— Peut-être que si vous nous disiez ce que vous

cherchez, nous pourrions vous aider, suggéra-t-il en se levant.

L'arme pivota pour le viser.

— Restez où vous êtes.

Levant les mains, Kyle se força à se rasseoir dans le fauteuil.

— Pas de problème. Je pensais juste que ça pourrait accélérer un peu les choses. Vous aider à aller plus vite.

— Ça ne vous regarde pas.

Kyle sourit.

— Malheureusement, vous en avez fait notre affaire quand vous nous avez pris en otage.

Soudain, Roman s'arrêta dans sa destruction du bureau de Mark Redding, puis traversa la pièce jusqu'aux portes-fenêtres et scruta l'obscurité.

S'il vous plaît, que quelqu'un lui tire dessus, pensa Kyle, avant de réaliser à quel point il serait difficile d'obtenir un tir net à travers le double vitrage sans tuer Patricia au passage.

Un besoin d'autoconservation sembla traverser l'esprit de Roman au même moment.

Il s'éloigna des fenêtres, puis tendit le bras et tira les épais rideaux, cachant les occupants à quiconque s'intéresserait de près à la maison depuis l'extérieur, et il se retourna vers Kyle avec un sourire triomphant.

Essayant de cacher sa déception, l'agent jeta un coup d'œil à son collègue, qui avait pâli.

— Tiens bon, mon vieux, murmura-t-il. Je suis sûr que les renforts ne sont pas loin.

— Arrêtez de parler, aboya Roman. Que lui dites-vous ?

— Juste que mon cul s'engourdit. Comment ça va, vous ?

Le tireur contourna soudainement le bureau et se précipita vers eux, le regard déterminé.

Kyle recula instinctivement.

— Donnez-moi votre gilet.

— Quoi ?

— Votre gilet. Levez-vous. Enlevez-le. Lentement.

L'arme oscillait d'avant en arrière, et Kyle se rendit compte qu'il ne pouvait pas détacher son regard de la gueule béante du canon.

Ce n'était pas comme dans les films.

Et ce n'était certainement pas ce à quoi il s'attendait en prenant son service ce matin.

Il se leva du fauteuil et arracha les sangles qui maintenaient le gilet en place, le fit glisser de ses épaules et le tendit.

— Voilà.

— Et le sien. Enlevez le sien.

— Roman... laissez-le tranquille. Il souffre. Il ne peut pas vous faire de mal.

— Enlevez-le.

Phillip serra les dents pendant que Kyle manœuvrait pour lui retirer le gilet et le remettre à Roman avant de s'affaisser, des taches de sueur sous les bras.

Satisfait, Roman enfila l'un des gilets et jeta l'autre sur le sol à côté du foyer vide, tournant le dos aux deux officiers.

Kyle expira, et prit un moment pour chercher dans la pièce quelque chose – n'importe quoi – qu'il pourrait utiliser pour désarmer l'homme.

Son regard passa sur l'ensemble d'ustensiles en laiton accrochés près de la cheminée. Même si le tisonnier semblait prometteur, il savait qu'il n'aurait pas le temps de l'atteindre.

Roman tirerait avant qu'il n'ait parcouru la moitié de la distance, et où cela laisserait-il Patricia et Phillip ?

Ses pensées se tournèrent vers ce qui devait se passer au-delà des quatre murs – Kay et ses collègues auraient certainement réalisé ce qui se passait, et compte tenu de la formation qu'ils avaient tous reçue, il devinait qu'une unité d'intervention tactique était maintenant quelque part dans les parages.

Il l'espérait.

Roman continuait à arpenter la pièce, marmonnant dans sa barbe, et Kyle réalisa que l'homme perdait rapidement le peu de contrôle qu'il avait pu avoir.

Ses yeux se posèrent sur Patricia, terrifiée, assise derrière le bureau de son mari, et il comprit que peu importaient les plans de l'équipe tactique.

S'ils ne faisaient pas quelque chose bientôt, Roman pourrait paniquer.

Un bruit de grattement provenant de l'antichambre lui parvint, et il tendit l'oreille.

Encore une fois.

Y avait-il quelqu'un à la porte d'entrée ?

Roman pivota sur ses talons, son attention subitement attirée par la porte ouverte du bureau.

Kyle s'éclaircit la gorge, s'accrochant à une idée et espérant que son intuition était juste.

— Que cherchez-vous ici, Roman ? Peut-être que je pourrais vous aider à le trouver ?

— Quoi ?

Il fit un geste vers les armoires ouvertes.

— Vous cherchiez manifestement quelque chose quand nous sommes arrivés. Est-ce que vous l'avez trouvé ?

Roman fit un pas en avant, l'arme de nouveau levée.

— Taisez-vous. Vous ne pouvez pas m'aider. Vous ne pouvez pas—

Le bruit de griffes sur le parquet résonna dans l'antichambre, puis une forme noire jaillit dans le bureau, un grognement féroce émanant de ses profondeurs.

Les crocs découverts, le chien se jeta sur Roman, la masse de l'animal faisant perdre l'équilibre à l'homme tandis que ses yeux s'écarquillaient de terreur.

— Putain, parvint-il à dire.

Kyle se recroquevilla dans le fauteuil, essayant de se faire le plus petit possible tandis que l'animal plantait ses crocs dans la cuisse de Roman, une partie de son cerveau s'accrochant au son des cris provenant de la direction du couloir.

De lourds pas se précipitèrent vers le bureau, suivis d'une rafale d'ordres criés, et Patricia hurla en se jetant au sol au son d'un coup de feu unique.

Puis ce fut l'enfer.

CHAPITRE 53

Un coup de feu, un cri de femme, un glapissement...

La bouche de Kay s'ouvrit sous l'effet de la soudaine explosion de bruit provenant de la radio dans la main de Sharp, un frisson glacial lui étreignant les épaules et le cou.

Avant que l'un d'eux ne puisse prononcer un mot, la voix de Disher se fit entendre sur les ondes.

— À terre ! À terre ! Couchez-vous !

Elle regarda en direction de Barnes qui se tenait près d'un des véhicules de patrouille, la mâchoire serrée tandis qu'il écoutait la radio appartenant au sergent à côté de lui, le reflet bleu des gyrophares plongeant un côté de son visage dans l'ombre.

Le cœur battant, elle se demanda si elle arborait la même expression horrifiée, et elle se tourna vers Sharp.

Il y eut une rafale de parasites, des voix confuses, des gémissements et un homme en train de crier de douleur, puis—

— Tout est clair.

Un soupir de soulagement étouffé filtra à travers les officiers rassemblés qui attendaient au cordon, et Sharp baissa le volume de sa radio.

— Dieu merci.

Puis une autre radio grésilla plus près des voitures de patrouille et la voix de Disher se fit entendre alors que Barnes se dirigeait maintenant vers elle.

Son collègue se figea, sa radio levée.

— Nous avons besoin de soins médicaux urgents. Vite. Un vétérinaire aussi, si quelqu'un en connaît un.

— Qu'est-ce que...

Kay n'entendit pas les mots suivants de Sharp.

Elle se fraya un chemin entre deux jeunes agents, entendant les moteurs des ambulances rugir alors que ses chaussures trouvaient la surface gravillonnée de l'allée, et elle partit en sprint.

— Kay, attends.

Il n'y avait pas d'éclairage à l'entrée de l'allée, pas de lampe accueillante au-dessus du panneau en bois de la propriété des Redding, et lorsqu'elle passa le léger virage qui amenait la maison en vue, elle poussa un gémissement étouffé.

Les lumières du rez-de-chaussée se déversaient par les fenêtres, et elle réalisa que l'équipe de Disher avait tiré tous les rideaux pour révéler les conséquences de leur opération et montrer aux intervenants qui arrivaient que la situation était désormais sous contrôle.

Les portes-fenêtres du bureau de Mark Redding étaient grand ouvertes, et deux des hommes de Disher se tenaient à côté de la voiture de sport, leurs fusils baissés tandis qu'ils la regardaient approcher.

Deux autres hommes montaient la garde à la porte d'entrée, l'un d'eux le menton baissé vers sa radio.

Elle ralentit, entendant Sharp l'appeler par son nom, mais refusa de se retourner.

Kyle et Phillip faisaient partie de son équipe.

Elle avait besoin de savoir.

Besoin d'être avec eux.

Sortant sa carte professionnelle de sa poche, elle l'agita devant le plus petit des deux officiers tactiques en s'approchant.

— J'ai besoin de—

Il pivota pour bloquer l'accès.

— Nous n'avons pas encore libéré la pièce.

Kay vit Disher à mi-chemin dans le bureau, le dos tourné.

— Paul.

Il jeta un coup d'œil par-dessus son épaule.

— Laissez-la entrer. Je vais passer le relais au commandant divisionnaire Sharp dans une seconde.

Hochant la tête en remerciement aux deux hommes qui s'écartèrent pour la laisser passer, Kay franchit le seuil et pénétra dans une scène infernale.

Roman MacFarlane était allongé sur le ventre, les mains menottées dans le dos tandis qu'il se débattait sous les mains contraignantes d'un des collègues de Disher malgré le sang qui s'accumulait sous ses jambes.

— C'est lui que vous devriez arrêter, pas moi, hurla-t-il. Tout est de sa faute.

— Restez tranquille, vint la réponse brusque. Vous allez vous blesser davantage sinon.

Kay passa rapidement les yeux sur lui pour regarder

Patricia Redding assise, hébétée, dans un fauteuil derrière le bureau de son mari, une expression abasourdie sur le visage, du sang coulant d'une profonde coupure sur son front tandis qu'un autre membre de l'équipe tactique tentait d'arrêter le saignement avec des mouchoirs qu'il tirait d'une boîte à côté de l'écran d'ordinateur.

— Madame Redding, vous allez bien ? demanda-t-elle en respirant profondément pour essayer de calmer son propre rythme cardiaque.

La femme hocha la tête, son regard dérivant vers l'endroit où Disher et ses quatre collègues restants se rassemblaient autour des fauteuils près de la cheminée, trois d'entre eux cachant l'un des fauteuils à la vue.

Disher se retourna au son de sa voix, puis lui fit signe d'approcher, le visage gris.

Kay se précipita et déglutit à la vue du chien étalé sur la moquette, une vilaine plaie béante à l'épaule tandis qu'il gémissait.

Un des hommes de Disher se détacha du groupe et s'agenouilla à côté de lui, puis lui caressa la tête et lui murmurant des paroles.

Alors qu'elle rejoignait l'officier tactique principal, les questions dans sa tête se bousculaient.

Que s'était-il passé ?

Qui tenait l'arme qui avait tiré ?

Pourquoi le chien était-il blessé ?

Elle n'eut pas l'occasion de les poser.

Au lieu de cela, Disher s'écarta, et elle vit alors ce sur quoi il s'était concentré pendant qu'elle évaluait les dégâts dans la pièce en quelques pas qu'il lui avait fallu pour aller des portes ouvertes à l'endroit où il se tenait.

Une forme recroquevillée était affalée dans le tissu doux du fauteuil, le rembourrage roussâtre ne faisant rien pour cacher la flaque de sang qui couvrait le siège et accentuait les traits pâles de Phillip Parker.

Kyle était accroupi à côté de lui, le visage bouleversé alors qu'il levait les yeux vers elle.

— Où est cette putain d'ambulance ? cria-t-il. On a besoin d'une foutue ambulance.

Kay se retourna vers les portes-fenêtres en entendant un bruit, pour voir les premiers ambulanciers faire irruption dans la pièce, des sacs de toile à la main.

— Par ici, dit Disher en faisant signe à ses hommes de s'écarter. La balle tirée par notre suspect a ricoché, elle l'a touché à la jambe. Ça n'a pas l'air bon.

Reculant pour laisser les deux ambulanciers prendre le relais, Kay tira Disher sur le côté.

— Que s'est-il passé, Paul ?

— Le chien s'est échappé du salon juste avant que nous passions la porte d'entrée, dit-il à voix basse. Il s'est jeté directement sur MacFarlane et lui a mordu la jambe. Il est dans un sale état aussi, mais il peut foutrement attendre la deuxième équipe de secours. Il a tiré avec l'arme qu'il tenait, mais avec l'attaque du chien et le recul, le tir est parti de travers, a manqué vos deux officiers mais a ricoché sur cette table basse. Walker dit que les éclats ont touché le chien en même temps qu'ils ont atteint Phillip. Nous sommes entrés dans la pièce au moment où Kyle se jetait sur Roman alors qu'il s'apprêtait à tirer un second coup.

— Merde, souffla Kay en regardant les morceaux

manquants de la table qui étaient désormais éparpillés sur le tapis.

Malgré la présence des deux ambulanciers, elle s'approcha du fauteuil et saisit doucement la manche de Kyle.

— Kyle, viens. Il faut qu'on sorte d'ici.

— Il est en train de mourir, chef, dit-il d'une voix rauque, ses yeux sombres rougissant alors qu'il se levait. On ne peut pas le laisser.

— De mourir ?

— Il y a une perte de sang importante, dit l'ambulancière. On dirait qu'un gros morceau de bois éclaté a entaillé son artère fémorale. Nous essayons d'arrêter l'hémorragie...

Kay chancela, puis se plaça devant Kyle et tomba à genoux, tendant la main pour prendre celle de Phillip.

— Phil ? Je suis là. On fait tout ce qu'on peut, tu m'entends ? Ça va aller.

Elle observa les ambulanciers travailler.

— Vous ne devriez pas l'emmener à l'hôpital ?

— On ne peut pas risquer de le déplacer tant qu'on n'a pas arrêté l'hémorragie, fut la réponse sèche. Maintenant, si vous voulez bien...

Une large main couvrit son épaule et la serra.

— Kay...

Elle secoua la tête et enroula ses doigts autour de ceux de Sharp, cherchant de la force dans la présence de son ami et mentor, mais voyant le désespoir dans les yeux des ambulanciers alors qu'ils essayaient de sauver l'homme qu'elle connaissait depuis ses débuts comme stagiaire.

À l'époque, c'était un individu nerveux et maigre,

associé à des collègues plus âgés et expérimentés qui l'avaient progressivement transformé en l'officier sur lequel elle avait appris à compter et qui était devenu une partie intégrante de son équipe d'enquête.

— On le perd...

Kyle émit un gémissement angoissé et se détourna, les épaules tremblantes.

— Phil..., réussit-elle à dire, espérant un signe que l'homme allait déjouer les pronostics, cherchant un signe de vie sous ses paupières closes.

La poitrine de Phillip poussa un dernier soupir tremblant, et un silence choqué enveloppa le petit groupe.

Après un moment, Kay posa sa main sur le bras de Kyle.

— Il faut qu'on t'emmène à l'hôpital. Cette coupure sur ta joue a l'air méchante.

— Je vais rester ici, marmonna-t-il, les yeux brillants de larmes. J'irai quand ils l'emmèneront, et ensuite je me ferai examiner.

Incapable de discuter avec lui, ne voulant pas utiliser son grade pour exiger qu'il fasse ce qu'on lui disait dans ces circonstances choquantes, Kay se leva et se détourna.

— Kay.

Sharp se déplaça jusqu'à ce qu'il se tienne devant elle, ses yeux gris troublés.

— Kay, écoute-moi. On doit retourner au commissariat. On doit réinterroger Porter MacFarlane avant de s'occuper de Roman.

Elle regarda, trop abasourdie pour répondre, Barnes se lever en titubant avec le chien dans les bras et disparaître par les portes-fenêtres, hurlant à l'un des jeunes agents dehors de l'emmener au cabinet vétérinaire d'Adam.

— Kay.

Elle secoua la tête pour essayer de contrer le chagrin qui frappait son cœur et se retourna à la voix de Sharp.

— Désolée. Quoi, chef ?

— Nous devons parler à Porter MacFarlane. J'ai besoin de toi. Maintenant.

— Ok.

Redressant les épaules, déterminée à trouver des réponses pour son collègue décédé et sachant que le reste de son équipe compterait sur elle pour les guider à travers leur propre chagrin, elle essuya ses larmes et fit un signe de tête bref à son mentor.

— Je suis prête.

CHAPITRE 54

Kay prit le dossier d'information des mains de Gavin avec un remerciement murmuré et s'arrêta pour lire les notes supplémentaires que l'enquêteur avait ajoutées pendant son absence.

Lui et Laura avaient tous deux levé les yeux de leurs bureaux lorsqu'elle était entrée dans la salle des opérations une demi-heure plus tôt, leurs visages pâles alors que la nouvelle de la mort de Phillip se répandait depuis la salle de contrôle.

Elle passa les vingt minutes suivantes à consoler son équipe, leur assurant que le jeune agent n'était pas seul quand il était mort, et que Kyle avait été examiné par l'un des ambulanciers.

Elle avait refusé sa demande insistante de retourner au poste et, après s'être assurée qu'il suivrait les ordres de son médecin et resterait à l'hôpital pour la nuit, elle avait passé un coup de téléphone à l'un des psychiatres désignés par la police du Kent.

Ayant elle-même survécu à un incident qui aurait pu être fatal et ignoré les symptômes d'un stress mental sévère sur sa santé par le passé, elle était déterminée à ne pas laisser Kyle gérer seul les conséquences de la mort de son collègue.

Gavin s'éclaircit la gorge, et elle cligna des yeux pour se concentrer sur les mots flous devant elle.

— Comme tu peux le voir, chef, les MacFarlane avaient du mal à joindre les deux bouts. Il y a beaucoup de concurrence sur le marché, et ils n'ont pas vraiment évolué avec leur temps.

Il se déplaça à côté d'elle, puis tourna la page suivante du dossier.

— Certains de leurs rivaux proposent des costumes en plus des armes à feu, et offrent de s'occuper de toutes les formalités administratives du ministère de l'intérieur requises pour l'utilisation d'armes à feu dans les productions.

— Vous avez trouvé les bilans en ligne ? demanda Kay, son intérêt piqué.

— Oui, les voici.

Laura renifla, puis prit une liasse de documents et s'approcha. Elle essuya ses yeux et renifla à nouveau.

— Ok, tout cela était sur le site web du registre des sociétés. Tu peux voir qu'ils s'en sortaient bien jusqu'à il y a environ trois ans, puis il y a deux ans, quand ces entreprises rivales que Gavin a trouvées sont apparues, ils ont commencé à perdre du travail au profit de la concurrence. Le bénéfice de l'année dernière a diminué de près de cent quatre-vingt mille livres.

Kay siffla doucement.

— Et la maison ? Sait-on si elle leur appartient entièrement ou si elle est hypothéquée ?

— Hypothéquée, répondit Gavin. Et hypothéquée à nouveau il y a huit mois.

— Ce n'est pas tout, chef.

Laura lui tendit un ensemble de quatre grandes photographies.

— Ces images ont été prises sur la propriété des MacFarlane il y a une heure.

Les yeux de Kay s'élargirent à la vue d'une trappe découverte sous l'établi dans le hangar, puis à la cache d'armes dissimulée sous le plancher en bois.

— Merde. Quelle quantité y avait-il là-dessous ?

— Si tout ce qu'ils ont trouvé était vendu sur le marché noir, nous pensons qu'il y en a pour environ quarante mille livres, répondit Gavin. La plupart de ce stock n'a pas été éprouvé.

— Vous pensez que Porter était au courant de la vente illégale d'armes à feu ? demanda Kay en glissant les photographies dans le dossier d'information.

— Je ne suis pas sûre, dit Laura. Nous avons tous les deux relu leurs déclarations précédentes, et rien de ce qu'ils ont dit ne suggère qu'il le savait.

— Cela dit, il est intéressant que ce soit Roman qui ait suggéré l'audit, ajouta Gavin.

— À moins qu'il ne couvre ses traces et n'essaie de faire porter le blâme à son père.

Kay ferma le dossier.

— Bon travail, vous deux. Gavin, tu veux m'accompagner pour l'interrogatoire ? Barnes est toujours au cabinet d'Adam.

Il acquiesça, puis se précipita à son bureau pour prendre sa veste et son carnet.

— Comment va le chien ? demanda Laura. Je me demandais... Je veux dire, je ne voulais pas demander à cause de Phillip et tout, mais...

— Je ne sais pas. Je n'ai eu de nouvelles d'aucun des deux.

Kay fronça les sourcils.

— Écoute, si tu veux parler à n'importe quel moment, demande-moi, d'accord ? Je sais que toi et Phil travailliez en étroite collaboration, et...

Laura essuya de nouvelles larmes.

— Merci, chef. Je pourrais bien te prendre au mot.

— Je suis prêt.

Gavin revint, son regard vif malgré l'heure tardive.

Kay lui tendit le dossier et prit son carnet.

— Tu mènes. Tu l'as mérité.

CHAPITRE 55

L'avocat de Porter MacFarlane se leva lorsque Kay entra dans la salle d'interrogatoire. Il se redressa de toute sa hauteur et boutonna sa veste.

— Détective Hunter, mon client souhaiterait voir son fils.

— Asseyez-vous.

Elle ignora la large silhouette transpirante de MacFarlane de l'autre côté de la table, son visage couvert d'un vilain bleu jaunâtre d'un côté et de plusieurs coupures sur la joue.

Au lieu de cela, elle se dirigea vers l'équipement d'enregistrement, remercia Gavin d'un signe de tête lorsqu'il lui tira une chaise et récita la mise en garde formelle.

Gavin s'installa sur son propre siège, et elle prit un moment pour jeter un coup d'œil pendant qu'il arrangeait le contenu du dossier à sa guise et ignorait le soupir impatient que l'avocat poussa en attendant que l'entretien commence.

Son protégé dégageait une confiance croissante, qu'elle avait nourrie et encouragée depuis qu'ils avaient perdu une membre de l'équipe au profit d'une autre force de police, et la fierté l'envahit.

Elle fut balayée une fraction de seconde plus tard par le souvenir de Phillip mort dans l'exercice de ses fonctions, et du fait qu'elle avait dû le laisser pour interroger l'homme qui s'épongeait maintenant le front avec un mouchoir en coton et se tortillait sous le regard scrutateur de Gavin.

Baissant les yeux vers la table, elle ouvrit son carnet et prépara son stylo.

— Monsieur MacFarlane, depuis combien de temps votre fils et vous faites-vous le commerce illégal d'armes à feu ? commença Gavin.

Les traits déjà blêmes de Porter pâlirent davantage, et il porta une main tremblante à son front.

— Je n'en avais aucune idée... Je suis tellement désolé...

— Répondez à la question, s'il vous plaît.

— Je ne sais pas. Je n'ai jamais su.

— Monsieur MacFarlane, vous êtes propriétaire de cette entreprise. Vous avez des permis d'armes à feu à votre nom. C'est votre responsabilité de savoir.

— Il... dernièrement, je...

Gavin attendit, et Kay le félicita silencieusement pour cette tactique.

Le silence était souvent l'ennemi d'un suspect.

L'homme en face d'eux prit une profonde inspiration.

— Je n'ai pas été bien, ces deux dernières années. Je

savais que j'aurais dû écouter mon médecin, mais c'est plus facile à dire qu'à faire, n'est-ce pas ?

Kay et Gavin restèrent impassibles.

— Je suis en surpoids, j'aime boire... Ça a commencé par un diabète de type 2, et maintenant c'est mon cœur. Je souffre de stress, et... eh bien, je suppose que Roman prenait de plus en plus de travail à ma place.

Porter se tortilla sur son siège comme pour accentuer ses mots, sa chemise et sa veste tendues sur son ventre.

— J'ai été stupide. Nous perdions de l'argent mais je me mentais à moi-même en pensant que les choses s'amélioreraient, que tout redeviendrait comme avant. Avant que ces deux concurrents ne commencent à casser les prix pour gagner des contrats. Nous ne pouvions pas nous permettre de faire de même. Je dois trop d'argent...

— Le trafic d'armes illégal ? insista Gavin.

Porter secoua la tête.

— Je n'en avais aucune idée. J'ai laissé Roman gérer l'entreprise depuis la fin de l'année dernière. J'ai perdu tout intérêt, pour être honnête.

— Vous sembliez assez intéressé quand vous me faisiez visiter la semaine dernière, dit Kay.

L'homme esquissa un mince sourire.

— Je n'ai jamais perdu l'envie de me mettre en valeur. Je suppose qu'au fond, je suis un artiste frustré. En plus, cette partie de l'entreprise est amusante.

— Pourquoi avez-vous continué à retarder l'audit des stocks ? demanda Gavin.

— Je... je...

— Vous voyez, Porter, cela me fait penser que vous étiez au courant des ventes illégales et que vous fermiez les yeux. Tant que l'argent continuait à entrer dans l'entreprise et vous maintenait à flot, peu vous importait d'où il venait.

— Ce n'est pas vrai. Je vous l'ai dit, je n'en avais aucune idée.

Gavin plaça chacune des photos prises pendant l'après-midi devant l'homme, dont la bouche trembla à la vue de la trappe.

— Vous en êtes sûr ?

Un soupir tremblant émana de l'homme, son haleine rance flottant à travers la table jusqu'où Kay était assise.

— Je... j'espérais me tromper.

— Mais... ?

— Je me demandais ce qui se passait...

Porter regarda son avocat, qui fit un signe de tête presque imperceptible, puis il se retourna vers les deux détectives.

— Nous avons commencé à avoir des rendez-vous tardifs pour voir des armes à feu. Je suis trop fatigué l'après-midi ces derniers temps, alors je laissais toujours Roman s'en occuper. Sauf qu'aucun d'entre eux ne se transformait jamais en commandes fermes, et on ne demandait jamais non plus à Roman d'assister à des séances de production pour aider aux responsabilités d'armurier par la suite. Je lui ai demandé, il y a peut-être deux mois, pourquoi il perdait son temps avec ces gens, mais il m'a dit que c'était pour montrer de la bonne volonté. Il disait qu'il essayait de persuader les gens de quitter nos concurrents, alors je l'ai laissé faire.

— Nous allons avoir besoin de noms.

— Je ne peux pas. C'est ça le problème, voyez-vous.

Il... Roman ne les mettait jamais dans l'agenda des rendez-vous. Il écrivait juste leurs initiales sur un post-it à côté de son ordinateur pour se rappeler quand ils devaient arriver.

— Avez-vous vu certaines de ces personnes ?

— Non.

Porter rougit.

— Je fais généralement une sieste l'après-midi.

Gavin fit une pause pour vérifier les documents devant lui, puis il croisa le regard de Porter.

— Un témoin nous informe qu'il a vu une arme de poing dont les marques de contrôle étaient absentes, et que Roman l'a menacé s'il en parlait à quelqu'un. Est-ce ce qui vous est arrivé cet après-midi ? Avez-vous découvert ce qu'il faisait vraiment ?

L'homme porta instinctivement la main au pansement qui couvrait l'une des coupures les plus profondes de son visage.

— Je voulais savoir ce qui se passait. Je l'ai entendu au téléphone lundi soir, en train de se disputer.

— Avec qui ?

— Je ne sais pas. Mais c'est devenu moche. Je l'ai entendu dire à son interlocuteur que s'il ne rendait pas ce que Roman lui avait vendu, il serait le prochain.

L'attention de Kay se détacha brusquement de ses notes.

— C'étaient ses mots exacts ?

— Oui. Je m'en souviens clairement parce que j'étais tellement choqué. Je ne l'avais jamais entendu parler comme ça.

Des larmes roulèrent sur les joues de l'homme.

— J'étais trop troublé par ce que j'avais entendu pour

le confronter immédiatement, mais je n'ai pas pu dormir cette nuit-là à force de m'inquiéter. Je me demandais alors dans quoi il s'était fourré. Je suis descendu à la remise tôt mardi matin avant que Roman ne se lève, et c'est là que j'ai découvert qu'il nous manquait les deux fusils. J'ai couru à la maison pour le signaler, et Roman est descendu au moment où la police arrivait.

— Vous n'avez rien dit à propos de son appel téléphonique de lundi soir quand nous vous avons interrogé ce jour-là, dit Kay.

— Je voulais lui donner une chance de s'expliquer.

Porter exhala.

— Je suppose que je refusais toujours de croire que ce que je l'avais entendu dire avait quoi que ce soit à voir avec les fusils manquants, et encore moins avec la mort de ce pauvre homme.

— La mort de deux hommes, lança Kay sèchement. Un de nos officiers a été tué ce soir à cause des actions de votre fils. À cause de votre négligence.

— Il n'a fait ça que parce qu'il tenait à moi.

Gavin ferma brusquement le dossier et repoussa sa chaise, foudroyant du regard l'homme qui se recroquevillait devant lui.

— Dites ça aux familles des victimes, Porter.

CHAPITRE 56

Sharp attendait Kay lorsqu'elle sortit de la salle d'interrogatoire, les bras croisés, adossé au mur, les yeux fixés sur le plafond bas.

Il avait l'air épuisé et après avoir renvoyé Gavin dans la salle des opérations avec un murmure de remerciement, elle se demanda si ses propres yeux reflétaient le même choc fatigué.

— Comment ça s'est passé ? demanda-t-il en s'étirant le dos et en faisant craquer son cou.

— Eh bien, je lui donnerais dix sur dix pour sa stupidité.

— Où est Roman ?

— Il devrait arriver d'une minute à l'autre. Selon le médecin de l'hôpital de Maidstone, il a eu besoin de points de suture à la jambe, mais c'est pansé et il n'aura besoin que d'antidouleurs et d'antibiotiques pour la semaine prochaine.

— C'est bien dommage.

Ils se retournèrent au son de la porte de sécurité qui

s'ouvrait au bout du couloir pour voir Roman MacFarlane conduit vers eux par Harry Davis.

La prise de l'agent sur le bras de l'homme n'était pas des plus douces, et Kay se rappela que Phillip avait été sous la tutelle de l'officier plus âgé lors de ses premiers quarts à la station.

Voyant la douleur sur le visage de Harry alors qu'il guidait Roman dans la salle d'interrogatoire suivante, elle se promit de lui parler avant le changement de quart à l'aube pour lui présenter ses condoléances.

Sharp passa une main sur son visage alors que la porte se refermait derrière eux.

— Tu te sens capable de mener cet interrogatoire, ou tu veux que je m'en charge ?

— Je vais le faire.

Kay regarda la pile de dossiers sur le sol à côté de ses pieds, puis se baissa pour les ramasser.

— Tout est là ?

— Y compris les images de vidéosurveillance d'une ferme au croisement de la route principale et du chemin qui mène chez les MacFarlane.

Sharp grimaça.

— J'ai fait venir Aaron Stewart et Dave Morrison pour les examiner plus tôt. Ils ont déjà identifié deux voitures qui se sont dirigées vers chez Porter depuis juin et qui sont enregistrées au nom de criminels connus, l'un avec une condamnation pour vol à main armée il y a quinze ans.

— Bon sang.

Kay ébouriffa ses cheveux avec ses doigts, puis boutonna sa veste et se tourna vers la salle d'interrogatoire alors que Harry en sortait.

En entrant, elle lança un regard noir aux deux hommes assis côte à côte d'un côté de la table, son regard s'attardant sur les bandages qui enveloppaient la cuisse de Roman MacFarlane.

Malgré les analgésiques légers administrés à l'hôpital, il semblait encore très incommodé, et elle dut réprimer l'envie de le frapper en prenant place.

L'avocat, que Kay reconnut comme un avocat commis d'office endurci de Tonbridge, garda un visage impassible pendant qu'elle et Sharp arrangeaient leurs dossiers et commençaient l'enregistrement avec l'avertissement formel.

— Quand avez-vous commencé à trafiquer des armes à feu illégales, Roman ?

Kay observa l'homme en face d'elle, des ombres sombres sous les yeux et une ligne tendue sur le front, tandis qu'il grignotait son ongle du pouce et gardait le regard baissé.

— Je vous ai posé une question, lança-t-elle sèchement.

Il sursauta sur sa chaise lorsque sa main frappa la table.

— Quand avez-vous commencé à vendre des armes ?

— Il y a un moment.

Sa voix était basse, et elle se pencha pour l'entendre.

— Quand ?

Il haussa les épaules, puis retira ses doigts de sa bouche avant de cracher le reste de l'ongle par terre.

— Juillet de l'année dernière, peut-être.

— Pourquoi ?

— Parce que l'entreprise est foutue.

Maintenant, il leva les yeux, son regard soutenant le sien.

— Je suis le seul à faire quoi que ce soit pour m'assurer qu'elle survive. Vous avez vu l'état de Porter ?

— Votre père ?

Il ricana.

— Peu importe. Il est aussi nul pour ça que pour essayer de gérer une putain d'entreprise. Il a bouffé tous les profits il y a des années. Un bel héritage que je vais avoir.

— Votre père est mourant ?

Kay ne put cacher sa surprise dans sa voix.

Porter avait l'air en surpoids, certes, mais—

— Ce n'est qu'une question de temps, dit Roman. Et s'il part avant que l'hypothèque ne soit remboursée, je perds tout. Je ne peux même pas vendre l'entreprise, dans l'état où elle est actuellement.

— Si vous vendiez des armes à feu illégales, pourquoi insistiez-vous pour que votre père fasse l'inventaire du stock ?

— Parce que je pouvais ajouter les nouvelles choses sans éveiller les soupçons, bien sûr.

Il eut un sourire narquois.

— Les cacher à la vue de tous.

— Parlez-nous de Dale Thorngrove.

— Tout est la faute de Mark Redding. Demandez-lui.

— C'est à vous que je le demande.

Roman fronça les sourcils.

— Je ne le connaissais pas personnellement. Thorngrove, je veux dire. Redding m'a acheté un fusil il y a un moment, il a dit qu'il avait perdu son permis après une condamnation pour conduite en état d'ivresse et qu'il ne l'utiliserait que sur un terrain privé. Je ne vends pas d'habitude à des gens comme lui, mais une vente est une vente, non ? Et on avait besoin d'argent. Puis il vient me voir et me dit qu'il a un pote qui veut aussi acheter une arme et je lui dis, putain, mais à qui tu parles de mes affaires ?

— Mais vous l'avez vendue quand même.

— Non. Je ne l'ai pas fait. Je lui ai dit d'aller se faire voir. Et je lui ai dit qu'il devait arrêter de parler d'où il avait eu son foutu fusil. Je lui ai dit de dire à son pote d'aller chez un des armuriers locaux agréés. De le faire correctement. C'est là qu'il m'a dit qu'il ne pouvait pas, son ex-femme inventait des trucs sur lui donc il ne serait jamais approuvé.

— Alors, que s'est-il passé ?

— Redding dit à ce type Thorngrove que j'ai dit non, et c'est là qu'il commence à essayer de nous faire chanter tous les deux.

— Redding a donné votre nom à Thorngrove ?

— Ouais.

Roman laissa échapper un rire incrédule.

— Ça montre quel genre de crétin il est, non ?

— En effet, dit Kay, sentant une opportunité de se ranger du côté de l'homme en face d'elle.

Elle réprima son dégoût.

— Que s'est-il passé ensuite ?

— Redding a arrangé une rencontre avec lui pour essayer de lui faire entendre raison. Je lui ai dit qu'il avait intérêt, sinon je m'occuperais d'eux deux. C'est pour ça que j'y suis allé, vous voyez ? Je ne lui faisais pas confiance pour régler ça.

— La dernière fois que nous vous avons parlé, vous nous avez dit que vous nettoyiez une voiture qui allait être louée.

— Ça n'a pris que quelques heures.

— Alors vous êtes allé au White Hart ?

— Ouais. Je me suis garé à un kilomètre ou deux et j'ai marché jusque-là. J'ai attendu qu'ils sortent.

Roman eut un rictus.

— J'avais raison. Ils se disputaient en retournant à la voiture de Redding.

— Laquelle ?

— Ce tas de ferraille de 4x4 que conduit sa femme.

Il ricana.

— J'ai pensé qu'il ne voulait pas être reconnu. Le reste du temps, il se balade dans sa voiture de sport.

— À propos de quoi se disputaient-ils ?

— Je pensais vraiment que Thorngrove aurait plus de jugeote et reculerait une fois que Redding lui aurait parlé, mais il était assez évident que ça n'allait pas arriver. Alors je me suis occupé de lui.

Kay se recula, choquée par la façon désinvolte dont l'homme parlait de meurtre de sang-froid.

Roman afficha un sourire malveillant.

— Comment dit-on déjà ? Faire d'une pierre deux coups, c'est ça ? Je me suis dit que Redding ne dirait à personne d'où venait ce fusil après avoir vu ça.

— Quel fusil avez-vous utilisé pour tuer Thorngrove ? demanda Kay, se reprenant. Celui que vous avez vendu à Redding ?

— Non, c'était un autre problème. J'en ai pris un identique dans notre stock. Je me suis dit que si vous pensiez que deux fusils avaient été volés, ça vous ralentirait un peu.

— C'est pour ça que vous l'avez détruit et jeté les morceaux dans la poubelle devant le White Hart ?

— Ouais. Ce Len commençait aussi à fouiner en douce. J'ai entendu dire qu'il demandait à ses habitués s'ils savaient ce qui se passait. J'ai pensé que si je le faisais passer pour impliqué, il perdrait des clients et fermerait sa gueule.

— Pourquoi avez-vous pris Patricia Redding en otage ?

Roman fit une pause pour se tourner vers son avocat.

— Mon client aimerait qu'il soit noté dans le procès-verbal qu'il n'avait pas l'intention que le jeune policier meure, dit l'homme. C'était un accident.

Le cœur de Kay cognait dans sa poitrine, et elle glissa ses mains jusqu'au bord de la table, la serrant jusqu'à ce que ses doigts blanchissent.

— Continuez, dit Sharp. Que s'est-il passé ?

— J'y suis allé pour parler à Redding.

— Pour lui parler, ou pour le tuer ?

— Détective !

L'avocat se pencha en avant.

Sharp l'ignora et fusilla Roman du regard.

— Répondez à la question.

— Pour lui parler. Je voulais récupérer l'autre fusil, et j'étais prêt à le payer pour ça.

— Pourquoi ?

— Je ne voulais pas qu'il essaie ensuite de me faire chanter. Il m'avait déjà téléphoné dans tous ses états parce que vous lui posiez toutes ces questions, et je savais que ce n'était qu'une question de temps avant qu'il laisse échapper mon nom.

Roman fit une pause, mâchouilla son ongle un moment, puis laissa retomber sa main.

— Trop tard à ce moment-là, hein ? Vos deux gars sont arrivés cinq minutes après moi. J'ai paniqué, je suppose.

Il haussa à nouveau les épaules.

— Désolé.

— Vous avez raison sur un point, dit Kay, d'une voix à peine plus forte qu'un coassement. Il s'agissait de deux hommes jeunes. Et l'un d'eux est mort à cause de vous.

CHAPITRE 57

Une faible lumière d'après-midi tentait de percer à travers les stores des fenêtres de la salle des opérations lorsque Kay et Sharp y entrèrent en traînant les pieds, accentuant l'ambiance sombre qui imprégnait l'air.

La plupart des membres de son équipe étaient rentrés chez eux après le débriefing de Barnes, laissant derrière eux quelques retardataires assis à leurs bureaux avec des expressions abasourdies tandis qu'ils essayaient de terminer leur travail.

Kay se faufila devant le bureau de Laura, serrant l'épaule de la jeune enquêteuse et murmurant qu'elle devrait rentrer chez elle, avant de se diriger vers le tableau blanc au fond de la pièce.

Son regard erra aveuglément sur les notes, les photographies et les post-it qui couvraient la surface tandis qu'elle serrait contre sa poitrine le dossier de briefing pour l'interrogatoire de Roman.

Des pas feutrés résonnèrent sur la moquette jusqu'à l'endroit où elle se tenait, et elle reconnut la présence de son mentor à ses côtés par un léger signe de tête vers le tableau.

— Où avons-nous fait fausse route ?

— Tu dois arrêter de t'inquiéter d'avoir manqué quelque chose, murmura Sharp.

— Mais c'est le cas, Devon.

Elle se tourna vers lui, la gorge serrée.

— Nous leur avons parlé, à lui et à Porter, même avant le cambriolage. Porter a menti sur l'état de l'entreprise, et il s'est menti à lui-même sur ce que son fils fabriquait.

— Tu ne crois pas son histoire comme quoi il n'en avait aucune idée ?

— Et toi ?

Il ne répondit pas et tourna plutôt son attention vers la grande silhouette qui était entrée dans la pièce et se dirigeait maintenant vers eux, ses vêtements de protection volumineux remplacés par un jean et un sweat-shirt.

Paul Disher leur fit un signe de tête en guise de salutation.

— J'ai pensé passer après avoir déposé mon rapport. Vous en recevrez une copie par e-mail.

— Comment allez-vous, Paul ? demanda Kay.

— Ça ira, dès que je serai de retour en service actif. J'ai reçu un appel de mon inspecteur principal pour me dire que je suis suspendu en attendant l'enquête officielle.

— Rien à craindre, Paul, dit Sharp. Ce ne sera qu'une formalité.

— Je sais. Ce n'est pas la première fois, chef, et malheureusement dans mon travail, ce ne sera pas la dernière, fut la réponse stoïque. Je voulais juste vous voir avant que vous ne partiez pour vous dire que si vous avez besoin de quoi que ce soit, vous pouvez m'appeler.

— Merci, dit Kay en lui serrant la main.

Alors qu'il partait, elle vit Gavin se diriger vers eux.

— Vous allez dans la mauvaise direction. Vous devriez rentrer chez vous, Piper, dit Sharp.

— Dans une minute, vraiment. Je voulais juste vous faire un rapide compte rendu, dit-il. J'ai envoyé une copie des fichiers d'inventaire des MacFarlane à Andy Grey au QG avec une demande de traitement accéléré des données. Je pensais retourner chez eux demain matin et faire un véritable inventaire avec l'aide de Laura, si ça ne vous dérange pas ? J'étais de toute façon prévu pour travailler ce week-end.

Kay sourit.

— Je pense que c'est un excellent plan.

— Merci, chef.

— En fait, Piper, nous voulions vous dire un mot en privé, dit Sharp, les coins de ses yeux se plissant à la vue du froncement de sourcils inquiet de Gavin.

— Oh ?

— Oui, en fait, vous avez déjà anticipé une partie de ce que nous avions en tête. Étant donné les armes à feu illégales trouvées sous l'abri, et les informations que nous espérons obtenir d'Andy en temps voulu, nous aimerions que vous dirigiez une nouvelle enquête pour retracer les armes que Roman MacFarlane a vendues depuis qu'il a commencé son entreprise de marché noir. Cela donnerait certainement du poids à notre dossier contre lui. Vous pensez pouvoir gérer ça ?

L'enquêteur hocha la tête, incapable de parler.

— Ce que nous pensons, c'est qu'il y a deux suspects, les hommes qu'Aaron et Dave ont trouvés sur les images de vidéosurveillance, ajouta Kay. Tu pourrais commencer par ceux-là et voir où ça te mène.

— D'accord. Oui, dit Gavin, se remettant de son choc. J'ai déjà retrouvé les adresses actuelles de ces deux-là via le registre des permis de conduire pendant que vous parliez à Roman.

— Espérons qu'une fois que Roman réalisera dans quelle merde profonde il est, il donnera aussi d'autres noms, dit Sharp. Parce que sans marques de preuve sur ces armes, ça ne va pas être facile.

— Ça devrait t'occuper pendant un moment de toute façon, dit Kay, et ça te donnera un avant-goût de la gestion de ta propre enquête majeure.

— Chef, c'est génial.

Gavin essaya, puis échoua à empêcher un sourire de s'épanouir.

— Je ne vous décevrai pas tous les deux.

— Je sais. Sois juste prudent, d'accord ? Tu sais à quel genre de personnes nous avons affaire.

— Compris.

Sharp se tourna vers elle alors que Gavin retournait à son bureau, et il lui fit un sourire contrit.

— Tu penses que ça l'empêchera d'être débauché par le quartier général ?

— Pour un moment, peut-être.

Elle regarda l'enquêteur parler à Laura, ses mains animées pendant qu'il lui annonçait la nouvelle, et malgré sa tristesse, elle lui donna un coup de poing de félicitations sur le bras. Kay sourit.

— Ça le préparera bien pour une promotion d'inspecteur, en tout cas.

— Tu penses avoir de la place pour deux dans l'équipe ?

Son attention revint brusquement vers le commandant divisionnaire.

— Je ne laisse partir ni l'un ni l'autre. Pas si facilement. J'ai déjà fait cette erreur une fois.

— Noté.

Il rassembla sa veste et réprima un bâillement.

— Bon, je te retrouve demain à Northfleet pour qu'on puisse briefer la commissaire et la directrice adjointe. Mon conseil, reste loin des nouvelles ce soir. Tu sais comment ça va être. Éteins aussi ton téléphone quand tu rentreras chez toi. Tu n'es pas censée reprendre le service avant lundi.

— Merci, chef. Pour tout, dit-elle en le suivant vers son bureau.

Il se dirigea vers la porte, puis s'arrêta.

— Tu es sûre que tu ne veux pas que je vienne avec toi à Cranbrook ?

— Tu as déjà dû être le porteur de la nouvelle. Rentre chez toi. Ça va aller.

Elle déposa le dossier à côté de son clavier et son regard se posa sur la chaise vide de Phillip, son espace de travail encombré de post-it et de canettes de soda vides.

Derrière sa chaise, le mur était tapissé de mèmes qu'il avait imprimés et épinglés, se bousculant pour trouver de la place parmi les dessins animés et les photos de lui en train de faire le pitre avec des amis.

Tout cela contrastait avec le chagrin qui lui faisait mal à la poitrine et lui piquait les yeux.

Barnes leva les yeux en repoussant sa chaise, clé de voiture à la main.

— J'ai fini, chef. Je pense que je vais besoin d'un bon verre quand je rentrerai chez moi. Tu pars aussi ?

— Non, pas encore, dit-elle en poussant un soupir las. Il y a encore une chose que je dois faire d'abord.

CHAPITRE 58

Kay jura entre ses dents et fusilla du regard la minuscule coupure de papier sur son doigt, la défiant de saigner, puis elle reporta son attention sur le contenu du tiroir profond de l'armoire de classement.

À l'intérieur se trouvaient des boîtes à moitié ouvertes de stylos noirs, les carnets noirs qu'elle et ses collègues affectionnaient, et – pour une raison inexplicable – deux fourchettes en acier inoxydable.

Sa recherche était entravée par le fait que les douilles d'éclairage dans l'ancien bureau de Sharp avaient été pillées au cours des années depuis son départ pour Northfleet, les ampoules LED ayant été prises par son équipe pour remplacer celles cassées dans la salle des opérations plutôt que de se battre avec le processus d'approvisionnement.

— Je sais que tu es là, marmonna-t-elle, en fouillant dans une décennie de fournitures de bureau oubliées et de restes de matériel de fête.

Elle avait déjà retiré cinq gobelets en papier écrasés, un rouleau à moitié utilisé de ruban de scène de crime bleu et blanc, et une agrafeuse cassée qu'elle soupçonnait avoir appartenu autrefois à Barnes, mais elle n'avait pas encore trouvé ce qu'elle cherchait.

Elle n'en voulait pas vraiment, à vrai dire.

Elle avait simplement besoin de faire quelque chose.

Quelque chose pour détourner ses pensées des visages brisés et affligés des parents de Phillip Parker quand ils lui avaient ouvert leur porte d'entrée deux heures plus tôt.

Elle savait qu'elle aurait dû rentrer directement chez elle après, mais en passant par Maidstone, elle avait automatiquement tourné dans l'allée du poste de police et s'était dirigée vers la salle des opérations.

Elle était vide, bien sûr.

Même les femmes de ménage étaient passées et travaillaient déjà à l'étage au-dessus, le bruit des aspirateurs rugissant dans le bâtiment et toutes les surfaces non couvertes par les débris d'une enquête à son terme dégageant un parfum citronné qui se propageait jusqu'à l'ancien bureau de Sharp.

Après avoir passé une heure au bureau de Phillip, à placer lentement ses effets personnels dans une boîte de rangement qu'elle avait prise dans le bureau d'un autre inspecteur principal plus loin dans le couloir, une terrible fatigue s'était emparée d'elle et elle s'était effondrée dans sa chaise, tournant d'avant en arrière pendant un moment, perdue dans ses pensées avant de retourner dans le bureau de Sharp.

— Je t'ai eue.

Triomphante, elle tira vers elle la bouteille de bourbon à moitié vide, plissant le nez devant le résidu collant autour du goulot.

Elle était sûre que la dernière fois qu'elle l'avait vue, c'était lors d'une fête de Noël deux ans auparavant.

Certainement avant que Sharp ne déménage à Northfleet.

Elle se redressa, épousseta son pantalon, et dévissa le bouchon pour verser une bonne dose dans une tasse à café propre avant de remettre la bouteille dans le tiroir.

Déambulant vers la fenêtre, sa silhouette encadrée par les lumières de la salle des opérations derrière elle, elle prit une gorgée et grimaça.

— Mon Dieu, c'est rude.

Il n'y avait pas de stores ici, mais elle espérait que la vitre teintée lui offrait un peu d'intimité pendant qu'elle contemplait la ligne d'horizon de la ville et essayait de rassembler ses pensées.

Une ombre tomba sur la porte derrière elle, et elle inhala un parfum familier.

— Hughes m'a dit que je te trouverais probablement ici, dit Adam en s'approchant de la fenêtre pour l'enlacer, posant son menton sur son épaule. Comment tu tiens le coup ?

— Pas très bien.

Elle prit une autre gorgée de bourbon.

— Désolée, je voulais t'appeler... le temps m'a échappé.

— Je m'en doutais.

— Comment va le chien ? Est-ce qu'il... ?

— Il se repose. C'est un chanceux, je dois dire. Il devrait bien guérir.

— C'est bien.

Il embrassa ses cheveux.

— Tu penses à Phillip ?

— Mmm. Il n'était pas seulement un bon officier, Adam. C'était le fils de quelqu'un. Je suis allée voir ses parents plus tôt, et je...

Elle s'interrompit, incapable de finir sa phrase alors que des larmes roulaient sur ses joues.

— J'ai dû leur dire que nous... que je... je n'ai pas pu le sauver. Maintenant Sharp et moi avons chargé Gavin de localiser le reste des armes à feu illégales.

Elle passa ses doigts dans ses cheveux et se détourna de la fenêtre.

— J'ai volontairement mis en danger un autre membre de mon équipe.

— Non, ce n'est pas vrai.

Adam secoua son doigt, les yeux sévères.

— Il a du soutien, il a de l'expérience, et il t'a toi. Gavin a appris à ne pas se précipiter dans une situation dangereuse sans renfort.

— Kyle et Phillip l'ont fait.

— Ils ne savaient pas que Roman retenait Patricia en otage, n'est-ce pas ? Et tu ne le savais pas non plus quand tu leur as demandé d'y aller. Sharp me l'a dit. Roman avait déjà une arme pointée sur eux au moment où tu l'as découvert et que tu as essayé de les joindre par radio.

Il lui releva doucement le menton.

— Tu as dit aux membres de ton équipe assez souvent

de ne pas se faire ça à eux-mêmes, alors pourquoi le fais-tu ?

— Pourquoi est-ce que je fais quoi ?

— Jouer au jeu du « si » et remettre en question chaque décision que tu as prise cette semaine.

Il n'attendit pas de réponse et l'embrassa sur le nez à la place.

— Arrête ça.

Sa lèvre trembla, et elle renifla en guise de réponse.

— Viens. On sort d'ici.

Adam lui retira doucement le verre des doigts.

— On ne peut pas te laisser devenir un cliché, n'est-ce pas ?

Elle pouffa.

— Je n'ai pris que deux petites gorgées.

— Et j'ai un bon Tempranillo ouvert à la maison. Bien meilleur pour l'âme.

— Ah bon ?

Malgré sa tristesse, elle sourit.

— Oui.

Il passa son bras sous le sien, la conduisant hors de la pièce et vers son bureau avant de prendre sa veste sur le dossier de sa chaise pendant qu'elle récupérait son sac.

— Et puis, je suis sûr que Phillip ne voudrait pas que tu te morfondes ici. Il voudrait que tu prennes un moment pour réfléchir au fait que tu as attrapé le coupable, et qu'il va être enfermé pour longtemps.

La gorge de Kay se serra.

— Oui, c'est vrai.

Ils marchèrent vers la porte, et elle tendit la main vers

l'interrupteur, son regard s'attardant une fois de plus sur la chaise vide de Phillip.

Il y aurait une enquête dans les semaines à venir, et du temps pour d'autres réflexions, mais pour l'instant, elle savait qu'Adam avait raison.

— Tu vas me manquer, Phillip, murmura-t-elle, puis elle se blottit dans les bras d'Adam et ferma la porte.

BIOGRAPHIE DE L'AUTEUR

Rachel Amphlett est l'auteure de romans policiers et de thrillers d'espionnage les plus vendus par USA Today, et la plupart de ses livres ont été traduits dans le monde entier.

Ses romans sont disponibles en format numérique, en version imprimée et en livres audio dans les bibliothèques et chez les détaillants, ainsi que sur son site web.

Grande voyageuse et détective privée par accident, Rachel possède les nationalités australienne et britannique.

Pour en savoir plus sur les livres de Rachel, rendez-vous à l'adresse suivante : www.rachelamphlett.com.